HER DARK BOSS

Gefangenes Herz

ROMANCE THRILL

Emely Delphy

HER DARK BOSS

Gefangenes Herz

Emely Delphy

emely.delphy@gmail.com
www.emelydelphy.com
www.instagram.com/emelydelphy
www.facebook.com/AutorEmelyDelphy
https://www.tiktok.com/discover/Emely-Delphy

FSC
www.fsc.org
MIX
Papier aus verantwortungsvollen Quellen
Paper from responsible sources
FSC® C105338

Bibliografische Information der Deutschen Nationalbibliothek:
Die Deutsche Nationalbibliothek verzeichnet diese Publikation in der Deutschen Nationalbibliografie; detaillierte bibliografische Daten sind im Internet über http://dnb.dnb.de abrufbar.

Bildquelle: Canva
Covergestaltung: Emely Delphy

TWENTYSIX
Eine Marke der Books on Demand GmbH
Herstellung und Verlag: BoD – Books on Demand, Norderstedt

ISBN: 978-3-7407-2922-6

BITTE LESEN

Liebe Leserin, lieber Leser,

Wie schön, dass du dich für dieses Buch entschieden hast. Ich freue mich sehr. Folgendes möchte ich dir noch mit auf den Weg geben: Bitte bedenke, dass dies eine fiktive Geschichte ist. Der Roman soll in erster Linie unterhalten und nicht das wahre Leben reflektieren. Du störst dich an derber, deutlicher Wortwahl und schmutzigem Sex? Verabscheust Bücher, in denen Kriminalität, Waffen und dominante Männer zum Thema werden? Du magst es lieber blumig und süß? Dann ist diese Lektüre nichts für dich.

Hey, du bist noch da?

Nice. Dann erwartet dich Folgendes:

Ein unmoralisches Abenteuer.

Eine geballte Ladung Testosteron.

Und zwei heiße harte Kerle, die gern teilen.

Sensible Inhalte: *Alkohol, Tod, Entführung, Mord, Prostitution, Kriminalität;*

„Das ist kein Spiel, mein Herz.“

Kapitel 1 – FONDS

„Du wirst sie kündigen, haben wir uns verstanden“, zische ich den alten Mann an. Er hängt bibbernd in meinem Griff und scheint es nicht glauben zu können, was hier gerade geschieht. Wenn er wüsste, wozu ich fähig bin und wie weit ich gehen würde, um das zu bekommen, was ich will, dann würde er sich in die Hose pissen. Ich komme ihm noch näher, ziehe ihn am Revers seines edlen Anzugs vor mein Gesicht. „Ob du mich verstanden hast, will ich wissen, Jennings“, speie ich. Meine Worte kommen mir beherrscht und dennoch bedrohlich über die Lippen. Allein schon mein Auftreten und meine Blicke müssten Mister Jennings, dem Besitzer der Jennings Hotels, zu verstehen geben, dass ich nicht scherze und er besser parieren sollte. Um meiner - nennen wir es mal - Bitte Nachdruck zu verleihen, hebe ich meinen Unterarm an seine Kehle und drücke leicht zu.

Seine Augen weiten sich und er ringt nach Luft, obwohl ich ihm noch genug Freiraum lasse, um zu atmen. „Aber ... aber ... sie ist die beste Hotel-Detektivin, die wir je hatten, und arbeitet schon ... schon fünf Jahre für uns“, presst er hervor und kommt mit demselben Argument wie schon vor fünf Minuten. „Himmel, ich kann sie doch nicht kündigen. Sie ist die Tochter meiner toten Cousine."

Zu Beginn unserer netten Unterhaltung habe ich mein Anliegen noch als Bitte formuliert, jetzt aber platzt mir langsam der Kragen. „Mach, was ich sage, alter Mann, oder lebe mit den Konsequenzen. Und ich verspreche dir, die werden nicht schön sein. Ich könnte die Kleine auch einfach entführen lassen. Wäre dir das lieber?" Ich lache leise und kalt, während Mister Jennings in meinem Griff erschauert. „Wenn du weißt, wer ich bin, und du meinen Ruf kennst, dann sollte dir auch klar sein, wie sinnlos es wäre, die Behörden hinzuzuziehen und mich anzuzeigen. Ich habe Freunde überall auf der Welt. Mächtige Freunde und du stehst mir im Weg. Mir ist egal, was du ihrer Mutter vor deren Ableben versprochen haben magst. Das Mädchen gehört mir. So ... auf ein Neues: Wie lautet deine Antwort?"

Jennings Blick irrt wild durch den Raum, während er wie ein getriebenes Tier schnauft. Er schaut überall hin, nur nicht zu mir, und windet sich wie eine Schlange. Aber um eine Antwort kommt er nicht herum. Ich werde erst gehen, wenn ich das bekomme, was ich will, und ich habe genügend Geheimnisse gegen Jennings in der Hand, um ihn erpressbar zu machen. Das weiß er genauso gut wie ich. Immerhin ist der alte Mann Kunde in meinen Clubs. Ich möchte ein Versprechen. Sein Wort, denn man sagt, auf dieses sei Verlass. *Er soll dich von dem einzigen Job, den du je hattest, feuern. Einen Job, den du liebst, und es wird dir das Herz brechen. Das weiß ich, Herzblatt, doch das ist mir egal. Denn wie sagt man so schön: Der Zweck heiligt die Mittel.*

Viele Jahre habe ich nach dir gesucht und nun habe ich dich gefunden. Jetzt will ich nichts weiter, als dich einzusperren, damit er dich niemals findet.

Mein Herz?

Es ist tot.

Zu Stein geworden.

Auch du wirst daran nichts ändern können, Herzblatt, auch wenn ich wünschte, es wäre so. Du bist mein Vögelchen im goldenen Käfig.

Ohne Flügel.

Ohne Federn.

Fliegen darfst du fortan nur mit meiner Hilfe. Deine Freiheit jedoch ist nichts als Schein. Aber lieber ein Leben an meiner Seite, als zum Spielball eines Irren zu werden. Irgendwann wirst auch du es begreifen. Und wenn nicht, dann ist das so. Du wirst bei mir bleiben. Nie wieder verlässt du meine Seite.

„In Ordnung", stößt Jennings schwer atmend aus und ich lasse ihn sofort los. „Morgen überreiche ich Heart die fristlose Kündigung. Und jetzt verschwinden Sie, Fonds!"

„Na also, es geht doch." Ich grinse schief und klopfe ihm kumpelhaft auf die Schulter. Der blanke Spott. „Keine Sorge, Jennings, ich werde Sie für Ihren Verlust großzügig entschädigen." Mit einem Nicken verabschiede ich mich von dem alten Mann, rücke mein Sakko zurecht und stapfe zur Tür. Als ich Jennings Büro verlasse, fühle ich mich um eine Last leichter, denn mein Ziel ist in greifbarer Nähe.

Du. Bei mir.

In meiner liebevollen Gewalt.

Kapitel 2 – Heart

Eine Woche später

Ich habe noch nie viel von der menschlichen Spezies gehalten. Schon früh durfte ich die Abgründe, die sich in uns Menschen auftun, erkunden. Zu früh, um überhaupt zu begreifen, was ich da sehe und höre. Meine Adoptivmutter war Alkoholikerin und ist letztendlich an ihrem eigenen Erbrochenen erstickt. Ein Tod, den ich nicht einmal meinem schlimmsten Feind wünschen würde. Mein Adoptivvater hat uns vor langer Zeit verlassen. Damals war ich noch ein Kind. Auch er ist vor ein paar Jahren gestorben und mir ist niemand außer Fred Jennings geblieben, der Cousin meiner Mutter, den ich kaum kenne und nicht leiden kann. Ich habe mich in meinen jungen Jahren nicht nur einmal gefragt, wie viel ein Mensch ertragen kann, bevor er zerbricht. Mein Name ist Heart wie das Herz, das in meiner Brust mit jedem weiteren Tag mehr und mehr verkümmert.

Regen tropft auf mich herab und durchnässt meine Kleidung. Es riecht nach feuchter Erde, Gras und Blumen. Es ist früh am Abend, aber bereits dunkel und obwohl wir April haben, ist es ein bitterkalter Tag. Wie im tiefsten Winter. Ich sitze auf dem schmutzigen Kiesweg vor dem Grab der einzigen

Mutter, die ich je kannte, und halte eine Flasche Wodka in der Hand. Ihr höchstpersönliches Gift. Sie ist schon fünf Jahre tot und ich komme jedes Jahr zu ihrem Geburtstag hierher, um mich zusammen mit ihr zu betrinken und auf sie anzustoßen. Ja, ich habe schwarzen Humor. Ohne diesen hätte ich nicht überlebt. Ich bin hart im Nehmen und weich, wenn es darum geht, anderen Menschen zu helfen. Deswegen studiere ich Psychologie via Fernstudium. Um Menschen besser zu verstehen.

Ich will verstehen, wie sie zu Psychopathen, Killern und Vergewaltigern werden. Ich will verstehen, wie sie es übers Herz bringen, ein kleines unschuldiges Wesen zu verlassen, indem sie sich in den Tod trinken. Etwas, das ich nie tun könnte.

„Joyeux anniversaire, Mama!", flüstere ich in der Sprache meiner Mutter, proste dem Grabstein zu und hickse. „Siehst du, du musst dir keine Sorgen machen. Ich komme wunderbar alleine klar. Dein kleines Mädchen ist jetzt nicht mehr klein."

Selbst als Kind bin ich nie ihr kleines Mädchen gewesen. Ich war diejenige, die ihr das Haar hielt, wenn sie sich die Seele aus dem Leib gekotzt hat und über der Kloschüssel hing. Ich war diejenige, die aufgeräumt, geputzt und gekocht hat. Schon früh musste ich erwachsen werden, weil die einzig wirklich Erwachsene in meiner unmittelbaren Umgebung ihr Leben nicht unter Kontrolle hatte. Voller Verbitterung lache ich auf, lasse mich mit dem Rücken auf den nassen Kies fallen und lande mitten in einer Pfütze. Es ist mir so was von egal, mittlerweile nass bis auf die Knochen zu sein.

Der Regen geht immer heftiger auf mich nieder und in der Ferne höre ich Donnergrollen. Ein Blitz schnellt durch den Nachthimmel und erhellt die umliegenden Grabsteine. Normale Menschen würden sich gruseln, ich allerdings genieße es, von niemandem bei meiner besonderen Art zu trauern gestört zu werden. Bei diesen Wetterbedingungen befindet sich keine Menschenseele auf dem Friedhofsgelände, selbst die Angestellten sind nicht zu sehen.

Solch einen Absturz erlaube ich mir nur ein einziges Mal im Jahr, ansonsten stelle ich die Verkörperung von Beherrschung dar. Und, ja, vielleicht studiere ich Psychologie auch, um mich selbst zu therapieren. Ich lache laut in die abendliche Stille hinein, während ich in den dunklen, rumorenden Himmel schaue.

Wie so oft frage ich mich, ob sie gerade von dort oben auf mich herabsieht und den Kopf über mich schüttelt oder ob sie sich freut, dass ich sie besuche. Mit trägen Bewegungen strecke ich alle viere von mir und schließe benommen die Augen. Die Wodkaflasche lege ich neben mir ab. Der Alkohol wärmt mich von innen, nichtsdestotrotz zittert mein gesamter Körper. Deswegen erhebe ich mich nach einer Weile schwerfällig und muss mich an Mamas Grabstein festhalten, um mich auf die Füße zu hieven. Ich habe mittlerweile Schluckauf bekommen und hickse ununterbrochen, weshalb ich über meinen eigenen Zustand kichern muss. Jeden zehnten April verwandle ich mich in dieses bemitleidenswerte Geschöpf.

„Danke, Mami“, sage ich und tätschele den Stein, als wäre es die Schulter meiner Mutter. „Wir sehen uns nächstes Jahr!“

Ich beuge mich nach vorne und gebe dem Grabstein einen Kuss. Als ich den kalten Marmor auf meinen Lippen spüre, wird mir wieder einmal bewusst, wie allein auf dieser Welt ich bin. Bis auf ein paar Freunde gibt es niemanden, der mich vermissen würde, wenn ich nicht mehr da wäre. Fred Jennings bin ich egal, wie er mir vor ein paar Tagen bewiesen hat, als er mir aus heiterem Himmel wegen irgendwelcher Belanglosigkeiten die Kündigung in die Hand drückte. Ich tröste mich mit dem Gedanken, dass somit zumindest kaum jemand unter meinem Verlust leiden würde. Nicht so, wie ich damals gelitten habe, als ich vor dem Nichts stand.

Ich torkele an unzähligen prunkvollen und anderen weniger aufwendigen Gräbern vorbei. Der Wind saust mir um die Ohren, weht mir das lange Haar ins Gesicht und lässt die Baumkronen laut rascheln. Meine weißen Sneakers sind mittlerweile bestimmt braun von all den schlammigen Wasserpfützen, in die ich getreten bin. Noch während ich mich durch das Stahltor hinaus auf die finstere Straße begebe, zücke ich meinen Autoschlüssel und betätige die Zentralverriegelung. Wieder heißt es, Abschied nehmen und das für eine ganze Weile. Da ich nicht direkt in Frankfurt lebe, kümmert sich die übrige Zeit eine Firma um das Grab.

Nachdem ich die Fahrertür aufgerissen habe, plumpse ich auf das Sitzpolster, und zwar nicht gerade ladylike. Wieder einmal muss ich über mich selbst kichern. Ich beherrsche sämtliche Regeln der Etikette, das bringt mein Job als Mitarbeiterin eines Nobelhotels mit sich. Zumindest brachte er das mit sich. Zu allem Übel bin ich vor einer Woche auch noch fristlos gekündigt worden. Deswegen vergesse ich am heutigen Tag alles, was ich mir so mühsam antrainiert habe. Die gerade Haltung. Das dezente, aber freundliche Lächeln. Die überkandidelte Höflichkeit. Für diese elenden vierundzwanzig Stunden des zehnten Aprils gestehe ich mir selbst etwas ein, das ich üblicherweise erfolgreich verdränge: Nämlich, dass ich ein ebenso hoffnungsloses Wrack bin wie ein Großteil der anderen sieben Komma sechs Milliarden Menschen auf diesem Planeten. An normalen Tagen kann ich diese Tatsache ziemlich gut kaschieren. Heute hingegen ist es mir scheißegal, was wer auch immer von mir denken mag. Ich suhle mich in meinem Elend wie ein Schwein im Schlamm.

Stöhnend lasse ich meine Stirn gegen das Lenkrad sinken und klappe die Augen zu. Ich habe keine Ahnung, wie lange ich geschlafen habe, aber als ich die Augen wieder aufschlage, ist die Sonne bereits am Aufgehen. Mir ist schwindelig, die Welt um mich herum dreht sich und währenddessen lässt mich mein Magen wissen, dass ich es nicht hätte übertreiben sollen. Ich habe Sodbrennen. Bestimmt werde ich meinen Mageninhalt heute noch entleeren.

Tatsächlich muss ich nur Augenblicke nach diesem Gedanken eine Tüte aus dem Handschuhfach herausreißen. Hektisch öffne ich sie und übergebe mich mehrmals hintereinander, bis mir die Tränen in die Augen schießen.

„Fuck“, fluche ich und wische mir mit dem Handrücken über den Mund. Just in diesem Moment vibriert mein Handy in meiner Jackentasche.

Ich ziehe mein iPhone hervor, sinke zurück in den Sitz und versuche, im Display zu erkennen, wer der Anrufer ist. Leider sehe ich zu verschwommen. Also nehme ich ohne Umschweife ab.

Ich melde mich mit: „Beatley“, und kann es nicht verhindern, dass mir ein Hickser herausrutscht. Mist!

„Fräulein Beatley, alles in Ordnung mit Ihnen?“, höre ich eine tiefe, mir unbekannte Stimme. Sie fährt mir wie ein Blitz durch all meine Glieder, weil sie so rau und dunkel klingt. Obwohl sich noch immer alles dreht, sind meine Sinne für einen Augenblick wie geschärft. Wer ist dieser Mann und wieso ruft er mich an?

Nur mein schweres Schnaufen ist zu hören, aber ich hülle mich in Schweigen, um gegen die Übelkeit anzukämpfen.

Dann muss ich mich noch einmal übergeben. Zügig werfe ich das Smartphone beiseite, um die Tüte wieder an mich zu reißen. Großer Gott, ich hoffe, er hat aufgelegt. Als ich jedoch erneut nach dem Handy greife, läuft die Zeit noch immer. Ich halte es mir wieder ans Ohr, aber bin nicht fähig, etwas zu sagen, sondern kann nur laut atmen.

„Wo befinden Sie sich gerade, Fräulein Beatley?"

„In meinem Auto. Vor dem Frankfurter Hauptfriedhof", presse ich hervor und frage mich, warum ich überhaupt antworte.

„Bleiben Sie dort!", sagt er im Befehlston und legt auf.

Kraftlos lasse ich den Arm mit dem Handy in der Hand sinken und bete, dass die Welt für einen Moment stillsteht. Das Letzte, was mir durch den Kopf geht, bevor alles um mich herum dunkel wird, ist: *Wer war dieser Mann?*

Kapitel 3 – FONDS

Ich betrachte sie, wie sie in meinem Bett unter den schwarzen Laken liegt. Reglos. Sie scheint friedlich zu träumen oder vielmehr ihren Rausch auszuschlafen. Mein Blick gleitet über die feine, alabasterfarbene Haut ihres freiliegenden Rückens und das rote, gewellte Haar, das ihr Gesicht verdeckt. Alles an ihr ist feingliedrig und elegant. Alles an ihr erinnert mich an einen Menschen, der mir einst die Welt bedeutet hat. Ein Mensch, mit dem ich gestanden und gefallen bin. In mir herrscht maßlose Verwüstung. Im Inneren bin ich vermutlich nie wieder aufgestanden.

Hearts Anblick weckt etwas in mir, das ich kaum beschreiben kann. Wut. Zerrissenheit. Aber vor allem den Wunsch, sie an mein Bett zu fesseln und nie wieder gehen zu lassen. Wenn es doch nur so einfach wäre. Schon beim ersten Blick in ihre grünen Augen habe ich erkannt, dass auch sie Dämonen in sich trägt. Was ihr wohl widerfahren ist?

Ich sitze auf einem Sessel gegenüber vom Bett und hätte eigentlich genau jetzt einen wichtigen Telefontermin mit ein paar Lieferanten, aber ich kann mich nicht von ihrem Anblick losreißen. Sie zieht mich wie magisch an. Wie das Licht die

Motte. Ich greife nach meinem Handy auf dem Beistelltisch und tippe eine Nachricht an Lola ein, um sie zu bitten, den Termin abzusagen. Als ich wieder aufschaue, erklingt ein gequältes Stöhnen und Heart greift sich an den Kopf. Sie flucht leise und ich grinse in mich hinein, weil ich mir vorstellen kann, wie dreckig sie sich gerade fühlt. Wahrscheinlich hat sie noch nicht einmal die Augen geöffnet. Dann atmet sie zischend ein und ich vermute, sie hat soeben festgestellt, sich nicht in ihren eigenen vier Wänden zu befinden.

„Was in Gottes Namen ...?“ Ruckartig schnellt sie in die Höhe und krümmt sich vor Schmerz, während sie leise „Aua“ ausruft.

Ich verharre weiterhin still auf dem Sessel und beobachte sie dabei, wie sie sich in meinem Schlafzimmer umsieht, bis ihr verschlafener Blick direkt auf mir landet.

Ihre Augen werden noch größer, als sie es ohnehin schon sind. „O Herr im Himmel!“, ruft sie aus, sieht langsam an sich herab und zieht die Decke über ihre schönen Brüste, als sie bemerkt, nackt zu sein.

„Guten Morgen, Fräulein Beatley“, sage ich betont locker und erhebe mich, „haben Sie gut geschlafen?“

In meinem schwarzen Businessanzug schlendere ich auf sie zu, lockere meine Krawatte und bemerke voller Belustigung, wie ihre Atmung sich beschleunigt. Ihr Brustkorb hebt und senkt sich heftig und es wirkt, als würde sie gleich hyperventilieren.

„Haben wir ... ich meine ... Sie und ich ... Gott!“ Sie schlägt sich eine Hand vor die Stirn. „Ich erinnere mich an nichts. Wie komme ich hierher? Wer sind Sie überhaupt?“

Ich falte die Hände hinter dem Rücken und bleibe vor dem Bett stehen, denn ich vermute, es wäre ihr mehr als unangenehm, wenn ich mich zu ihr auf die Matratze setzen würde. Daraufhin erzähle ich ihr, wie ich sie vor dem Friedhof in ihrem Wagen schlafend und mit offener Fahrertür vorgefunden habe. Natürlich war ich rein zufällig vor Ort, jedenfalls behaupte ich das. Die Wahrheit muss sie nicht erfahren. Beziehungsweise freue ich mich auf ihr Gesicht, sobald sie eben dieser ins Auge blickt. Schon heute Nachmittag wird es so weit sein. Ich kann es kaum erwarten.

„Ooookay", sagt sie und schiebt sich sichtlich nervös einige Haarsträhnen hinter die Ohren, „und ... ähm ... warum genau bin ich nackt?"

„Weil Ihre gesamte Kleidung versifft war und Sie so schlecht hätten schlafen können."

Ihre Augen werden wieder groß. Ich erkenne, wie peinlich berührt sie ist und obwohl ich sie am liebsten im Ungewissen lassen würde, füge ich hinzu: „Und keine Sorge, meine Assistentin Lola hat Sie ausgezogen. Als sie Ihnen ein frisches Hemd überziehen wollte, haben Sie schon geschlafen. Sie hat Sie schlafen lassen, deswegen sind Sie jetzt ... nackt."

„Ooookay", wiederholt sie und senkt den Blick auf die Bettdecke. Eine wirklich wundervolle Röte legt sich über ihre Wangen. Es gefällt mir, dass ich diese Wirkung auf sie habe, aber ich sollte keinen Gefallen daran finden. Vielmehr sollte ich mich von ihr fernhalten. Was ich jedoch nicht kann.

„Und Sie haben ... neben mir geschlafen?" Jetzt schaut sie wieder auf und da ist dieses Feuer in ihren Augen.

„Nein, natürlich nicht. Ich habe im Gästezimmer geschlafen", sage ich, aber kann mir das Schmunzeln kaum verkneifen. „Ihr Auto befindet sich übrigens noch vor dem Friedhof, falls Sie sich gewundert haben. Die Schlüssel sind in Ihrer Tasche. Auf dem Nachttisch liegt eine Aspirin. Lola wird gleich vorbeikommen und Ihnen frische Kleidung bringen. Ich warte unten im Esszimmer auf Sie." Nach diesen Worten verlasse ich mein Schlafzimmer und begebe mich in die Küche, wo Lola bereits dabei ist, Frühstück zu machen. Ich setze mich an die Kücheninsel, woraufhin sie einen Blick über ihre Schulter wirft und spitzbübisch grinst.

„Alles klar da oben? Ist sie jetzt wach?"

Ich nicke. „Ja, wach und verkatert. Hast du Kleidung mitgebracht?"

„Jap, Chef, aber natürlich. Sie müsste meine Größe haben. Kochst du dann weiter? Ich gehe hoch zu ihr, ja?"

Ich stehe auf und stelle mich hinter Lola, ehe ich das Kinn auf ihrer Schulter ablege, um zu sehen, was sie da in der Pfanne brutzelt. „Würstchen, Bacon und Eier?", frage ich mit zweifelndem Unterton. „Das wird sie nicht runter bekommen."

„Das nennt man Katerfrühstück! Ich habe gegoogelt und das Essen wird ihren Mineralstoffhaushalt wieder in Ordnung bringen. Da vorne im Topf ist außerdem noch Gemüsebrühe."

„So so, warum die ganzen Umstände für die fremde Frau in meinem Bett?"

„Rick, die Antwort kennst du schon!", ist alles, was sie mit einem Schmunzeln auf den Lippen erwidert. Lola hat ein Talent dafür, genau dann kryptische Botschaften zu senden, wenn man eigentlich des Rätsels Lösung hören möchte. Manchmal ist sie wie ich.

Deswegen frage ich auch nicht nach, worauf sie hinaus will, weil sie eh nicht antworten würde. Ich drücke ihr lediglich einen Kuss auf die Wange. Sie stößt mich mit dem Hintern beiseite und greift nach einer kleinen Reisetasche, in der sich sicherlich Kleidung für Heart befindet.

Bevor sie sich nach oben verabschiedet, ruft sie mir noch zu: „Die Vertragsunterlagen liegen übrigens auf dem Küchentresen gleich da vorne, für den Fall, dass du sie nochmals überfliegen möchtest."

„Danke, Goldstück!"

„Gern, Chef", sagt sie laut, während ihre Schritte auf der Treppe zu hören sind.

Ich bin dankbar, einen Menschen wie Lola in meinem Leben zu haben. Seit nunmehr fast fünf Jahren. Dinge mit ihr sind einfach und auf eine Art speziell, weil sie mich als den düsteren, lasterhaften Typen, der ich bin, akzeptiert, und zwar ohne Fragen zu stellen.

Kapitel 4 – Heart

Herrgott nochmal, ich kann es einfach nicht fassen, wo ich nach letzter Nacht gelandet bin. Im Haus eines völlig fremden Mannes, der mir noch nicht einmal seinen Namen verraten hat. Vor mich hin grummelnd wälze ich mich im Bett und vergrabe das Gesicht in den Händen. Ja, ich war betrunken. Ich habe es diesmal wirklich übertrieben, aber so eine peinliche Aktion? Verflixt! Das hätte nicht passieren dürfen. Mich sieht sonst niemals jemand in diesem Zustand.

Und dann muss mich gerade auch noch ein Kerl wie er finden? Ein Hüne mit stürmend grauen Augen und der eiskalten Aura eines Killers. Warum hat er mich mit zu sich genommen, anstatt mich vor meiner Haustür abzusetzen? Meine Adresse hätte er über die Visitenkarten in meiner Geldbörse leicht herausfinden können. Hat er wirklich im Gästezimmer geschlafen oder hat er mich den gesamten Morgen über beobachtet? Auch wenn dieser Kerl aussieht wie ein Model, gruselt mich der Gedanke und ich bekomme eine unangenehme Gänsehaut.

Mein Schädel pocht heftig und ich habe das Gefühl, er bräche jeden Moment entzwei. Langsam setze ich mich wieder auf und entdecke tatsächlich eine Aspirin und ein Glas Wasser auf dem Nachttisch. Ich schlucke die Tablette herunter und spüle mit reichlich Flüssigkeit nach. In meiner Kehle herrschten bis eben wüstenähnliche Zustände und das Wasser ist die pure Erlösung.

Ich seufze zufrieden, steige aus dem Bett und wickele mir das dunkle Laken um den Körper. Dabei nehme ich meine Umgebung nochmals genauer in Augenschein. Ich sehe schwarz auf schwarz. Ein Kingsizebett mit schwarzem Lederrahmen. Ein schwarzer Hochglanzschrank. Schwarzer Teppich. Alles, von den Möbeln bis hin zu der Deckenleuchte und den Bildern an den Wänden, erweckt einen hochmodernen und teuren Eindruck. Dennoch ist die Dunkelheit dieses Zimmers erdrückend.

Mein Psychologen-Ich analysiert diese Fakten umgehend und zieht seine Schlüsse daraus. Spricht die Abwesenheit von Farbe in diesem Raum womöglich für seinen Charakter? Ist es seine Art und Weise, sich auszudrücken? Allein diese Fragen wecken bereits mehr Neugier und ehrliches Interesse in mir, als ich am männlichen Geschlecht üblicherweise zeige. Ich kann es nicht lassen und gehe auf seinen Kleiderschrank zu, um einen Blick hineinzuwerfen. Meine Finger gleiten über die glatte Oberfläche und ziehen eine der Schiebetüren auf. Auch hier werde ich von einer ganzen Reihe schwarzer Sakkos erschlagen.

„Hi", vernehme ich plötzlich hinter mir und zucke zusammen. Ich schließe die Schranktür schnell, weil ich mich bei etwas Verbotenem ertappt fühle, und drehe mich um. „Geht es dir schon besser?", fragt mich die junge Frau und kommt herzlich lächelnd auf mich zu.

Sie betrachtet mich mit großen Augen und voller Begeisterung, weswegen ich sie verwundert anblicke. Es muss sich um diese Lola handeln, die Assistentin. Sie ist blond, sehr schlank und bis zur Perfektion durchtrainiert. Ihre Brüste sind derart prall, dass ihr rotes Spaghettiträger-Top um ein Vielfaches zu klein wirkt. Sofort blicke ich wieder in ihre Augen.

„Ähm … hi“, stammele ich beschämt, „ja, viel besser, danke.“

Sie hält eine Tasche in einer Hand und streckt mir die andere entgegen. „Ich bin Lola und ich habe dir frische Kleidung mitgebracht. Ich denke, sie wird dir passen.“

Ich schüttle ihre Hand, nehme die Reisetasche entgegen und lächle Lola verlegen an. „Danke schön und es tut mir leid für die Umstände“, sage ich kleinlaut und trete von einem Fuß auf den anderen. „Du hast bestimmt Besseres zu tun, als dich um mich zu kümmern.“

Sie winkt ab. „Ach was! Das mache ich doch gern“, erklärt sie voller Überzeugung, aber ich kommentiere ihre Aussage nicht.

„Da ist auch Duschgel drin, eine Haarbürste und eine Zahnbürste“, lässt sie mich außerdem wissen. „Frauenartikel wirst du in einer Junggesellenbude wie dieser nicht finden. Also ich gehe dann mal wieder runter. Wenn du noch etwas brauchen solltest, wähle auf dem Festnetztelefon da vorne einfach die Eins und du landest direkt auf meinem Handy. Das Badezimmer befindet sich gleich durch die Tür rechts neben dem Bett.“

„Alles klar, danke schön“, antworte ich ihr, dann ist sie auch schon wieder verschwunden und ich nehme eine ausgiebige Dusche, um mir die gestrige Nacht vom Körper zu spülen.

Danach fühle ich mich wie ein neuer Mensch und auch die Schmerztablette zeigt mittlerweile ihre Wirkung. Mein Magen knurrt vor sich hin und die Übelkeit ist auch verflogen, sodass ich sogar Hunger verspüre. In Lolas Kleidung, bestehend aus Unterwäsche, High Waist Jeans, Top, Blazer und Ballerinas steige ich langsam die Wendeltreppe hinab. Der Duft von Speck und Eiern zieht mir in die Nase und lässt mir das Wasser im Munde zusammenlaufen. Ich frühstücke sonst nie deftig, sondern typisch französisch, Croissants und Marmelade. Schon von hier aus höre ich Lolas glockenhelles Lachen und das Gespräch der beiden, das völlig unbefangen klingt und so, als wären Lola und dieser Adonis befreundet.

„Du bist verrückt“, wirft Lola ihrem Chef in scherzhaftem Ton vor. „Du immer mit deinen speziellen Verträgen.“

Ich befinde mich auf der vorletzten Stufe und von der Küche aus kann man mich noch nicht sehen.

„Hm“, brummt der Hüne, dessen Namen ich nicht kenne, und ich höre das Klappern von Geschirr und wie der Kühlschrank geöffnet und geschlossen wird.

„Hm? Mehr hast du nicht zu sagen?“, fragt Lola und gibt einen Zischlaut von sich. „Du bist so ein Grummelbär.“

„Und du bist eine kleine Hexe.“

Sein dunkles Lachen folgt und lässt meinen gesamten Körper vibrieren, was ich gleichermaßen erschreckend wie verlockend finde. Ich nehme die letzte Stufe und stehe kurz darauf mitten in der riesigen Küche, die, o Wunder, ebenfalls schwarze Hochglanzfronten besitzt.

„Heeey!“, stößt Lola aus, nachdem sie mich entdeckt hat, und nun dreht auch Mister Düsternis den Kopf in meine Richtung.

Er sitzt auf einem Hocker an der massiven Kücheninsel und sein Blick ist undurchschaubar. Er wirkt wie ein finsterer, unumstößlicher Koloss. Ein Fels in der Brandung und ich komme nicht umhin, festzustellen, wie schneidig er in seinem Anzug aussieht.

„Fräulein Beatley“, sagt er und das ziemlich tonlos im Vergleich zu dem Gespräch mit Lola, dem ich eben gelauscht habe, „nehmen Sie doch Platz. Lola hat Frühstück zubereitet.“

„Danke, das ist sehr freundlich von Ihnen“, entgegne ich und warte darauf, dass er sich mir endlich namentlich vorstellt. Doch das tut er nicht und ich traue mich nicht zu fragen. Er sieht mich lediglich an. Mit diesem forschenden Blick, dem ich kaum standhalten kann, weil er viel zu tief geht. Ein Blick, der mich nervös macht und mich wortlos in die angewiesene Richtung gehen lässt.

Keine Minute später sitzen wir am Esstisch vor einem Allerlei an Köstlichkeiten und ich habe keine Hemmungen, mir von allem eine große Portion zu nehmen. Wenn es ums Essen geht, habe ich mich noch nie geziert. Ich sehe genau, wie der Hüne aus dem Augenwinkel immer wieder kurz zu mir blickt, während er mit Lola eine Unterhaltung über Termine führt, die sie heute ausmachen oder absagen soll. Ich schweige und genieße es, ehrlich gesagt, endlich mal wieder in Gesellschaft zu frühstücken. Das Vergnügen hatte ich schon lange nicht mehr oder sagen wir so, das Vergnügen habe ich mir lange Zeit verwehrt, weil ich mich immer weiter von der Außenwelt abgeschottet habe.

Nachdem Lola aufgegessen und sich in ihr Büro verabschiedet hat, das offenbar hier in der Wohnung liegt, richtet Mister Düsternis seine volle Aufmerksamkeit auf mich. Der Blick aus seinen sturmgrauen Augen wühlt mich auf und plötzlich ist es mir doch unangenehm, vor ihm zu essen. Ich versuche, möglichst langsam und leise zu kauen und ja nicht zu schmatzen, während er mich weiterhin betrachtet.

Ohne mich aus den Augen zu lassen, beugt er sich in meine Richtung und greift nach der Kaffeekanne, die sich neben mir befindet. Dabei streift er mich und ich zucke unter dieser kurzen Berührung unserer Haut zusammen. Ich schaue auf seine große Hand mit den langen Fingern, die den Kaffee in eine Tasse gießt, und schlucke hörbar. Dabei rieche ich seinen überaus männlichen Duft und atme tief ein. Der Ansatz eines Lächelns huscht über seine Lippen, so flüchtig, dass ich es mir auch eingebildet haben könnte. Die Gänsehaut, die meinen Körper überzieht, ist fast schmerzhaft und diese Situation überfordert mich. Mein Kopf ist nicht klar genug, um es mit einem Kerl wie ihm aufzunehmen. Auch wenn es nur um Smalltalk geht.

Ruckartig springe ich auf und bringe dabei den Tisch zum Wackeln. Gerade noch so erwische ich den Henkel meiner Tasse und kann ein Unglück verhindern. „Ich ... es tut mir leid.“ Mein Stammeln wirkt unbeholfen und überhaupt muss dieser Mann mich für das totale Desaster halten. Deswegen beschließe ich, die Flucht zu ergreifen. „Ich ... ich muss gehen, weil ... weil ich noch einen wichtigen Termin habe, den ich nicht verpassen darf. Danke für alles.“ Eilig und ohne ihm einen weiteren Blick zu widmen, entferne ich mich vom Tisch.

„Moment“, brummt er und die Dominanz in seiner Stimme bringt mich tatsächlich dazu, wie ein Zinnsoldat stillzustehen. „Ich begleite Sie nach draußen.“

Wie in Zeitlupe wende ich mich ihm wieder zu und versuche mich in einem Lächeln. „Das ist nicht notwendig. Ich finde allein heraus. Immerhin habe ich Ihre Gastfreundschaft lange genug ausgereizt.“

Mister Düsternis reibt sich über das von ein paar dunklen Bartstoppeln übersäte Kinn und erzeugt dabei ein schabendes

Geräusch. Anscheinend kann er es einfach nicht sein lassen. Wieder taxiert er mich von Kopf bis Fuß. Als er sich zu seiner vollen Größe erhebt, weite ich die Augen, weil ich mir neuerlich seiner immensen Körpergröße bewusst werde. Der Schweiß bricht mir aus, denn bei seinem Anblick regt sich die Frage in mir, was er wohl unter seinem Anzug verbirgt. Um diese unangebrachten Gedanken zu vertreiben, schüttle ich den Kopf und räuspere mich.

Er ist derweil zum Küchentresen gegangen und hat etwas von einem Stuhl aufgeklaubt. Als er damit auf mich zukommt, erkenne ich meine Tasche. Er reicht sie mir. „Die sollten Sie nicht vergessen, Fräulein Beatley. Der Ausgang ist dort vorne." Er zeigt ans andere Ende der Küche und zwinkert mir zu, ohne dabei zu lächeln. „Bis vielleicht bald."

Das glaube ich eher nicht, denke ich, aber stattdessen sage ich: „Danke. Auf Wiedersehen." Dann fliehe ich in Richtung Ausgang und spüre seine dunklen Blicke wie glühend heiße Kohlen auf meinem Rücken. Gott, das war die seltsamste und peinlichste Begegnung meines Lebens und wiedersehen werde ich den Fremden ganz sicher nicht. Weshalb auch. Aber in wessen Bett ich die Nacht verbracht habe, würde mich schon interessieren. Leider steht an seiner Türklingel jedoch kein Namensschild.

Kapitel 5 – Heart

Kaum habe ich den Wolkenkratzer mit der spiegelnden Fassade verlassen, realisiere ich, wo ich mich befinde. In diesem Gebäude liegt einer der angesagtesten Clubs der Stadt, das Grand View Palace, ein Ort, den ich noch nie von innen gesehen habe. Ich halte nichts von diesem Laden, weil ich weiß, welche Art von Dienstleistung man ebenda wahrnehmen kann. Sex. Allerdings kenne ich einige Personen, die Stammkundschaft sind. Gutbetuchte Geschäftsleute, stinkreiche Erben und Erbinnen der ganzen Welt. Menschen, die auch im Jennings Hotel ein und aus gehen. Und bis vor einer Woche habe ich dort noch als Hotel-Detektivin gearbeitet.

Naserümpfend schaue ich nach oben, wo der Tower mit dem Himmel zu verschmelzen scheint, und denke zurück an die letzten fünf Jahre im Hotel. An all die Nachforschungen, die ich als Hotel-Detektivin betrieben habe. Etwas, das mich stets bei Laune gehalten hat. Ein Job, der meine ausgeprägte Abenteuerlust und Neugier stillen konnte. Auch wenn ich von Berufs wegen ständig mit diesem versnobten Schlag von Menschen zu tun hatte, habe ich doch stets gewusst, mich von ihm fernzuhalten. Diese Leute begegnen einem nicht immer freundlich und oft von oben herab. Insbesondere Frauen. Männer hingegen glauben, dich mit ihrem Geld erkaufen zu können. Sie sehen oftmals nur ein hübsches Gesicht, ein Paar pralle Brüste und einen knackigen Hintern. Mehr brauchen sie nicht und mehr wollen sie auch gar nicht. Nicht selten hat sich eine meiner Kolleginnen auf einen dieser Männer eingelassen. Sie sind dem Geruch des Geldes gefolgt und viele sind enttäuscht worden. Ich wusste es schon immer besser. Geld hat mich noch nie gelockt. Auch wenn es einem das Leben durchaus erleichtert.

Ich seufze und schaue an mir herab. Lolas Kleidung sitzt bis auf am Busen wie angegossen. Ich beschließe, ihr die Sachen mit der Post zurückzuschicken. Natürlich habe ich keine Ahnung, wie sie mit Nachnamen heißt, aber die Anschrift des Towers kenne ich. Der Rest wird sich schon fügen.

Beiläufig erhasche ich einen Blick auf meine Armbanduhr und der Schreck durchfährt mich wie ein Blitz. Es geht bereits auf die zwölf Uhr am Mittag zu und um fünfzehn Uhr habe ich einen überaus wichtigen Termin. Ein Vorstellungsgespräch beim Marktführer für Grafikdesign, Mode und Schmuck. Der Name der Firma lautet *Jaxx Corporation*. Unter keinen Umständen darf ich mich verspäten, denn diese Chance ist einmalig und wird sich mir nicht wieder bieten. Ehrlich gesagt, kann ich es immer noch nicht fassen, dass das Schicksal diesmal auf meiner Seite war. Wie gerufen, landete ein Flyer mit der Stellenausschreibung in meinem Briefkasten. Genau an dem Tag, an dem ich gekündigt wurde. Wie heißt es doch so schön: Manchmal schließt sich eine Tür, aber dafür öffnen sich andere, und darüber bin ich gottfroh.

Ich winke eines der Taxis herbei, die nicht weit entfernt an einem Stand ausharren. Das gelbe Gefährt hält neben mir, ich steige hinten ein und beuge mich etwas nach vorne, um mit dem Fahrer zu sprechen. „Hallo, ich ...“, setze ich an, doch breche mitten im Satz ab. Denn ich schaue in ein Paar sturmgrauer Augen, die mir verdammt vertraut erscheinen. Noch vor fünf Minuten haben mich eben solche Augen von Kopf bis Fuß taxiert.

„Ja, Fräulein?“, fragt der Fahrer stirnrunzelnd und beäugt mich skeptisch über den Rückspiegel. „Wohin soll es gehen?“ Der Kerl hat einen amerikanischen Akzent und bei genauerer Betrachtung nicht viel gemein mit Mister Düsternis. Außer dieser stechend grauen Augen. Er ist blond und sieht aus wie ein Surferboy. Mein Gott, die Erinnerung an den Fremden mit der dunklen Aura wird mich sicherlich noch eine Weile verfolgen.

Voller Scham räuspere ich mich und schüttle den Kopf, um das Bild von ihm aus meinen Gedanken zu verscheuchen. „Nach Eschborn an den Bahnhof, bitte. Danke schön.“

Mein Wohnkomplex liegt unmittelbar neben dem Eschborner Bahnhof. Es ist ein Dreifamilien-Haus, das vom Vermieter, einer alleinerziehenden Mutter und mir bewohnt wird. Ich lebe in der Souterrain-Wohnung, hätte mich aber niemals dafür entschieden, wenn ich vorher gewusst hätte, dass ich hier keinerlei Netzempfang habe. Außerdem steht Herr Kreuz, der Vermieter, ständig vor meiner Tür, weil ihm irgendetwas ausgegangen ist. Gestern war es Mehl. Ich bin gespannt, was es heute sein wird. Der alte neugierige Kauz bekommt es wohl immer mit, sobald ich heimkomme. Es würde mich nicht wundern, wenn er tagtäglich am Fenster hinter dem Vorhang wacht und auf meine Ankunft wartet.

Das sind die Momente, in denen ich meinem alten Leben nachtrauere. Obwohl Mom und ich immer knapp bei Kasse waren, besaßen wir ein Haus, das sie von ihren Eltern geerbt hatte. Nach ihrem Tod habe ich es verkaufen müssen, um unsere Schulden loszuwerden und neu zu beginnen. Tja und auch jetzt stehe ich wieder vor einem Neuanfang und muss mir den Respekt meiner neuen Kollegen erst einmal verdienen. Wenn ich die Stelle denn bekomme. Ich hoffe es so, so sehr.

Die nächste Stunde verbringe ich damit, mich zu schminken und adäquat herzurichten. Um Punkt vierzehn Uhr trete ich in einem schwarzen Business-Anzug in den Flur und eile die Treppenstufen hinauf. Ich will gerade an Herrn Kreuz' Appartement vorbeihechten, da schneidet mir Besagter den Weg ab, als hätte er mir aufgelauert.

„Fräulein Beatley, guten Tag", grüßt er mich mit seiner kratzigen Raucherstimme und zeigt mir sein fast zahnloses Lächeln. „Gut, dass ich Sie treffe."

Nur mit Mühe kann ich mir das Augenrollen verkneifen und nicke ihm stattdessen freundlich zu. „Hallo, Herr Kreuz, ich bin auf dem Sprung. Ist es wichtig oder können wir Ihr Anliegen später klären?"

Der Mann, der auf die achtzig zugehen dürfte, hustet heftig und stützt sich am Treppengeländer ab. Er muss sein Leben lang Kette geraucht haben. Jedenfalls hört sich sein festsitzender Husten danach an. Ehe er in seine Jackentasche greift, niest er auch noch frei heraus in meine Richtung. Ich hüpfe zwei große Schritte nach hinten und bete, meinen Vermieter schnell loszuwerden.

Als sich seine Hust-Nies-Attacke beruhigt hat, streckt er mir einen weißen Umschlag entgegen. „Der hier kam für Sie. Versehentlich ist er bei meiner Post gelandet. Den wollte ich Ihnen nur schnell persönlich überreichen, dann lasse ich Sie auch schon Ihrer Wege ziehen, hübsches Fräulein."

Ohne auf den Absender zu achten, nehme ich den Umschlag an und stopfe ihn achtlos in meine Handtasche. „Haben Sie vielen Dank“, sage ich übertrieben freundlich und zeige auf den Ausgang. „Ich muss dann los. Wiedersehen.“

Dann sprinte ich buchstäblich an ihm vorbei, damit ihm kein weiterer Vorwand einfallen kann, mich aufzuhalten. Hinter mir höre ich noch, dass er so etwas wie *die Jugend von heute* nuschelt, bevor ich endlich ins Freie gelange. Jetzt muss ich mich sputen, weil ich von Eschborn wieder zurück nach Frankfurt City muss. Das Büro der Jaxx Corporation liegt im Herzen der Stadt.

Wenig später steige ich aus dem Taxi und schaue voller Erleichterung auf meine Uhr, deren Zeiger auf halb drei stehen. Das heißt, ich kann mir Zeit lassen und werde nicht, wie vermutet, durchgeschwitzt und mit hochrotem Kopf in meinem Vorstellungsgespräch sitzen. Wunderbar. Das ist ein gutes Omen und hoffentlich ein Zeichen dafür, dass ich den Job ergattere.

Wie so oft um diese Uhrzeit sind die Straßen voll, es ist laut und ich habe das Gefühl, in der Masse von Menschen unterzugehen. Manchmal überfordern mich die Großstadt und die Hektik, die diese mit sich bringt. Autos schieben sich durch den zähen Verkehr und Fußgänger rempeln mich an, weil ich vor dem Gebäude mit der Hausnummer zehn auf dem Gehweg stehengeblieben bin. Es ist ein schönes Haus aus Sandstein mit Zierden an den bogenförmigen Fenstern und halbrunden Balkonen. Wir befinden uns im noblen Teil der Stadt. Nicht weit entfernt von hier bin ich heute früh im Bett dieses düsteren Adonis‘ aufgewacht. Sofort schüttle ich mich, um den Mann aus dem Kopf zu kriegen. Er darf einfach nicht in meinen Gedanken herum geistern, denn ich muss voll und ganz auf die bevorstehende Aufgabe fokussiert sein.

Im Taxi auf dem Weg hierher habe ich mich auf der Homepage der Firma über die Firmengeschichte belesen. Zu viel mehr hat es nicht gereicht. Vermutlich hätte ich mir die Infos in den vergangenen Tagen ins Hirn prügeln sollen, aber danach war mir einfach nicht. Wenn sich Mamas Todestag nähert, bin ich immer in dieser Alles-und-jeder-kann-mich-mal-Laune. Hinzu kam noch die Kündigung. Tja und jetzt gehe ich eben nahezu unvorbereitet in diesen Termin.

Wenigstens ein paar Dinge weiß ich. Die Corporation gibt es schon seit fast zwei Jahrzehnten, doch erst seit ein paar Jahren kann sie globale Erfolge verschreiben. Es existieren Standorte auf allen Kontinenten dieser Welt und der Geschäftsführer soll ein wahres Grafikdesign-Genie sein. Sein Name stand dort auch irgendwo, aber er ist mir wieder entfallen.

Ich nehme einen tiefen Atemzug und betätige die Klingel. Es gibt nur eine beschriftete, alle anderen sind weiß. Vermutlich erstrecken sich die Büroräumlichkeiten über das gesamte Gebäude. Mit einem Surren öffnet sich die dicke Holztür und ich betrete einen langen, kahlen Flur, an dessen Ende sich ein Fahrstuhl befindet. Allerdings werde ich einen großen Bogen um diesen machen. Ich habe Angst vor engen Räumen und nur, wenn es sich nicht vermeiden lässt, zwinge ich mich in eine dieser Folterkammern. Also erklimme ich die Treppen ins dritte Obergeschoss, wo ich mich am Empfang melden soll.

Es gibt hier oben zwei Türen, eine davon steht offen und ich gehe darauf zu. Zwar bin ich nicht der Typ für Muffensausen, aber ich habe auch schon ewige Zeiten kein Vorstellungsgespräch mehr gehabt. Und immerhin geht es hier um meine Zukunft. Es ist mucksmäuschenstill und die Räumlichkeiten wirken beinahe verwaist, als ich in das beeindruckende Foyer eintauche. Augenblicklich bleibe ich stehen und forme mit den Lippen ein tonloses Wow. Mein Herz pocht heftig und ich komme aus dem Staunen gar nicht mehr heraus, denn ich habe vieles erwartet, nur nicht das. Ein Ort, der jeder Galerie den Rang streitig machen könnte. Überall an den weißen Wänden hängen faszinierende Schwarzweißgemälde- und Fotografien. Bilder von wunderhübschen Frauen und Männern in überaus eindeutigen Posen. Bilder, die einen unweigerlich in den Bann ziehen, weil sie so viel nackte Haut zeigen.

Eines hat es mir besonders angetan. Langsam bewege ich mich auf die Leinwand zu. Nur das Klackern meiner Absätze auf dem Holzboden durchbricht die Stille. Mit schiefgelegtem Kopf bleibe ich davor stehen und versuche, die Gefühle einzuordnen, die das Bild in mir weckt. Ich bin nicht so prüde, wie ich rein äußerlich wirken mag, aber diese Fotografie ist in meinen Augen fast zu obszön, um sie an einem öffentlichen Ort auszustellen.

Die Frau, die darauf abgebildet ist, kniet in devoter Haltung und mit weit gespreizten Beinen auf dem Boden. Sie ist gänzlich unbekleidet und hat nichts als eine Augenbinde um. In ihrem Mund steckt ein Ballknebel und sofort poppt der Begriff BDSM in meinem Kopf auf. Nicht, dass ich den Anblick der geknebelten Dame besonders reizvoll fände, aber neugierig macht er mich schon. Was mein Interesse an der abgebildeten Szene jedoch insbesondere weckt, ist die tätowierte Männerhand, deren beringte Finger auf den Schamlippen der Frau liegen. Man sieht ein Stück weißes Hemd, einen Manschettenknopf und die Ansätze eines Tattoos. Aber ich kann nicht eindeutig sagen, worum es sich dabei handelt. Dieses Foto ist für mich mindestens so erregend, wie es verstörend ist.

Vor meinem geistigen Auge spielt sich ein kleines Filmchen ab und ohne es zu wollen, frage ich mich, wie es wäre, in derselben Position zu sein. Nackt vor einem bekleideten Mann. Diesem ausgeliefert. Dessen warme Pranken auf meinem zierlichen Körper. Die Finger in ...

„Frau Beatley, hallo“, erklingt eine glockenhelle Stimme hinter mir und entreißt mich meinem inadäquaten Kopfkino.

Ich zucke zusammen, ziehe die Schultern hoch und wende mich der Person mit heißen Wangen zu. „Hallo, wie ...“, grüße ich und verstumme abrupt, als ich erkenne, wen ich vor mir habe. Wieder steht mir der Mund offen, was vermutlich wenig damenhaft aussieht, aber ich bin platt wie eine Flunder und habe meine Mimik nicht unter Kontrolle. Mit großen Augen starre ich die blonde Frau an und mahne mich schließlich zur Räson. „Lola, was machst du hier?“, frage ich perplex und schiebe mir aus Nervosität einige Haarsträhnen hinter das Ohr.

Im Gegensatz zu mir wirkt Lola kein bisschen erstaunt. Sie lächelt mich breit an und streckt mir ihre Hand entgegen, die ich zögerlich ergreife. „Schön, dass du es einrichten konntest, Heart. Ich darf doch Heart sagen, oder?“ Sie schmunzelt.

„Ähm, ja, ähm, na-natürlich.“ Meiner Bewerbung hatte ich, wie es sich gehört, ein Bild beigefügt. Wusste Lola also schon bei unserer ersten Begegnung, wer ich bin? Und Moment mal ... „Nein!“, stoße ich aus, denn mir wird klar, was Lolas Anwesenheit hier zu bedeuten hat. „Er ist doch dein Chef. Der Mann von heute Morgen. Bitte sag mir nicht, ich habe mein Gespräch jetzt mit ihm?“ Mir wird heiß und wieder kalt und dann schwirrt mir der Kopf. Nicht allein vom Restalkohol, sondern insbesondere vor Scham. Nie im Leben kann ich das Büro dieses Typen betreten, ohne im Boden versinken zu wollen.

Lola schenkt mir ein unverbindliches Lächeln. „Er erwartet dich zwar erst in fünfzehn Minuten, aber das ist egal." Sie macht eine ausladende Armbewegung in Richtung einer schwarzen Tür. „Wenn ich bitten darf."

In meinem Kopf jedoch schrillen so viele Alarmglocken auf einmal, dass ich am liebsten auf dem Absatz kehrtmachen und weglaufen würde. Himmelherrgott! Habe ich vorhin noch an ein gutes Omen geglaubt, lacht mir das Schicksal nun voller Schadenfreude ins Gesicht. Ich bin wie an Ort und Stelle verwurzelt, schaffe es nicht, mich zu regen. Das Einzige, was sich ganz eindeutig bewegt, ist mein Brustkorb, der unter meinen heftigen Atemzügen bebt.

Lola zieht ihren Arm zurück und runzelt die Stirn. Vermutlich mache ich einen erbärmlichen Eindruck auf sie, aber ich kann es nicht ändern. Allein bei dem Gedanken an Mister Düsternis möchte ich mir ein Loch im Boden graben. Er hat mich in einem meiner schwächsten Momente erwischt und ich kann mich nicht einmal daran erinnern, wie er mich vor dem Friedhof aufgesammelt hat. Das ist mitunter am peinlichsten an der Sache. Seit heute früh male ich mir aus, wie er mich halbohnmächtig von seinem Wagen in seine Wohnung hinauf getragen haben muss. Und nun soll ich bei ihm für die Stelle als Assistentin vorsprechen. Nach dem unvergesslichen ersten Eindruck, den ich hinterlassen haben muss, kann ich mir schwer vorstellen, dass er mich für die Stelle auch nur in Betracht ziehen würde.

Lola tritt näher und greift nach meiner Hand, was ich in all meiner Panik nur nebenbei mitbekomme. „Hey, hey, hey, ist alles in Ordnung, Heart?", fragt sie sanft und neigt den Kopf, um meinen Blick einzufangen. Ihre blauen Augen strahlen mich an. Belustigung, doch auch Verständnis schlagen mir aus ihrem Gesicht entgegen. Mit dem Daumen streichelt sie meinen Handrücken, was mich tatsächlich etwas beruhigt. „Mach dir keinen Kopf", flüstert sie mir zu, als wollte sie mir ein Geheimnis verraten. „Mal unter uns: Wir schlagen alle ab und an etwas über die Stränge und ich bin mir sicher, du hattest gute Gründe für deinen Absturz. Frederick wird dich nicht nach dieser Sache beurteilen. Das verspreche ich dir. Wenn es so wäre, dann hätte er dir heute früh schon die Absage erteilt. Er schaut auf deinen Lebenslauf und hauptsächlich kommt es ihm bei dieser Stellenbesetzung darauf an, dass ihm die Person sympathisch ist. Die Chemie muss stimmen, denn diejenige wird eine zentrale Rolle in Fredericks Geschäftsleben einnehmen. Sozusagen sein Mädchen für alles, seine Ehefrau in der Firma." Lola lacht, doch schafft es nicht, mich damit anzustecken.

Stattdessen schlucke ich kräftig und reiße die Augen auf. „Seine ... was? Ehe ... frau?" Ihre Umschreibung des Jobs macht mich nur noch nervöser und angespannter.

„Fräulein Beatley." Ich fahre heftig zusammen, als die Stimme von Mister Düsternis durch den Flur hallt. Lola und ich drehen uns beide gleichzeitig in die Richtung, aus der sie zu hören war. Da steht er höchstpersönlich, der Adonis mit den stürmischsten grauen Augen, in die ich je geblickt habe, und sieht mich unverwandt an. Wie vorhin trägt er einen schicken Anzug, diesmal ohne Krawatte, und mit einem weißen Hemd darunter. Es steht oben leicht offen und gewährt Einblicke auf seine dezent gebräunte Haut. Ich meine, die Ansätze eines Tattoos zu erhaschen, aber ich wage es nicht, länger, als es sich ziemt, hinzuschauen. Besser so. Dieser Mann weckt ein gefährliches Interesse in mir, das für unser potentielles Chef- Angestelltenverhältnis vollkommen fehl am Platz ist.

Er kommt auf uns zu und ich versteife mich, denn er wirkt wie ein sich heranpirschendes Raubtier. „Danke, Lola, du kannst zurück an deinen Platz“, sagt er zu seiner Mitarbeiterin.

Lola hält nach wie vor meine Hand und ich klammere mich an ihr fest, drücke meine Fingernägel in ihre Haut. Flehend schaue ich sie an und sie klopft mir bestärkend auf die Schulter, also lasse ich sie gehen. Ich verhalte mich wirklich lächerlich. Was soll schon geschehen? Mehr als mich seines Büros verweisen, kann er nicht und eine größere Peinlichkeit, als die, in seinem Bett aufzuwachen, wird mir heute sicherlich nicht passieren. Hoffentlich. Also straffe ich die Schultern und recke das Kinn.

„Danke, Lola, es war schön, dich so unerwartet wiederzusehen.“

Sie grinst, winkt mir im Gehen und zwitschert: „Bis gleich, Liebes. Toi, toi, toi.“ Dann ist sie auch schon in einem der Büros verschwunden und ich nehme einen unüberhörbar tiefen Atemzug.

Vor mir bleibt er stehen und ich muss den Kopf in den Nacken legen, um ihm ins Gesicht schauen zu können. Seine Präsenz ist mächtig und mindestens so beeindruckend wie finster und erdrückend. Es ist, als würde sich ein dunkler Teppich vor den strahlend blauen Himmel schieben. Wie eine Sonnenfinsternis. Dieser Kerl bringt unbeschreibliche Dunkelheit mit sich und obwohl ich seine Körperwärme spüre, weil er sich so nah vor mir befindet, ist mir kalt. Doch dann fällt mir wieder ein, dass ich nicht einmal seinen vollen Namen weiß. Dieser Fakt lässt es mir sofort wieder warm werden und der Schweiß bricht mir aus. Wie soll ich ihn nennen und begrüßen, wenn mir sein Name entfallen ist? Hoffentlich stellt er sich noch einmal vor oder hat ein Namensschildchen an seiner Tür. Mister Düsternis kann ich ihn wohl kaum nennen, auch wenn der Titel wunderbar zu ihm passen würde.

„So sieht man sich wieder, Fräulein Beatley."

Ich räuspere mich und muss mich zwingen, den Blick nicht abzuwenden, weil die Scham wieder überhandnimmt. „Ähm ja, guten Tag."

„Haben Sie sich gut von ihrer kleinen Eskapade erholt?", fragt er völlig unverblümt und neigt seinen Kopf näher zu mir. „Dass sie gut geschlafen haben, weiß ich ja."

Ich verschlucke mich fast an meiner eigenen Spucke und habe alle Mühe zu verhindern, dass mir der Mund aufklappt. Dann ist er auch noch so frech und zwinkert mir zu, ehe er sich mit einem winzigen Schmunzeln auf den Lippen abwendet. Er stolziert zu der schwarzen Tür, auf die Lola vorhin gezeigt hat und öffnet sie. Ohne mich zu bitten, ihm zu folgen, marschiert er in den Raum. Dieser Mann ist speziell. Mehr als das. Ob ich mit ihm als Arbeitgeber überhaupt zurechtkäme?

Ehe ich ebenfalls sein Büro betrete, lockere ich meinen Nacken und stoße einen Schwall Luft aus. Wieder komme ich ins Staunen, denn es ist nicht minder stylisch eingerichtet als der Flur. Ein massiver Holzschreibtisch dominiert den vergleichsweise kleinen Raum. Ein sanfter Duft von Rosen liegt in der Luft und das Rundbogenfenster sorgt für den perfekten Lichteinfall. Weil es fast über die komplette Breite des Zimmers reicht, ist es warm hier drinnen und die Sonne lässt die Schatten des Mobiliars an der Wand tanzen. Ich stöckele auf den Schreibtisch zu, während er mich keine Sekunde aus den Augen lässt, und nehme auf dem Sessel davor Platz.

Vor Scham schaue ich überall hin, nur nicht in sein Gesicht, doch ich spüre, dass er mich unentwegt ansieht. Er greift nach einer Handakte rechts von sich, dabei rutschen sein Sakkoärmel und das Hemd etwas nach oben und mir bleibt für einen Augenblick die Luft weg. Ohne zu atmen, starre ich auf seine Hand. Starre und starre, denn sie kommt mir ziemlich bekannt vor. Die Ringe an den langen Fingern. Die Manschettenknöpfe und die Ansätze eines Tattoos. Hitze schießt durch meinen Körper und sammelt sich in meinem Kopf. Ich schwitze aus jeder Pore, während er irgendetwas erzählt, aber ich höre ihn nur wie aus der Ferne und verstehe kein Wort. Und obwohl ich mich wie von ihm durchleuchtet fühle, kann ich nicht damit aufhören, seine schönen, großen Hände zu betrachten. Hände, von denen ich glaube, auf dem Schwarzweißfoto im Flur abgelichtet zu sein. Finger, die auf der Pussy einer splitterfasernackten Blondine gelegen haben. Steht er etwa auf BDSM und lebt seine Vorlieben öffentlich aus? So öffentlich, dass er ein Foto seiner lustvollen Spielchen in seinen Geschäftsräumen aufhängen würde?

„Fräulein Beatley?“ Sein Ton ist forsch.

Von seinen Händen schießt mein Blick hinauf zu seinen sturmgrauen Augen. „Ja?“, frage ich in piepsigem Ton und ärgere mich schwarz, weil ich so dümmlich klinge. Bestimmt ist ihm nicht entgangen, wie wenig ich ihm zugehört habe. Es würde mich nicht wundern, wenn er jetzt einen noch schlechteren Eindruck als ohnehin schon von mir hätte.

Mit hochgezogenen Augenbrauen lehnt er sich in seinem Lederstuhl zurück und verschränkt die Arme vor der Brust. Er blickt grimmig drein und schnaubt auf. „Ich kann nachvollziehen, dass Sie noch etwas durch den Wind sind, aber ich verlange Ihre volle Aufmerksamkeit, damit das zwischen uns funktioniert. Also, ich hatte Ihnen ein Kompliment zu Ihrem Lebenslauf gemacht. Wie ich sehe, haben Sie die vergangenen fünf

Jahre Vollzeit gearbeitet und nebenher sogar ein Studium begonnen. Sie sind fleißig. Das weiß ich zu schätzen.“

Kann es solche Zufälle wirklich geben? Warum musste gerade er mich vor dem Friedhof finden? „Ja, ich, ähm, natürlich, es tut mir leid“, stammele ich. „Und Danke schön, das Studium bereitet mir sehr viel Freude.“ Ich hole tief Luft und beiße mir auf die Unterlippe. „Darf ich Sie etwas fragen?“

„Immer heraus damit.“

„Das ist schon ein seltsamer Zufall, dass Sie zur selben Zeit auf dem Friedhof waren, finden Sie nicht? Und wieso haben Sie mich nicht vorgewarnt, als ich ihre Wohnung verlassen habe? Sie müssen mich doch anhand meines Bewerbungsfotos erkannt haben, oder nicht?“

Ein kurzes, fast unmerkliches Grinsen huscht über seine Lippen. „Wo wäre da der Spaß geblieben, wenn ich Ihnen vorab verraten hätte, dass Sie die Nacht im Bett Ihres potentiellen Arbeitgebers verbracht haben? Natürlich habe ich Sie erkannt. Schon auf dem Friedhof, als ich Sie in wirklich schlechtem Zustand gefunden habe.“

Er kratzt sich über das Kinn und wieder wird mir beim Anblick seiner Hand heiß. Mein Herz schlägt schneller und meine Gedanken wirbeln kreuz und quer durch meinen Kopf. Es fällt mir unglaublich schwer, mich auf diese Unterhaltung zu konzentrieren.

„Fräulein Beatley!“

Wieder zuckt mein Blick zu seinem. „Ja?“, sage ich leise und bin peinlich berührt, weil ich neuerlich unachtsam war.

„Ob Sie schon morgen anfangen können, lautete die Frage“, blafft er mich an.

Auch wenn ich seinen Unmut wegen meiner Unaufmerksamkeit nachvollziehen kann, bin ich nicht im Mindesten zu einer ordentlichen Reaktion fähig. Denn jetzt kann ich das Herunterfallen meiner Kinnlade nicht mehr verhindern. „Morgen?“, wiederhole ich völlig von den Socken.

„Ja, wir treffen uns morgen früh um sechs Uhr am Flughafen. Lola wird Ihnen die Details mitteilen und was Sie für unsere Reise brauchen. Das Vertragliche regeln wir, sobald wir im Flieger sitzen.“ Ich bin immer noch perplex und kann mich deshalb nicht einmal an seiner übertriebenen Selbstsicherheit stören. Er scheint nicht ansatzweise in Betracht zu ziehen, dass ich den Job ablehnen könnte. Hat er mich eben tatsächlich vom Fleck weg eingestellt? Nach allem, was er heute schon mit mir erleben durfte?

„Ich ... ich soll mit Ihnen verreisen?“ Den Satz bekomme ich kaum über die Lippen, weil allein die Vorstellung, mit ihm unterwegs zu sein, meinen Kopf schwirren lässt.

Mit zuckenden Mundwinkeln erhebt er sich und stampft zur Tür, ehe er diese öffnet. Damit erklärt er unser Gespräch offiziell für beendet. Obwohl ich noch so ungefähr eintausend Fragen habe, werde ich diese nicht stellen, denn er wird sie mir jetzt sicher nicht beantworten. In meinem Magen kribbelt es vor Aufregung, während ich mich erhebe und langsam den Rückzug antrete. Als ich an ihm vorbeigehe, schaue ich ihn vorsichtig aus dem Augenwinkel an und verabschiede mich.

„Lola“, ruft er und die blonde Schönheit kommt sogleich herbeigestöckelt. „Bitte informiere Fräulein Beatley über die Details der morgigen Reise. Und Sie, meine Liebe“, ich drehe mich zu ihm um und treffe auf seinen eisernen Blick, „lesen Sie das nächste Mal zuerst die Stellenbeschreibung richtig, bevor Sie sich übereilt bewerben. In der Anzeige war zu lesen, dass ich eine Reise-Assistentin suche. Für mein Büro vor Ort habe ich Lola. Also machen Sie es gut, bis morgen.“ *Bumm* und die Tür knallt zu.

Was ist nur los mit diesem Mann? Okay, ja, er ist abgöttisch heiß. Das lässt sich nicht leugnen. Aber will ich wirklich für jemanden arbeiten, der mich entweder mit seinen dunklen Blicken in den Boden starrt oder sich wie ein arroganter Sack verhält? Da kann die Zusammenarbeit doch nur schiefgehen.

Lola legt mir eine Hand auf die Schulter und sieht mich entschuldigend an. „Nimm es ihm nicht übel. Er ist ein harter Brocken, aber ich bin mir sicher, ihr werdet noch warm miteinander. Wenn du meine bescheidene Meinung hören möchtest, er ist ein toller und gerechter Boss. Aber ich verstehe natürlich auch, wenn dir das alles zu plötzlich kommt und er dich mit seiner Schroffheit verschreckt hat.“ Sie hält mir eine schwarze Mappe entgegen. „Hier. Ich habe dir ein paar Informationen für die Reise zusammengestellt und was du alles dabeihaben solltest. Ich hoffe, du bist im Besitz eines gültigen Reisepasses, aber wenn nicht, kriegen wir das auch irgendwie hin. Dann lassen wir dir über unsere Kontakte geschwind einen vorläufigen ausstellen.“

„Ich habe einen Pass“, versichere ich ihr, auch wenn ich mich noch nicht entschieden habe, ob ich dieses Arbeitsverhältnis wahrhaftig eingehen will. Immerhin ist der Kerl, der mein neuer Boss sein soll, nicht nur ein Griesgram, sondern scheint außerdem auf besondere sexuelle Praktiken abzufahren. Zugegeben, Letzteres ist für unser Arbeitsverhältnis unerheblich. Also nehme ich ihr die Mappe ab, denn meine Neugier siegt wie so oft über das flaue Gefühl in meinem Magen.

„Gut. Dann hätten wir das.“ Lola lächelt breit und läuft voraus zum Fahrstuhl, woraufhin ich ihr folge. Sie betätigt den Rufknopf und fährt sich durch ihr langes blondes Haar. „Und wie Herr Fonds dir wahrscheinlich schon erklärt hat, das Vertragliche besprecht ihr morgen. Also, bis bald.“

Mir entfährt ein Laut der Überraschung und ich ziehe die Augenbrauen hoch, weil der Name meines potentiellen Arbeitgebers wie ein Blitz in meinem Kopf einschlägt. Ich erinnere mich. Er heißt *Frederick J. Fonds.*

Bevor ich noch etwas erwidern kann, schließen sich die Lifttüren und ich bin allein. Mit meinen wild kreisenden Gedanken. Mit der Entscheidung, die ich zu fällen habe. Mit meinen Sorgen. Wie immer. Das ist ja nichts Neues.

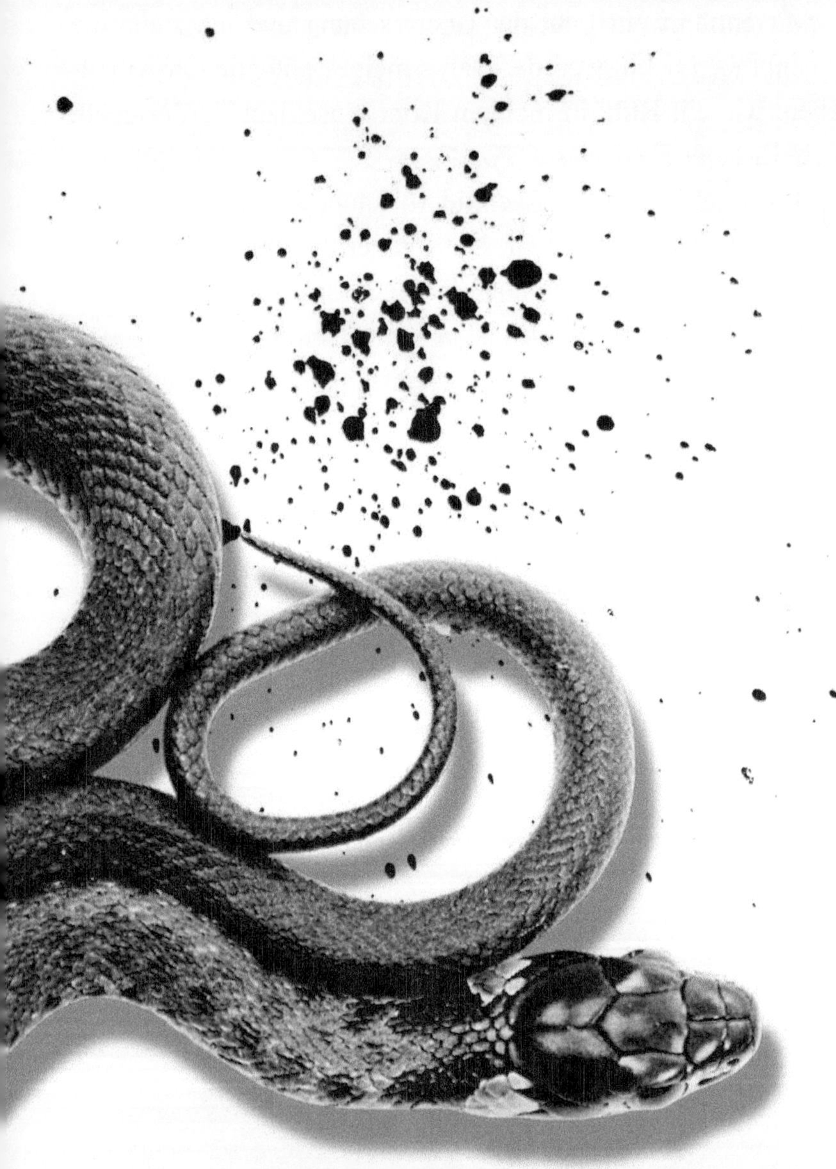

Kapitel 6 – Heart

Es ist vier Uhr in der Früh, als ich das letzte Mal auf den Wecker stiere, bevor ich beschließe, mich endlich aus dem Bett zu schälen. Die Nacht über habe ich kein Auge zugetan, sondern mich mit der Entscheidung gequält, ob ich dieses Abenteuer, das sich mein neuer Job nennt, wagen sollte oder lieber nicht. Habe ich mich entschieden? Ja. Allerdings bin ich mir nicht sicher, die richtige Wahl getroffen zu haben. Denn eines kann ich nicht leugnen: Mein Kopfkino, was meinen neuen Arbeitgeber anbelangt, gehört verboten.

Seit ich das Büro von Frederick Fonds verlassen habe, spielen meine schmutzigen Fantasien verrückt. Alles bloß wegen einer tätowierten Hand auf einem Schwarzweißfoto. Die Hand, von der ich annehme, dass sie meinem neuen Boss gehört. Die gesamte Nacht über wollten mir eben diese große, männliche Hand und was sie mit der Blondine angestellt hat, nicht aus dem Kopf gehen. Doch ganz gleich, was gegen den Job spricht, ich brauche ein regelmäßiges Einkommen. Von Luft kann ich nicht und vom Staat will ich nicht leben. Und deswegen werde ich jetzt meine Koffer packen, mich zurechtmachen und um Punkt sechs Uhr am Terminal zwei des *Mayham Privatflugha-*

fens einfinden. Wie von Mister Düsternis verlangt. Okay, gut, ich habe mich auch für diesen Job entschieden, weil mir die Abenteuerlust in den Fingern juckt. Bis auf die schrecklichen Erlebnisse in meiner Kindheit kann ich nicht behaupten, schon viel erlebt zu haben. Jedenfalls nichts Gutes. Ich war noch nie im Ausland in Urlaub und brenne darauf, die Welt zu erkunden.

Schwerfällig recke ich meine müden Glieder und werfe meine Beine aus dem Bett. Ein Griff nach rechts auf den Nachttisch und ich halte Lolas Mappe in den Händen, um mir neuerlich ihre ellenlange Liste zu Gemüte zu führen. Was ich alles an Kleidung dabei haben soll, muss ein schlechter Scherz sein. Einiges davon besitze ich nicht einmal und muss es irgendwo während der Reise neu kaufen. Zum Beispiel Wanderstiefel und einen Schneeanzug. Was zur Hölle hat mein neuer Boss bloß vor? Aktivurlaub mit seiner Angestellten?

Die nächste halbe Stunde verbringe ich damit, zu packen, gehe anschließend eiskalt duschen, um wach zu werden, schminke mich und ziehe mich an. Mein Haar trage ich offen und lasse es trocknen, weil ich keine Zeit mehr habe, es zurecht zu föhnen. Inzwischen haben wir fünf Uhr und das Taxi wartet bereits vor der Tür. Ich werfe mich in meinen Blazer, schnappe mir meine Handtasche und den Rollkoffer und verlasse meine Wohnung schweren Herzens. Zum einen, weil ich keine Ahnung habe, wie lange ich fort sein werde. Zum anderen, weil ich noch nie im Leben geflogen bin und ehrlich gesagt, etwas Muffensausen habe. Aber na ja, es gibt für alles ein erstes Mal.

Als ich keine halbe Stunde später am *Mayhem Privatflughafen* ankomme, staune ich nicht schlecht. Ich betrete das vergleichsweise kleine Terminal und schaue mich fasziniert um. Es gibt eine kleine Einkaufsmeile, die aus mehreren Designermodeläden und einem Fünf-Sterne-Restaurant besteht. Die

Böden sind aus weißem Marmor und im Wartebereich reihen sich edle Sofagarnituren und Sessel aneinander. Darunter sogar einige Massagesessel. An einer kleinen Bar bekommt man kostenfreie Longdrinks, Cocktails und alkoholfreie Getränke. Der Wahnsinn.

Ich möchte gerade in den Wartebereich staksen, da umfasst jemand meine Schulter. Natürlich kann es sich nur um eine Person handeln. Ich drehe mich und der stechende Blick aus stürmisch grauen Augen nimmt mich gefangen. „Gu ... Guten Morgen, Herr Fonds."

Wie die letzten beiden Male, die wir uns begegnet sind, trägt er auch heute einen schwarzen Anzug, der ihm wie auf den Leib geschneidert wirkt. Seine eiskalte Präsenz hüllt mich ein und es kommt mir vor, als würde die Temperatur im Raum schlagartig sinken. „Guten Morgen, wie schön, dass Sie die falsche Scham abgestreift haben. Dann kann unsere Reise ja beginnen. Reichen Sie Ihr Gepäck doch bitte an Cecily weiter." Wie gerufen, springt eine rothaarige Schönheit freudestrahlend aus Fonds Schatten und deutet einen kleinen Knicks an.

„Ich bin Cecily, Ihre Flugbegleiterin, und werde Ihnen jeden Wunsch von den Lippen ablesen. Was auch immer Sie wünschen, sollen Sie bekommen." Hä, echt jetzt? O mein Gott, wo bin ich bloß gelandet? Der Dame strahlt die Sonne geradezu aus dem Arsch und das bekommt mir am frühen Morgen überhaupt nicht.

Rein der Höflichkeit wegen lächle ich zurück, während ich meinen Rollkoffer in ihre Richtung schiebe. „Hallo, Cecily, danke schön."

„Sehr gern, ich freue mich schon ..."

„Cecily, danke, gehen Sie jetzt“, fällt ihr Fonds messerscharf ins Wort.

Die junge Frau sieht ihn verschreckt an und presst die Lippen aufeinander. Wie ein geprügelter Hund geht sie mit unseren Koffern davon und ich frage mich, ob mein neuer Boss wie ich ein Morgenmuffel ist. Das würde wenigstens sein Verhalten erklären. Seine gesamte Aura wirkt dunkel, lasterhaft und verrucht. Ich kann mir nicht helfen, aber dieser Mann weckt den Wunsch in mir, in den Tiefen seines Wesens zu forschen und herauszufinden, was sich unter dieser harten Schale verbirgt. *Geheimnisse, mit Sicherheit viele*, flüstert eine leise Stimme in mir.

Auf einmal findet Fonds Hand an meinen unteren Rücken und ich versteife mich. Ich atme seinen Duft nach Aftershave und orientalischen Ölen tief ein. Er riecht herrlich männlich und das Gefühl, seine Finger direkt auf meiner Haut zu spüren, nimmt mich ein. Was natürlich Schwachsinn ist, weil mehrere Stoffschichten zwischen uns liegen.

„Folgen Sie mir“, bittet er mich und zeigt auf den Securityschalter nicht weit entfernt von uns.

Nach der Kontrolle steigen wir auf dem Flugplatz in einen Wagen, der uns zu unserer Maschine bringt. Ich höre meinen Puls bis in meine Ohren und meine Hände sind schweißnass, als sich der Stahlvogel vor uns auftut. Der Name von Fredericks Firma prangt auf dessen Flanke: *Jaxx Corporation.* Und wieder realisiere ich, im Begriff zu sein, etwas Verrücktes zu tun. Ich kenne nicht einmal die Konditionen meines Arbeitsvertrages und steige mit einem wildfremden Mann in einen Flieger, ohne zu wissen, wohin diese Reise geht. *Mein Gott, Heart, du hattest schon bessere Ideen.*

Nachdem wir den Wagen verlassen haben, stehen wir mitten auf dem furchtbar zugigen Rollfeld. Es fröstelt mich und der kühle Wind weht mir die Haare ins Gesicht. Aus dem Augenwinkel erkenne ich Cecily, die an der Gateway bereits auf uns wartet. Sie grinst mich breit an. Vermutlich kann man mir die Nervosität vom Gesicht ablesen und sie findet das lustig. Tja, das finde ich auch, denn normalerweise bringt mich nichts so schnell aus der Fassung. Dafür habe ich in meinen fünfundzwanzig Lebensjahren einfach schon zu viel gesehen und erlebt. Aber es gibt für alles ein erstes Mal und eine leise Vorahnung sagt mir, dass ich mit meinem neuen Boss einige erste Male erleben werde. Man bedenke nur die Wanderstiefel und den Schneeanzug.

Ich folge Cecily und Fonds die Rampe nach oben und wir betreten das Innere des Privatjets. Genau im selben Moment geht die WC-Tür auf und ein Mann tritt hinaus in den Gang. Versehentlich renne ich in ihn hinein und stolpere einen Schritt zurück.

„Perez!“, stößt Cecily aus, als sie bemerkt, dass ich nicht mehr hinter ihr bin, weil dieser Koloss mir im Weg steht. Sie befindet sich in seinem Rücken und stupst ihn an. „Mr Perez, sei doch so nett und mach der Lady Platz!“

Der Typ, der offensichtlich Perez heißt, grinst süffisant und verschränkt die Arme vor der Brust. Er baut sich breitbeinig im Mittelgang auf und versperrt mir demonstrativ den Durchgang zur Passagierkabine. Dabei stelle ich fest, dass er nicht weniger düster wirkt als Fonds. Genau genommen haben die beiden sogar Ähnlichkeit miteinander. Sind die zwei vielleicht verwandt?

Mit seinen dunklen, fast schwarzen Augen fixiert er mich und das Grinsen liegt unablässig auf seinen Lippen. Der Kerl wirkt nicht überheblich wie Fonds, sondern eher, als hätte er es faustdick hinter den Ohren. „Ich denke ja nicht mal dran“, gibt er von sich und ich ziehe voller Verwirrung die Augenbrauen zusammen. „Mir gefällt der Ausblick, der sich mir bietet, ziemlich gut.“ Seine vollen Lippen formen sich zu einem sexy Lächeln und geben den Blick auf seine strahlendweißen Zähne frei. Wer zur Hölle ist der Kerl?

Perez zieht mich geradezu mit den Augen aus, als er nach meiner Hand greift. Er führt sie an seine Lippen und haucht einen Kuss auf meine Fingerknöchel. „Darf ich mich vorstellen?“ Selbst diese einfachen vier Worte klingen furchtbar anzüglich aus seinem Mund. „Cruz Herrera-Perez, Frederick Jaxxon Fonds ältester und bester Freund. Und du bist unverkennbar seine wunderschöne Reisebegleitung, seine neue Angestellte.“

Aha! Das J in Fredericks vollem Namen steht also für Jaxxon. Ich räuspere mich, weil Perez‘ forschende Blicke kaum auszuhalten sind, ohne dabei rot anzulaufen. Dass ich in kürzester Zeit gleich zwei Männern begegne, die diese Wirkung auf mich haben, ist schon fast zum Lachen. „Ja, ich bin Heart.“

„Unglaublich“, sagt er und betrachtet mich neugierig und fasziniert zugleich.

„Freut mich ebenfalls“, nuschele ich und frage mich, was dieses Theater soll. Am liebsten würde ich Abstand von ihm nehmen. Außerdem bin ich mir nicht sicher, ob für uns alle genug Platz in diesem Flugzeug sein wird. Allein die Aura dieser beiden Männer nimmt schon genug ein.

„Also dann, hübsche Lady.“ Cruz hält meine Hand, während wir gemeinsam in das edle Flugzeuginnere eintauchen.

Ich blicke mich mit großen Augen um. Noch niemals bin ich mit solchem Reichtum in Berührung gekommen. Vor uns erstreckt sich ein hellbeiger Loungebereich mit einem einzigen langgezogenen Ledersofa auf einer Seite und diversen kleineren Sitzgruppen auf der anderen. Mehrere Flachbildschirme hängen an den holzverkleideten Wänden, im hinteren Areal gibt es eine Bar, zwei weitere WCs und so, wie es aussieht, beherbergt dieser Luxusflieger sogar mehrere private Schlafräume. Auf einem Schild hinter der Bar lese ich: *zu den Schlafkabinen*. Aber warum wundere ich mich überhaupt darüber? So viel, wie Fonds vermutlich geschäftlich reist, wird diese Maschine so etwas wie sein zweites Zuhause sein.

Mitten im Raum bleibt Cruz stehen und stemmt die Hände in die Hüften. „Und was sagst du? Der Wahnsinn, oder?“

„Ja, ich schätze schon.“ Ich klinge weder überzeugend noch begeistert.

„Du schätzt schon?“ Mit gerunzelter Stirn legt Cruz den Kopf schief und sieht mich an, als hätte ich ihn beleidigt.

„Ja, ich meine, ähm, wirklich cool.“

„Hm“, meint er merklich enttäuscht, „dich kann man mit Luxus nicht so leicht verzaubern, was?“

„Nein“, gebe ich zu und schmunzle, weil er völlig vor den Kopf gestoßen wirkt. Ich vermute mal, dass er haufenweise Frauen kennt, die ihm bei diesem Anblick sofort auf den Schoß hüpfen würden.

Doch dann lächelt er und stößt mir mit der Faust sanft gegen das Kinn. „Sehr gut, du gefällst mir. Setz dich, wohin du willst. Frederick kommt auch gleich. Wir starten in zehn Minuten.“

Er stapft in Richtung der Schlafkabinen und ich atme einmal tief durch und schaue mich um. Letztendlich lasse ich mich auf einem der breiten Sessel nieder und starre gedankenverloren aus dem Fenster hinaus, wo ein schmaler hellroter

Streifen am Horizont zu erkennen ist. Die Sonne ist am Aufgehen und wo auch immer wir hinfliegen, ich hoffe, sie folgt uns auf unserem Weg.

„Gut geschlafen?", ertönt eine Stimme leise neben mir und die Person atmet mir in den Nacken. Jemand legt mir eine Decke über die Knie, ich höre Gemurmel und wie ein Wagen geschoben wird. Blinzelnd öffne ich die Augen und schaue Frederick ins Gesicht. Sein Blick ist weder kalt noch warm, sondern völlig neutral. Er sitzt in dem Sessel direkt neben mir und der Duft seines Aftershaves zieht mir in die Nase.

„Sie sind eingenickt. Wir sind schon in der Luft", lässt er mich wissen und reicht mir ein Glas mit Orangensaft, das Cecily ihm soeben gegeben hat. Ich stelle es auf der Sesselablage ab. Es muss Fonds gewesen sein, der mich zugedeckt hat, aber dazu werde ich mich nicht äußern.

Ich räuspere mich und nicke Cecily zu. „Danke für den Saft."

Fonds legt eine Hand auf mein Knie und ich kann es kaum fassen. Die Stelle glüht förmlich und ich bin mir nicht ganz sicher, warum er jetzt so zweideutig lächelt, aber vermutlich, weil er meine Unsicherheit bemerkt hat. Gott, Heart, was ist bloß los mir dir? Beherrsche dich! Oder nein, vielmehr: Was ist in diesen Mann gefahren? Er ist mein Boss und sollte seine Griffel bei sich behalten.

„Beunruhigt Sie etwas?", fragt er gelassen, während sein Daumen Kreise auf dem Stoff meiner Hose zieht.

Mir fällt nichts ein, was ich ihm darauf antworten könnte. Meine Gedanken sind stumm, mein Herz schlägt dafür umso lauter. Also antworte ich nichts weiter als: „Ähm ... nein."

Mit zwei Fingern umgreift er mein Kinn und blickt mir tief in die Augen, was mir einen heißen Schauer durch den Körper jagt. „Dann ist ja gut, Fräulein Beatley." Wie ihm mein Name über die Zunge rollt, gehört verboten. Seine Stimme ist tief und rau und jedes Mal, wenn er spricht, klingt es unanständig. Auch wenn seine Worte es nicht sind.

Und mein Gott, kennt dieser Mann keine Grenzen? Denn, was er hier gerade mit mir anstellt, überschreitet eindeutig einige. *Was soll das?*, möchte ich ihn fragen, aber mein Mund ist viel zu trocken, um ein weiteres Wort herauszubekommen. Ich bin wie gefangen von den goldenen Sprenkeln um seine fast schwarze Iris, von seinem kantigen, aber schönen Gesicht, von den vollen Lippen, über die er sich leckt.

Fuck, Heart, hör sofort auf, ihn so anzuschmachten! Denk bloß nicht an seine Hände, mit denen er dich gerade berührt und wozu diese wohl fähig sind. Hilfe! Nein! Hoffentlich kann er mir meine Gedanken nicht vom Gesicht ablesen, denn sonst wüsste er, wie sehr mein ausgehungerter Körper sich nach männlicher Zuneigung verzehrt. Und zwar schon so lange, dass ich mich kaum erinnere, wie es ist, geküsst zu werden. So ist das eben, wenn man nur die Arbeit kennt und nebenher studiert. Außerdem habe ich durch meine Kindheit einen Schaden weg und weiß ohnehin nicht, ob ich zu einer stinknormalen Beziehung fähig wäre.

Fonds grinst, als würde er jeden einzelnen meiner Gedanken kennen, und widmet sich wieder seiner Tageszeitung. Völlig vertieft liest er den Börsenteil oder jedenfalls scheint es so. Ich wünschte, es wäre mir möglich, meinen Körper unter Kontrolle zu kriegen, aber ich kann es nicht. Ich reagiere über und schuld ist dieser Mann, der mindestens so heiß wie unnahbar wirkt. Meine Atmung beruhigt sich nur langsam und ich rutsche unruhig auf dem Sessel hin und her, weil die bloße Präsenz meines Bosses und sein Verhalten mich schier in den Wahnsinn treiben. Was soll ich nur von ihm halten? Ich habe keine Ahnung, woran ich bin. Noch kenne ich die Bestandteile meines Arbeitsvertrages nicht. Ich muss ihn darauf ansprechen, denn, wie mir scheint, hat er nicht vor, dieses Thema jetzt anzuschneiden.

Eine Weile hänge ich meinen eigenen chaotischen Gedanken nach, bis Fonds seine Zeitung ordentlich zusammenfaltet und wegsteckt. Er erhebt sich und ich kann nicht anders, als ihn anzustarren. „Kommen Sie mit Ihrem Laptop in meine Privatkabine", verlangt er und mein Kopf erleidet einen kurzen Aussetzer.

Ich höre nur Privatkabine und meine Gedanken rutschen gleich wieder bis unter die Gürtellinie. „Ihre Kabine?", stammele ich und schlucke schwer.

Er lacht leise und ich habe das Gefühl, er weiß ganz genau, welche Wirkung er auf mich hat. „Kabine drei, Fräulein Beatley. In fünfzehn Minuten."

Dann ist er auch schon verschwunden und ich lasse seine Worte einen Augenblick lang sacken, bevor ich das WC aufsuche. Von hier aus höre ich, wie Perez und Cecily eine hitzige Unterhaltung führen. Ich kann nicht verstehen, worum genau es geht, aber eindeutig vernehme ich das Wort Koks. Es klingt, als würde Cecily sich beschweren, weil Perez Drogen konsumiert. Was ich natürlich verstehe, denn von Rauschmitteln halte ich auch nicht viel. Im Augenblick überwiegt jedoch die Nervosität wegen der bevorstehenden Aufgabe und der Schock über das Kokain an Bord hält sich in Grenzen. Die Tatsache, mit Fonds gleich allein in einer engen Kabine zu sein, ist alles, was mich beschäftigt.

Das Geräusch von Möbeln, die über den Boden schrubben, und lautstarkes Poltern gegen die Wand ertönen und erregen nun doch meine Aufmerksamkeit. Nur Sekunden später stöhnen Perez und Cecily im Einklang miteinander und ich vermute, dieser Streit hat seinen krönenden Abschluss genommen. Halleluja! Erst motzen die beiden sich an und dann fallen sie übereinander her. Mir soll es recht sein. Dann liegt Perez Aufmerksamkeit wenigstens nicht auf mir.

Geschwind und ohne mich nach den zweien umzublicken, husche ich zu meinem Sitz und greife mir meine Laptoptasche. Meinen Koffer und mein Handgepäck sehe ich nirgendwo weit und breit, aber im Moment brauche ich es nicht. Fonds wird mir später sicherlich meine Kabine zeigen, wo sich hoffentlich auch mein Gepäck befindet. Es sind bereits zwanzig Minuten vergangen, seit mein Boss sich in seine Kabine verabschiedet hat. Also bin ich etwas zu spät. Ich nehme die Beine in die Hand und eile zur Kabine Nummer drei.

Kapitel 7 – Heart

Es dauert eine geschlagene Minute, bis ich mich traue, anzuklopfen. Allerdings erhalte ich keine Antwort. In der Kabine ist es still. Mit feuchtkalten Fingern greife ich nach der Klinke und öffne vorsichtig die Tür. Auch ohne hereingebeten worden zu sein. Ich finde Frederick nur in Boxershorts auf dem Bett liegend vor und taumele einen Schritt zurück. Sein Anblick presst mir die Luft aus der Lunge. All die nackte, glatte, von dunkler Farbe überzogene Haut. Dieser Mann ist ein wahres Kunstwerk. Nie zuvor habe ich etwas Vergleichbares gesehen. Und nun bestätigt sich auch mein Verdacht wegen der Tattoos auf seinen Armen, die fast bis auf seine Handrücken reichen. Bei genauerem Hinsehen erkenne ich, dass es sich dabei um Schlangen handelt, die sich um seine definierten Arme winden.

Er hat die Augen geschlossen und ich frage mich, ob er vergessen hat, mich hierher bestellt zu haben. Offenbar schon. Oder war es sein Plan, dass ich ihn halbnackt vorfinde? Mein Gott, das wäre mehr als unmoralisch. Ich kann weder vorwärts noch rückwärts gehen, denn sein kraftstrotzender Körper bannt mich und meine Füße sind wie festzementiert. Der Kloß in meiner Kehle ist gigantisch, aber nicht so heftig wie das Pochen in meinem Höschen. *Fuck, Heart, du sabberst wegen deines Bosses, und zwar nicht nur oben. Du bist unmöglich! Wie kannst du nur?*

Mein Herz schlägt mir bis in den Hals, während ich auf der Türschwelle ausharre und mir einen Moment gönne, um in dieser wahrhaft göttlichen Aussicht zu schwelgen. Ich bin mir ziemlich sicher, niemals zuvor einen derart attraktiven Mann gesehen zu haben. Genau darum werde ich heute sicherlich kein Auge zu machen können, weil das Bild seines heißen Sixpacks und der muskulösen Oberschenkel mich noch lange verfolgen wird. Himmel!

„Setzen Sie sich", sagt er auf einmal und zerschlägt die Stille, sodass ich vor Schreck zusammenzucke.

„Ähm, ja, ähm." Ich räuspere mich und drücke mein Notebook an meine Brust, um etwas zu haben, woran ich mich festhalten kann. „Wollen ... ich meine ... Können Sie sich vielleicht etwas überziehen?"

Fonds lacht leise. Seine Augen sind nach wie vor geschlossen. „Nein." Seine Stimme peitscht durch den kleinen Raum und wieder schrecke ich auf. „Setzen Sie sich", wiederholt er und ich kann seine aufkeimende Ungeduld geradezu spüren, weswegen ich einen tiefen Atemzug nehme und versuche, seine Nacktheit auszublenden. Auch wenn dieses Szenario völlig unangebracht ist, gehorche ich und rede mir ein, es läge daran, dass ich ihn nicht schon an Tag eins verärgern möchte. Die Wahrheit sieht jedoch ganz anders aus: Ich bin scharf auf meinen Boss. Fuck!

Mit zittrigen Knien lasse ich mich an dem kleinen Holztisch zu meiner Linken nieder, zücke meinen Laptop und fahre ihn hoch. Fonds öffnet die Augen, verharrt allerdings in unveränderter Position und starrt unentwegt an die Decke. Während ich das E-Mail-Programm öffne, weil ich vermute, dass er mir den Arbeitsvertrag zugeschickt hat, lasse ich meinen Blick verstohlen über seinen Körper gleiten. Ich gehe jede Wette ein, dass jedes seiner unzähligen Tattoos seine ganz ureigene Geschichte erzählt.

„Sind Sie fertig mit der Fleischbeschau?“, will er doch tatsächlich wissen und ich sehe genau, wie sich seine Mundwinkel zu einem Lächeln heben.

Warum tut er mir das an, wenn er nicht genau dieses Szenario beabsichtigt hat: Nämlich, dass ich ihn begaffe wie ein Tier im Zoo? Mir wird noch heißer als ohnehin schon, denn ich fühle mich ertappt. Ich räuspere mich, aber erwidere nichts auf seine Frage, da ich mich von ihm nicht provozieren lasse.

„Gut.“ Frederick lacht leise und sieht mich an. „Nun stellen Sie mir schon Ihre Fragen. Ich sehe genau, dass Ihnen welche auf der Zunge brennen.“

Dieser Mann scheint in meinen Gedanken lesen zu können wie in einem Buch und das ist nicht nur sonderbar, sondern auch erschreckend. Bisher hat meine Maske immer einwandfrei das widergespiegelt, was ich meinem Gegenüber zeigen wollte. Darauf bin ich durch meine harte Kindheit trainiert. In der Schule habe ich den Lehrern die heile Welt vorgespielt, obwohl bei uns zu Hause eher Kriegszustände herrschten. Vor meinem ersten Freund habe ich eine schauspielerische Meisterleistung dargeboten. Er dachte tatsächlich, ich liebe ihn, und ich dachte, ich könnte es lernen, wenn ich mich erst in die Rolle der Freundin eingefunden habe. Aber nein, dem war natürlich nicht so. Kein Mann hat es je hinter meine Mauern geschafft. Aber Fonds? Liegt es an mir oder an ihm, dass ich mich entblößt und entwaffnet vor ihm fühle?

Ich lecke mir über die Unterlippe, bevor ich die Frage loswerde, die ich als Vorwand für all jene nehme, die mich in Wahrheit beschäftigen. „Was ist da zwischen Cecily und Perez?“ Natürlich geht mich das überhaupt nichts an und ich erwarte auch keine Antwort von ihm. Aber auf die Schnelle ist mir nichts anderes eingefallen, um von mir abzulenken.

„Das ist kompliziert.“

„Er hat vorhin gekokst.“

„Ja.“

„Ist er süchtig?“

„Wir alle sind nach irgendetwas süchtig, Fräulein Beatley. Nach Aufmerksamkeit, Liebe, Schmerz, Geld. Bei Menschen mit Drogenproblemen ist die Sucht nur offensichtlicher.“

„Das ist doch Schwachsinn!“

„Ach, meinen Sie?“

Seine Frage verunsichert mich und bringt mich dazu, darüber nachzudenken. Allerdings werde ich mich erst gar nicht auf eine Debatte einlassen. Schließlich wird Fonds mich nicht dafür bezahlen, dass ich ihm meine Meinung aufs Auge binde. Als ich auch nach einer gefühlten Ewigkeit noch nicht geantwortet habe, setzt er sich im Bett auf und sieht mich geradewegs an.

Er stützt die Ellbogen auf den Knien ab und verlangt in rauem Ton: „Kommen Sie her!“

All meine Glieder spannen sich an, nur, um dann ganz weich zu werden. Ich kann nicht mal genau sagen warum, aber es fühlt sich an, als hätte er eine unsichtbare Leine um mich gelegt, an der er mich zu sich zieht. Selbst wenn ich es wollte, ich könnte mich ihm im Augenblick nicht widersetzen. Das Gefühl erinnert mich an eine Zeit, die ich mit Vorliebe verdränge, und weckt etwas in mir, das ich seit damals nicht mehr empfunden habe: Angst vor der Wahrheit. Angst, enttäuscht zu werden. Wie damals bei Mom, wenn sie wieder und wieder rückfällig wurde.

Ich schlucke schwer. Mein Puls donnert bis in meine Ohren und während ich zögerlich in Fonds‘ Richtung tapse, gleitet sein Blick von meinen Heels aufwärts, bis ich direkt vor ihm stehenbleibe und er mir wieder in die Augen sieht. Ich wünschte, ich wüsste, was ihm augenblicklich durch den Kopf geht, denn sein Gesichtsausdruck ist undurchschaubar.

Plötzlich streckt er mir eine Hand entgegen. „Setzen Sie sich zu mir." Er zieht mich zu sich auf die Matratze, sodass mir gar keine andere Möglichkeit bleibt, als Platz zu nehmen. Sein starker Körper nimmt mich vollkommen in Beschlag und es ist mir unmöglich, seine Nacktheit und seinen betörenden Geruch zu ignorieren. Großer Gott! Was wird das hier?

Ich nehme all meinen Mut zusammen und frage: „Finden Sie nicht, diese Situation ist unangebracht für unser Arbeitsverhältnis?" Dabei wage ich es nicht, ihn anzusehen, denn ich befürchte, er könnte mir vom Gesicht ablesen, wie erregt ich bin und wie sehr ich seine Nähe im Grunde genieße.

Hitze schießt in meine Mitte und meine Sinne werden mit zu vielen Reizen auf einmal geflutet. Ich rieche den angenehmen, orientalischen Duft seines Parfums. Höre seine stetige Atmung. Und spüre die Wärme seiner Hand, weil diese die meine noch immer umschlossen hält. Gott, dieser Mann ist zu viel auf einmal, um ihn ganz zu erfassen, und bestimmt weiß er das. Schon seit dem Moment, als ich vorhin von meinem Powernap aufgewacht bin, hatte ich das Gefühl, er spielt mit mir. Oder liege ich falsch? Bilde ich mir das alles bloß ein?

Er kommt mir so verdammt nahe, dass sein Atem mir ins Gesicht weht. Das Blut rauscht in meinen Ohren und ich bin keines klaren Gedankens mehr fähig. Was wird das hier? Wofür genau hat dieser Mann mich angestellt? Ich muss für klare Verhältnisse sorgen.

„Macht. Adrenalin. Gefahr. Der Körper einer schönen Frau. Das sind meine Süchte. Ich führe ein sündenbehaftetes Leben, für das normale Leute kein Verständnis aufbringen. Ich liebe es, wenn Menschen durch meine bloße Anwesenheit erzittern. Ganz gleich ob vor Angst oder Erregung. Und ich könnte süchtig nach Ihrem Duft werden“, flüstert er und ein heißer Schauer fährt mir über den Rücken.

Trotz der Unangemessenheit seiner Worte kann ich mich nicht dazu bewegen, von ihm abzurücken. Wie eine Puppe an unsichtbaren Fäden verbleibe ich dort, wo er mich offenkundig haben will. Er neigt seinen Kopf, vergräbt seine Nase an meinem Nacken und zieht tief Luft ein. Spätestens jetzt spannt sich Gänsehaut über meinen gesamten Körper und ich fühle mich wie benebelt. Ich kann nichts gegen die natürliche Reaktion meines Körpers ausrichten. Fonds drückt irgendwelche Knöpfe, die zuvor kein anderer gefunden hat. Das ist furchtbar, denn er ist mein Boss. Und dennoch kann ich mir das Seufzen nicht verkneifen und lege den Kopf in den Nacken.

„Wir können jederzeit über eine Sondervereinbarung sprechen, Fräulein Beatley“, sagt er und das ist der Moment, in dem ich aufspringe und endlich zur Besinnung komme. Möchte ich, dass er aufhört? Nein! Ja! Nein! Ach, ich weiß es nicht, aber dieser eine Satz aus seinem Mund hat mich zurück in die Realität geholt, denn Fonds hat mir unmissverständlich ein unmoralisches Angebot gemacht.

Zornig auf mich selbst, weil ich mich im Geiste schon in seinem Bett sehe, werfe ich die Arme in die Höhe und gestikuliere wild. „Sie ... Sie sind mein Arbeitgeber. Verdammt, was soll das? Wieso verhalten Sie sich so ... so ... Mein Gott! Soll ich für Sie arbeiten oder etwa die Beine für Sie spreizen? Wofür haben Sie mich angeheuert?“ Ich gehe vor seinem Bett auf und ab, während er mich mit seinen dunklen Blicken betrachtet. „Nun reden Sie schon“, sage ich lauter, als beabsichtigt. „Bitte, reden Sie. Ich weiß noch nicht einmal, wohin wir fliegen, oder habe meinen Arbeitsvertrag gesehen und entscheiden können, ob ich mit allen Vertragsinhalten einverstanden bin. Wir werden das jetzt erst klären. Hören Sie? Hier und jetzt oder ich nehme nach der Landung direkt einen Flug zurück nach Frankfurt.“

Er erhebt sich und kommt auf mich zu. Rückwärts gehend entferne ich mich von ihm, bis ich nicht weiter kann, weil ich mit dem Rücken auf die Wand treffe. Vor mir bleibt er stehen, stützt die Hände neben meinem Kopf ab und keilt mich ein. Sein Duft ist zu viel für mich. Seine Körperwärme und die Kraft, die er ausstrahlt, machen mich schwach.

„Ja, ich bin Ihr Arbeitgeber, aber ich bin kein einfacher Mann. Hauptsächlich habe ich Sie angestellt, um meine Memoiren zu verfassen, während wir auf Reisen sind und ich einige wichtige Termine wahrnehme. Lola hat jedoch nicht gescherzt, als sie sagte, sie würden mein Mädchen für alles sein. Und mit alles meine ich alles. Sozusagen ein Rundumpaket“, raunt er und drängt sich an mich, sodass mir die Luft wegbleibt. Das kann er nicht ernst meinen, doch der Ausdruck auf seinem Gesicht spricht Bände. Mir wird heiß und dann kalt. Meine Lippen sind wie versiegelt. „Einige Vertragsdetails lassen sich verhandeln. Allerdings wird eines nicht geschehen: Dass Sie zurück nach Deutschland fliegen. Sie haben sich trotz aller Ungewissheit entschieden, mit mir in diesen Flieger zu steigen.

Und jetzt, wo Sie hier sind, werde ich Sie so schnell nicht mehr gehen lassen. Es tut mir leid."

Ich atme hastig ein und kann nicht fassen, was ich da gehört habe. „Das können Sie nicht ernst meinen. Und was soll das bedeuten? Wollen Sie mir sagen, ich bin ihre Gefangene?"

Sein heißer Atem schlägt mir ins Gesicht, weil er mir so nah ist, dass seine Lippen vor meinen schweben. „Nein, das sind Sie nicht", behauptet er. „Aber damit will ich sagen: Sie gehen nirgendwohin. Außer ich gestatte es. Egal, in welches Land wir reisen, Sie werden in den Ihnen zugewiesenen Räumen bleiben. Dies ist ein Vertragsbestandteil, der nicht zu diskutieren ist. Sie werden jedoch sehen, dass ich Sie dafür entsprechend entlohne. Nach unserer Reise werden Sie eine reiche Frau sein, Fräulein Beatley, und die wenigen Unannehmlichkeiten während des Trips werden es wert gewesen sein. Ein Ausdruck des Vertrages befindet sich auf dem Tisch. Lesen Sie ihn nach unserer Ankunft in Las Vegas."

„Las ... Vegas", wispere ich sehnsuchtsvoll, weil ich noch nie in den USA, geschweige denn in einem fremden Land war. Ich weiß nicht, was ich tun soll. Was ist richtig, was ist falsch? Mein Boss verhält sich alles andere als korrekt, doch ich störe mich weniger daran, als ich sollte. Immerhin stellt er mir eine unvergessliche Reise und ein Leben ohne Geldsorgen in Aussicht. *Lies den Vertrag, Heart, und entscheide dann.*

„Ja, Las Vegas. Die Stadt der Sünde. Dort, wo der Teufel zu Hause ist und Gott nicht existiert. Und jetzt setzen Sie sich. Wir beginnen mit meinen Memoiren."

Ich hole tief Luft und tue, was er verlangt. Nachdem ich wieder am Tisch sitze, legt er sich erneut rücklings auf das Bett und blickt an die kahle Decke, als wäre nichts gewesen. Dieser

Mann muss von allen guten Geistern verlassen sein, doch er fasziniert mich wie kein Zweiter.

„Fangen wir ganz von vorn an“, sagt er ruhig und ich öffne das Schreibprogramm auf dem Notebook. „Lassen Sie uns zurück in eine Zeit gehen, als ich noch Fred, der unbedarfte Junge, war.“

Kapitel 8 – Frederick

Vor fünfundzwanzig Jahren

Soweit ich zurückdenken konnte, lebten wir schon in den Bergen Colorados. Das Leben als Einsiedler in dieser vereinsamten Gegend war öde und eintönig. Besonders für einen jungen Mann wie mich, der sich nach so viel mehr sehnte als trister Routine. In den bitterkalten Wintermonaten sah man hier weit und breit nur Schnee. Die Sommer waren schön, aber mir fehlte etwas. Zum Beispiel weibliche Gesellschaft oder generell der Kontakt zu anderen jungen Menschen in meinem Alter. Abenteuer. Das wilde Treiben der Großstädte, die ich nur aus Büchern kannte.

Hier gab es nur Mom, meinen Onkel, Leona und mich. Dad war kurz nach der Geburt meiner Schwester dem Krebs erlegen. Vor ungefähr einem Jahr. Er fehlte mir so sehr. Ich war siebzehn und meine Mom unterrichtete mich zu Hause. Sie tat alles, um mir ihr Wissen bestmöglich zu vermitteln, und war eine tolle Frau. Keine Ahnung, wie und woher sie ihr Wissen erlangt hatte, denn sie sprach nie über ihre Vergangenheit. Sie hatte mich in die verschiedensten Kampfsportarten eingewiesen, mich gelehrt mein oftmals unbeherrschtes Gemüt zu kontrollieren, und ich bewunderte sie.

Außerdem war sie eine talentierte Künstlerin. Wenn ich nicht damit beschäftigt war, mit ihr moderne Kunstobjekte zu fertigen, die sie in alle Welt verkaufte, zeichnete und malte ich den lieben langen Tag. So auch jetzt. Ich saß vor unserer spärlichen Holzhütte mit einem Zeichenblock auf meinem Schoß. Meine Mom trat neben mich und hatte meine kleine Schwester Leona, die vor sich hin brabbelte, auf der Hüfte.

„Schatz, Essen ist gleich fertig. Kommst du rein und hilfst mir?“

„Ja, Mom“, erwiderte ich, gerade als zu sehen war, wie unser alter Truck talabwärts fuhr. „Wohin fährt Manny schon wieder?“ Er war Moms Bruder und mein einziger Kumpel hier in dieser Einöde.

Mom ging wortlos zurück ins Haus. Wie jeden Sonntag ignorierte sie meine Frage. Es war immer dieselbe, die ich stellte, und immer dieselbe Uhrzeit, zu der Manny für einen ganzen Tag spurlos verschwand. Die Vermutung, es hatte etwas mit einer Frau zu tun, lag nahe, aber sicher war ich mir nicht. Diesmal würde ich mich nicht mit Moms Antwort zufriedengeben. Ich war bald achtzehn Jahre alt und sah es nicht ein, dass sie mich noch immer wie ein Kleinkind behandelte. Sie machte ein großes Geheimnis aus den Aktivitäten meines Onkels. Ich fragte mich oft, ob er womöglich etwas Verbotenes tat und meine Mutter deswegen schwieg. Vielleicht schämte sie sich auch oder hatte Angst, ich würde ihn dann nicht mehr mit denselben Augen sehen.

Jedenfalls hatte ich mir einen Schlachtplan zurechtgelegt und mir fest vorgenommen, am heutigen Tage endlich die Wahrheit herauszufinden. Ich wusste schon eine ganze Weile von dem geheimen Schuppen meines Onkels, in dem ein weiteres Fahrzeug parkte und in dem sich auch ein Safe befand. Den Schlüssel für diesen hatte ich noch nicht gefunden, aber den für den alten Kombi schon. Es gab nur eine Route, die Manny genommen haben konnte. Denn in der Richtung, in die er sich aufgemacht hatte, befand sich die Hauptverkehrsstraße, die zur nächsten Stadt führte. Ich vermutete, das Stadtzentrum war sein Ziel.

Geschwind huschte ich zur Rückseite unserer Hütte, wo ich einen Rucksack mit Proviant, mehreren Taschenlampen und einer kleinen Notfallausrüstung versteckt hatte. Ich schulterte die Tasche und lugte vorsichtig durch das hintere Fenster, das den Blick in unsere kleine Küche freigab. Meine Mutter hatte den Tisch bereits für uns drei gedeckt und schnallte Leona gerade in der Babyschale ihres Hochstuhls fest. Ich war mir zu einhundert Prozent sicher, dass ich später eine Standpauke erhalten würde. Aber das war es mir allemal wert. Mein Onkel sollte mich endlich als Mann betrachten und mich in seine Machenschaften einweihen, ganz gleich, ob sie legal oder illegal waren. Oder womöglich sogar insbesondere dann, wenn sie Letzteres waren, denn dieser Gedanke bescherte mir einen Nervenkitzel.

Ich eilte zu dem Holzschuppen, der am Fuße eines Berghangs verborgen lag, stieg in die alte Rostlaube und startete den Motor. Von dem Schuppen aus führte kein offizieller Weg zur Hauptstraße, allerdings kannte ich die Gegend wie meine Westentasche und erreichte kaum fünfzehn Minuten später die asphaltierte Straße Richtung Stadt. Weit und breit war kein anderes Auto zu sehen und nur vereinzelt entdeckte ich Gebäude zwischen den Bäumen oder auf den Bergen. Wir hatten meilenweit keine Nachbarn. Die nächstgelegene Hütte war die der

Marshalls, und das alte Ehepärchen begegnete uns nur alle Schaltjahre mal zufällig in den Wäldern.

Ins Zentrum lag eine circa einstündige Fahrt vor mir und ich hatte noch keinen Schimmer, wo ich nach meinem Onkel suchen sollte. Aber dann wiederum: Die Stadt war nicht groß und bestand aus nicht viel mehr als einigen Wohnhäusern, einem Supermarkt, einer Tankstelle, einem Stripclub und einer Arztpraxis. Nicht einmal ein Krankenhaus gab es in unmittelbarer Nähe.

Ich war schon eine gute halbe Stunde unterwegs, als plötzlich ein lauter Schuss die Stille des Waldes durchschnitt. Reflexartig stieg ich auf die Bremse und horchte auf. Ich befand mich inmitten eines geschützten Waldstücks, in dem die Jagd verboten war. Verstöße wurden schwer geahndet und im Regelfall hielten sich die Einwohner an die Vorgaben. War es das, was mein Onkel tat, wenn er sich ohne ein Wort wegstahl? Obwohl ich es nicht gutheißen würde, wenn er illegal Tiere erlegte, musste ich doch herausfinden, ob dem so war. Ich parkte am Seitenstreifen, verließ den Wagen und spähte zwischen den Baumstämmen hindurch in den Wald. Bäume, noch mehr Bäume und das Gezwitscher von Vögeln. Wieder ertönte ein Schuss und nun hörte ich auch den gequälten Schrei eines Mannes, der mir durch Mark und Bein ging.

Ohne darüber nachzudenken, stürmte ich in die Richtung, aus der der Schrei erklungen war. Ganz offensichtlich benötigte jemand Hilfe und hatte sich verletzt. Mein Herz polterte heftig in meiner Brust, meine Füße flogen nur so über den erdigen Boden. Äste knackten und brachen unter meinen Füßen und dann hörte ich Männerstimmen, die wild durcheinander brüllten, und ging augenblicklich in Deckung hinter dem nächsten Baumstamm. Was zur Hölle ging hier vor?

In etwa zwanzig Metern Entfernung stand eine Gruppe aus drei Männern um einen am Boden liegenden Körper herum. Ich schielte hinter dem Stamm hervor, aber hatte von hier aus keinen besonders guten Blick auf die Szene. Allerdings konnte ich klar und deutlich hören, worüber die Männer lautstark diskutierten.

Der Dickste unter ihnen warf die Hände in die Höhe und rief: „Was, verdammt, willst du sonst mit ihm anstellen, Angelo, hä? Wir haben einen eindeutigen Auftrag bekommen. Oder willst du dich widersetzen und der Nächste auf der Abschussliste sein?“

Der andere Typ mit Glatze, vermutlich dieser Angelo, hob die Hand. Dabei blitzte etwas zwischen seinen Fingern auf. Selbst von hier erkannte ich den Gegenstand an seiner Form und spürte buchstäblich, wie mir das Blut in den Adern gefror. Wer waren diese Männer und was trieben sie hier mitten im Wald?

Mit der Handfeuerwaffe tippte dieser Angelo sich gegen die Schläfe. „Mein Freund, bevor ich mich killen lasse, würde ich eher mein ganzes Scheißwissen an die Behörden verkaufen. Hältst du mich für dumm?“

„Nein, Mann! Natürlich nicht, aber der Penner hier ist auch ein schlauer Fuchs und schau ihn dir jetzt an!“

Der Dritte und Jüngste unter ihnen trug schwarzes langes Haar und sogar aus dieser Entfernung wirkte er respekteinflößend. Er verschränkte die Arme vor der Brust und seine Kollegen blickten sofort zu ihm, als wüssten sie, dass er etwas zu sagen hatte.

Tatsächlich sprach er: „Vergesst nicht, dass er einst einer von uns war. Wenn wir es tun, dann schnell und schmerzlos. Ich werde ihn nicht foltern, wie Jaxx es angeordnet hat und auch ihr werdet das nicht tun! Haben wir uns verstanden?“ Er blickte von einem zum anderen, bis beide nickten.

„Weckt ihn auf!“, verlangte der Langhaarige und die beiden anderen traten gegen den reglosen Körper. Der Mann am Boden stöhnte schmerzerfüllt auf.

Der Glatzkopf ging in die Knie und ohrfeigte den Mann, um ihn aus dem Delirium zu holen. Er zog ihn am Kragen auf die Füße und das war der Moment, in dem meine Welt anhielt. Denn das blutverschmierte Gesicht des Mannes war das meines Onkels. Mir blieb die Luft weg. Ich wollte zu ihm rennen, ihm helfen, ihn aus den Fängen dieser Dreckskerle befreien, aber meine Füße waren wie festzementiert. Mein Kopf wollte einfach nicht wahrhaben, was sich vor meinen Augen abspielte.

In meinem ganzen Leben hatte ich noch nie wirklich Angst und Schrecken empfunden, aber was ich jetzt fühlte, riss mir den Boden unter den Füßen hinfort. Wie gebannt starrte ich auf diese schreckliche Szene und bohrte meine Fingernägel krampfhaft in die Baumrinde.

„Letzte Worte?“, fragte dieser Angelo und ich wollte schreien, doch brachte keinen einzigen Ton hervor.

Mein Onkel spuckte dem Typen mitten ins Gesicht und grollte: „Ihr wart schon immer arschkriecherische Feiglinge!“ Dann lachte er schallend und wirkte dabei wie ein Wahnsinniger. „Ihr seid die Nächsten! Wenn er eurer müde wird, seid erst ihr dran und dann eure Familien. Jaxx ist verrückt! Dann sterbe ich lieber für meine Schwester, als hinter einem Mann zu stehen, der weder Moral noch Menschenwürde kennt!“

„Bist du fertig?“, fragte der mit dem langen Haar kühl, aber Manny hüllte sich in Schweigen.

Die darauffolgenden Momente zogen wie in Zeitlupe an mir vorüber. Der Typ hob seine Knarre, hielt sie meinem Onkel an den Kopf und dann ... drückte er ab. In meinen Ohren piepte es, ich war wie in Trance und schnappte hastig nach Luft. Meine Brust fühlte sich eng an und ich konnte kaum atmen, als ich Zeuge davon wurde, wie Mannys Körper zu Boden sackte und liegenblieb.

Reglos.

Leblos.

Tot.

Innerlich schrie ich und flehte ihn an, wieder aufzustehen. Ich zitterte am ganzen Leib. Die Kerle standen still um seine Leiche herum. Ich hatte nichts getan, rein gar nichts. Ich hatte einfach zugesehen, wie sie meinen Onkel abgeschlachtet hatten. Ein verdammter Feigling, ja, das war ich. Ein kleiner erbärmlicher Wurm.

Auf einmal wurde mir speiübel. Ich beugte mich nach vorne und entleerte meinen gesamten Mageninhalt auf meine Sneakers. Und dann rannte ich voller Panik los. Ziellos. Einfach geradeaus, als würde mich der Teufel höchstpersönlich jagen. Meine Tränen versperrten mir die Sicht auf meine Umgebung. Ich musste fort von diesem Ort des Grauens. Weit, weit weg. Zu meiner Mutter und Leona. Wir mussten irgendetwas tun. Die Polizei verständigen. Gott, ich hatte einfach zugesehen! Das Blut meines Onkels klebte an meinen Händen.

Ich stand vollkommen neben mir und nahm meine Umgebung erst wieder bewusst wahr, als ich am Wagen ankam. Ich hatte Seitenstechen, meine Lunge brannte, aber das war nichts gegen das Gefühl in meinem Inneren. In mir tobte ein alles verschlingender Sturm. Keuchend stemmte ich beide Hände gegen die Motorhaube und übergab mich zwei weitere Male, ehe ich in der Lage war, mich wieder hinter das Steuer zu setzen.

Ich nahm einen tiefen Atemzug und preschte kurz darauf wie ein Wilder über die menschenleere Straße. Die schrecklichen Szenen von eben erlebte ich immer und immer wieder vor meinem geistigen Auge. Szenen, die mich mein Leben lang begleiten würden. Szenen, die sich mir nicht erschlossen. Szenen, die nicht real gewesen sein konnten. Meine Gedanken rasten und ich fragte mich tatsächlich, ob all das eben überhaupt wirklich geschehen war. Warum nur hatte man Manny getötet? Wer waren diese Männer und wer hasste meinen Onkel so sehr, dass er jemanden mit dessen Ermordung beauftragt hatte?

Ein Name war mir in Erinnerung geblieben: *Jaxx.*

Wer war dieser schreckliche Mensch? Gott und wie sollte ich weiterleben? Wie meiner Mutter erklären, dass mein Onkel niemals wieder heimkehren würde? Und wieder kroch mir die Galle die Speiseröhre hinauf. Ich hielt umgehend an, riss die Wagentür auf und erbrach mich auf den Asphalt. Diese kurze Fahrt zurück zum Schuppen erschien mir wie eine nervenzerreißende Ewigkeit. Ich stellte den Kombi wieder darin ab und schon unmittelbar, nachdem ich ausgestiegen war, fiel mir der seltsame Geruch auf, der in der Luft lag. Es roch nach Rauch, verbranntem Holz, so beißend, als würde es irgendwo ganz in der Nähe brennen.

Ein Waldbrand? Sofort rannte ich los. Nicht lange und ich sah dichte Rauchschwaden, die wie unheilbringende Dämonen in den blauen Himmel aufzogen. Der beißende Qualm verdichtete sich immer weiter, je näher ich unserer Hütte kam. Und dann, zum zweiten Mal an diesem Tag, stand meine Welt für einen Augenblick lang still. Ich hatte das Gefühl, mein Herz würde jeden Moment versagen. Ungläubig starrte ich auf unsere Hütte, die in einem Meer aus Flammen unterging. Flammen, so heiß und tödlich, dass sie nichts als Asche übriglassen würden, wenn ich es nicht verhindern konnte.

Aber was sollte ich tun? Ich stürzte auf unsere Hütte zu und schrie nach meiner Mutter. Schrie nach Leona. Schrie mir die Seele aus dem Leib. Aber es kam keine Antwort. Es regte sich niemand. Da war nichts. Keine Geräusche, nur das gefährliche Züngeln und Knistern des Feuers. Es setzte sich in meinen Ohren fest und schon bald hatte ich das Gefühl, jeden Moment zu kollabieren. Der Qualm verpestete meine Lunge und ich konnte kaum noch atmen, je näher ich dem brennenden Gebäude kam. Ich riss mir das Shirt vom Leib und band es mir um den Mund, um den Rauch nicht direkt zu inhalieren.

Ein wahres Inferno tat sich vor mir auf. Ein Inferno, das sich ebenso allumfassend in meinem Herzen ausdehnte. Etwas in mir starb, als meine eigene Hilflosigkeit mich übermannte. Ich fiel auf die Knie und brach in Tränen aus, denn ich wusste genau, dass ich machtlos gegen das Feuer war. Dass ich Leona und meiner Mutter nicht helfen konnte, sollten sie sich noch im Inneren der Hütte befinden. Ich betete zu Gott, dass sie sich hatten retten können. Denn wenn dem nicht so war, hatte ich an einem einzigen Tag meine gesamte Familie verloren.

Alles, was ich je gekannt hatte.

Mein Zuhause.

Mein Leben.

Ich wäre allein auf dieser Welt und würde die drei Menschen, die mir alles bedeuteten, erst im Jenseits wiedersehen. Was für ein grausamer Gedanke. Ich ließ meinen hämmernden Schädel auf die Erde zu meinen Füßen sinken und schlug wie ein Irrer mit den Fäusten auf den Boden ein. Keine Ahnung, wie viel Zeit vergangen war, aber als ich aufschaute, waren meine Hände blutig und verschrammt.

Aus dem Augenwinkel erhaschte ich eine Bewegung und erhob mich in der Hoffnung, es wäre meine Mutter mit Leona. Eine große Eiche versperrte mir die Sicht. Ich spähte dahinter hervor und konnte in der Entfernung zwei Männer ausmachen, die irgendwelche Gegenstände in einen schwarzen Van luden. Ich schlich mich leise an und warf einen Blick ins Wageninnere, bevor einer der Kerle die Hintertüren zuschlug. Flammenwerfer. Eindeutig. Ich war mir sicher, denn ich hatte sie schon mal in Büchern über den Ersten Weltkrieg gesehen und wusste auch, wie die heutigen Modelle aussahen.

Aus meiner Trauer wuchs Rage. Aus meiner Verzweiflung, Hass. Unermesslicher Hass auf diesen Jaxx, wer auch immer dieser skrupellose Mann war. Und dann fasste ich einen Entschluss: Ich würde meine Familie rächen. Und wenn Leona und meine Mutter nicht tot waren, dann würde ich sie finden.

Das versprach ich mir selbst. Und ich hielt meine Versprechen immer.

Ausnahmslos.

Wie ein Wahnsinniger hechtete ich zu meinem Rucksack, während die Männer über irgendeine Apparatur mit jemandem Kontakt aufnahmen. Ich vermutete, sie kontaktierten die anderen drei Männer, diesen Angelo und seine Kumpanen. Ich musste die Gunst der Stunde nutzen und abhauen, bevor sie mich in den Büschen entdeckten. Nachdem ich einen letzten Blick auf die niederschmetternden Reste meiner Gegenwart geworfen hatte, sprintete ich wieder in Richtung Schuppen und belud den Kombi mit all den Gegenständen, die mir nützlich erschienen, und einer Tasche, in der sich mehrere Bündel Geld befanden. Schweren Herzens stieg ich in den Wagen und verließ diesen Ort, ohne noch ein einziges Mal zurückzublicken. Ein klares Ziel hatte ich jedoch vor Augen: *Rache.*

Gegen wen sich diese richten würde, wusste ich noch nicht, aber ich würde es herausfinden und wenn es mich mein eigenes Leben kostete. Tief in mir hatte schon immer diese dunkle Seite existiert. Ich war so anders als mein Onkel oder meine Mutter, die stets beherrscht, verständnisvoll und ruhig gewesen waren. Wut und Rage waren von jeher Teil meines Wesens, ohne dass ich wusste, woher sie rührten. Diese Gefühle waren nichts als kleine Funken, aber auch ein einzelner Funke konnte ein Lauffeuer entfachen. So viel war sicher. Ich hatte nie zugelassen, dass es so weit kam, aber nun hatte ich nichts mehr zu verlieren. Rein gar nichts. Ich wollte Blut.

Ich war ein junger Mann, dem an einem einzigen Tag nicht nur seine Familie und sein Zuhause geraubt worden waren, sondern auch ein Teil seiner Seele. Obwohl tief in mir weiterhin ein Orkan tobte, trug ich diesen nicht mehr nach außen. In genau diesem Moment, als ich wieder den Weg auf die Hauptstraße einschlug, um auf diese mordenden Schweine zu warten und ihnen dann zu folgen, errichtete ich eine Mauer um mich herum. Eine Mauer, die keiner so schnell zum Einstürzen brächte. Ich schaltete meinen Autopiloten ein und fühlte, wie sich die Leere immer mehr in mir ausdehnte. Mit jedem weiteren Kilometer, den ich mich von meiner Heimat entfernte, nahm das Dunkle in mir stetig zu. Nur so war es mir möglich, mich von meinen schmerzlichen Gefühlen abzukapseln. Ich wollte nicht der schwächliche Junge sein, der seine Familie verloren hatte. Ich wollte der Mann sein, der sie rächte.

Auge um Auge.

Zahn um Zahn.

Bis zu meinem letzten Atemzug.

Kapitel 9 – Heart

Bis zu meinem letzten Atemzug tippe ich in das Schreibprogramm ein und fühle mich, als hätte man mir sämtliche Luft aus der Lunge gepresst. Meine zitternden Finger schweben über der Tastatur und es ist gut, dass ich das Zehnfingersystem blind beherrsche, denn durch den Tränenschleier vor meinen Augen kann ich kaum ein einziges Wort mehr erkennen. Ich bin tief in den Sitz hinuntergerutscht, um mich vor Fonds‘ Blicken zu verstecken. Er soll nicht mitbekommen, wie sehr seine Geschichte mich getroffen hat. Tief bestürzt beschreibt nicht einmal annähernd, was in mir vorgeht. Vielmehr habe ich das Gefühl, jemand hätte mir mein Herz herausgerissen und darauf herumgetrampelt. Ist diesem Mann wirklich derart Furchtbares widerfahren?

Obwohl Fonds ohne jegliche Emotion gesprochen hat und beinahe so, als erzähle er die Lebensgeschichte eines Fremden, kann ich mir nicht vorstellen, dass seine eigenen Worte ihn nicht aufgewühlt haben. Ich habe so viele Fragen im Kopf und möchte sie ihm am liebsten alle auf einmal stellen, aber im Augenblick wüsste ich nicht, wo ich anfangen soll. Seine gesamte Familie soll tot sein? Hingerichtet von ein paar blutrünstigen

Irren? Und ich dachte, ich wäre arm dran, aber dieser Mann … Verdammt! Kein Wunder, dass solch ein kontrollsüchtiger, herrischer Kerl aus ihm geworden ist.

Die Tränen laufen mir weiterhin über die Wangen, während ich verloren auf das Display meines Laptops starre. Wie soll ich mich ihm gegenüber nun verhalten? Was möchte er von mir? Trost? Beileid? Professionelle Distanz, weil er mein Arbeitgeber ist und ich nichts weiter als seine Angestellte? Nein, Heart, das ist Schwachsinn. Diese unsichtbare Mauer zwischen Boss und Assistentin hat er längst zu Fall gebracht, indem er sich halbnackt vor dir gezeigt hat. Indem er dich in einen imaginären Käfig gezwungen hat. *Sie gehen nirgendwohin. Außer ich gestatte es. Egal, in welches Land wir reisen, Sie werden in den Ihnen zugewiesenen Räumen bleiben.*

Ich bin überfordert mit all den Geschehnissen dieses Flugs und jenen, die er mir soeben offenbart hat. Es dauert eine gefühlte Ewigkeit, bis ich mich etwas beruhigt habe. Fonds ist still. Erschreckend still. Ich höre nicht mal seine Atemgeräusche. Mit dem Blusenärmel wische ich mir heimlich über die tränenfeuchten Wangen und nehme einen tiefen Atemzug, bevor ich schließlich den Laptop zuklappe. Ich schaue zu meinem Boss und zucke zusammen. Er sieht mich direkt an. Seine Miene ist starr und ausdruckslos, aber in seinen stürmisch grauen Augen wütet ein Tornado, was es mir noch schwerer macht, die richtigen Worte zu finden.

„Ich …“

„Sagen Sie nichts!“, geht er dazwischen. „Es ist noch früh am Morgen. Wir sollten uns ausruhen, bis wir in Vegas ankommen.“

Eine Weile sehen wir uns stumm in die Augen, bis ich seinen Blick nicht mehr aushalte und stattdessen an mir herabschaue. „Ich müsste auf die Toilette.“

Er nickt Richtung Tür und wendet endlich den Blick von mir ab. „Den Gang rechts runter, ganz hinten. Kommen Sie danach wieder hierher. Sie werden bei mir bleiben“, verlangt er und an seinem ruppigen Tonfall erkenne ich, dass er keine Widerrede zulassen wird. Ich bin mir sicher, sollte ich nicht von selbst wieder hier erscheinen, wird er mich suchen und notfalls in seine Kabine verfrachten.

Ich husche zu meinem Koffer, den ich zuvor schon in der Zimmerecke entdeckt habe, und entnehme meinen Kulturbeutel, um mein Make-Up aufzufrischen. Ohne ein weiteres Wort verlasse ich den Raum, schließe die Tür hinter mir und atme auf. Die Aura dieses Mannes ist nicht nur fesselnd, sondern zuweilen erdrückend und furchteinflößend. Fonds kann natürlich nicht wissen, was in mir vorgeht. Er kann nicht wissen, dass ich Jahre damit verbracht habe, nicht zu fühlen und nur zu funktionieren, und dass nun auch aus mir alles hervorbrechen will, was ich dreihundertvierundsechzig Tage im Jahr erfolgreich hinter Schloss und Riegel halte. Mit Ausnahme des zehnten Aprils jeden Jahres.

Auf leisen Sohlen begebe ich mich zum Ende des Flurs, finde tatsächlich das Bad und öffne die Tür. Das Erste, was mir ins Auge sticht, ist ein breiter Rücken mit einer Vielzahl feiner Narben darauf, das zweite ist das Gesicht, das ich im Spiegel erkenne. Schwarze Augen starren mich an und ich drehe mich sofort wieder um und will abhauen.

„Warte“, ruft Perez mir hinterher und ich schaue verwundert über die Schulter zu ihm, „hier gibt es ein zweites Waschbecken. Bleib doch.“ Er nimmt es sich einfach heraus, mich zu duzen, und zwar hat er das schon von Anfang an. Allerdings werde ich ihn bestimmt nicht zurechtweisen und ihn mir damit möglicherweise zum Feind machen.

Perez trägt nichts als ein Handtuch um die Hüften. Seine Haut ist noch feucht und all diese bis zur Perfektion definierten Muskeln wirken einschüchternd auf mich. Ich fühle mich unwohl in seiner Gegenwart, was auch mit der Kokaingeschichte von vorhin zu tun hat. Also schüttle ich den Kopf. „Nein, danke, ich komme später wieder."

„Heart, warte", beharrt er und nähert sich mir. Ich schlage die Augen nieder und blicke unweigerlich auf seine großen Füße. Schöne, gepflegte Füße für einen Mann. „Sei nicht stur und komm rein."

Zweifelnd schaue ich auf und sehe ihm direkt ins Gesicht. Er dürfte unschwer erkennen können, wie verheult meine Augen sind, und die ganze Situation wird mir noch unangenehmer. Er legt die Stirn in Falten und setzt einen überraschten Gesichtsausdruck auf. „Du hast geweint." Es ist keine Frage, sondern eine Feststellung, deswegen reagiere ich nicht darauf. „Was ist passiert? Was hat er angestellt?", will er wissen und kommt meiner Komfortzone gefährlich nahe.

Doch aus unerfindlichen Gründen bleibe ich stehen und schnaube lediglich aus. „Und du meinst, ausgerechnet mit dir möchte ich darüber sprechen?" Meine Worte klingen abfälliger als beabsichtigt, aber im Augenblick bin ich nicht ganz bei mir, und im Grunde ist mir auch egal, was dieser Mann von mir denkt.

Perez lächelt müde und irgendetwas an seiner ganzen Haltung und der Art, wie er mich ansieht, haben sich plötzlich verändert. Da ist diese Schwere in seinem Blick, die mich buchstäblich zu Boden drückt, und ich frage mich, woher sie rührt.

Er kommt einen weiteren Schritt auf mich zu. „Ja, ich denke, ich bin genau derjenige, mit dem du reden solltest, wenn dir etwas auf dem Herzen liegt oder wenn Frederick … aus der Haut fahren sollte. Ich bin sein engster Vertrauter und habe schon immer hinter ihm aufgeräumt. Selbst dann, wenn er nichts als Verwüstung hinterlassen hat. Also kommst du nun rein?“ Verwüstung? Ja, irgendwie kann ich mir das sogar sehr gut vorstellen. Nach allem, was ich nun über ihn weiß.

Einen winzigen Moment hadere ich noch mit mir, doch dann gebe ich mir einen Ruck, denn meine Neugier ist viel zu groß, um auf das warnende Stimmchen in meinem Kopf zu hören, das mich anschreit, umzukehren. Ja, ich möchte herausfinden, was Perez damit meint, und ich bin mir sicher, früher oder später werde ich das. Vielleicht nicht sofort, aber irgendwann im Laufe dieser Reise. *Mein Gott, Heart, hast du dich also wahrlich dafür entschieden, trotz aller Alarmglocken die Reise mit diesen Männern fortzusetzen?* Ja, das habe ich. Die letzten fünf Jahre war es mein Job, Dingen auf den Grund zu gehen und Nachforschungen anzustellen. Genau das werde ich jetzt auch tun. Tief im Inneren bin ich nach wie vor Detektivin.

Unter Perez‘ wachsamen Augen gehe ich zu einem der Waschbecken, stelle meinen Kulturbeutel ab und Fredericks bester Freund folgt mir kurz darauf. Spannung liegt in der Luft und ich kann förmlich spüren, wie er auf meine Fragen wartet. Ich zücke mein Puderdöschen und Perez putzt die Zähne. Nach einer Weile fühlt es sich gar nicht mehr so befremdlich an, neben diesem halbnackten Unbekannten meine Make-up-Routine durchzuführen. Nachdem er mit dem Zähneputzen fertig ist, pfeift er fröhlich vor sich hin und rasiert sich dabei die Bartstoppeln ab.

Ich tusche meine Wimpern nach und schaue über den Spiegel zu ihm. „Also du und Cecily, hm?“

„Nein“, sagt er und schweigt wieder.

„Oookay, das, was ich vorhin gehört habe, klang aber danach.“

„Dinge sind nicht immer so, wie sie aussehen oder klingen.“

„Verstehe“, entgegne ich, doch eigentlich habe ich keine Ahnung, was er mir gerade zu sagen versucht. Dennoch bohre ich nicht weiter, weil Perez offenbar nicht über die Sache mit Cecily sprechen möchte. Oder zumindest nicht mit mir. Schließlich kennen wir uns nicht.

Doch dann seufzt er, reibt sich mit einer Hand über das Gesicht und gesteht: „Ich mag Cecily.“

Und obwohl ich mir das habe denken können, wundert es mich, dass er aus heiterem Himmel nun doch meine Frage beantwortet hat. Ich betrachte ihn von der Seite und stelle neuerlich fest, wie ähnlich er Frederick sieht. Beide wirken wie von Düsternis umgeben und haben diese schneidigen Gesichtszüge. Hohe Wangenknochen, dunkle Bartschatten und dichte, schwarze Wimpern. Perez lässt den Kopf hängen, stützt sich am Waschbecken ab und blickt dann auf zu seinem Spiegelbild, als könnte es ihm Antworten geben, die er gegenwärtig dringend zu brauchen scheint.

„Aber das ist doch gut oder nicht?“, frage ich in sanftem Ton und habe sofort in den Psychologenmodus gewechselt. Meistens passiert das ganz automatisch, wenn ich mich mit jemandem unterhalte. Mein Kopf rattert unaufhörlich und analysiert alles und jeden, selbst wenn ich es nicht will.

„Ist es nicht“, äußert er tonlos und lässt die Schultern sacken. „Jedenfalls nicht, solange ich noch für Frederick arbeite.

Ich hatte die Wahl: er oder sie. Darüber musste ich nicht eine Sekunde nachdenken, denn ich schulde Frederick mein Leben. Ich schulde ihm alles, was ich heute bin. Hätten wir einander nicht gehabt, würden wir vermutlich schon viele Jahre unter der Erde liegen. Deswegen wird die Wahl immer auf ihn fallen. So sehr es auch weh tut, nicht mit Cecily zusammen zu sein. Frederick und mich verbindet so viel mehr, als eine Frau mir jemals geben könnte. Aber wie du vorhin unschwer mitbekommen hast, werden manchmal selbst die stärksten Männer schwach."

Er lacht freudlos und blickt mich aus dem Augenwinkel an. „Cecily und ich sind wie zwei Magnete, aber ich habe meine Prinzipien und in ihrer Nähe hilft mir das Koks, nicht vollkommen den Kopf zu verlieren. Wenn du unseren Fick gehört hast, hast du sicherlich auch unseren Streit davor mitbekommen. Nur, um das klarzustellen, ich bin kein Junkie."

Sein ganzer Körper ist angespannt und er wirkt niedergeschlagen. Ganz untypisch für mich suche ich den Körperkontakt und lege ihm eine Hand auf die breite Schulter. Doch als sich unsere Haut berührt, und ich realisiere, was ich da tue, zucke ich sofort zurück. „Ich … Hör zu, Cruz", stammele ich, „ich bin einfach kein Fan von Drogen."

Gleichzeitig frage ich mich, warum ich mich in der Nähe dieser Männer so unbeholfen anstelle. Verdammt noch mal, ich bin doch eine erwachsene Frau, die mit beiden Beinen im Leben steht. Dann wiederum scheinen Fonds und Cruz nicht irgendwelche Männer zu sein. Sie riechen förmlich nach Gefahr und man könnte sie auch Mister Dark und Mister Düsternis nennen.

Cruz reibt sich mit einer Hand über das kurzgeschorene Haar und beteuert versöhnlich: „Schon gut, das verstehe ich. Glaube mir, Kleines."

Er dreht sich um die eigene Achse, lehnt sich mit dem Gesäß am Waschbecken an und beobachtet mich dabei, wie ich mir den Lippenstift nachziehe. „Ich weiß genau, was er an dir findet", sagt er und bringt mich dazu, ihm den Blick zuzuwenden. Sein Schmunzeln ist nicht zu übersehen und er zwinkert mir sogar zu. Offensichtlich hat sich die Cecily-Gewitterwolke verzogen und er hat wieder in den Flirtmodus gefunden.

„Ach ja?" Ich ziehe die Brauen zusammen und mustere ihn fragend.

„Ja, mal ganz abgesehen vom Offensichtlichen, nämlich, dass du ein heißer Feger bist und mein bester Freund ein notgeiler Bastard, scheinst du eine ehrliche Haut zu sein. Außerdem hast du es geschafft, selbst einem Mann wie mir Dinge zu entlocken, die er sonst niemandem erzählt. Allein das ist schon sehr interessant", antwortet er und verschränkt die tätowierten Arme vor der Brust. Die Tatsache, dass mein Herz einen gigantischen Satz macht, ignoriere ich geflissentlich. Diese Männer bescheren mir einen fortwährend beschleunigten Puls. Das kann nicht gut sein.

„Herr Fonds ist mein Boss", gebe ich monoton zurück und versuche, mir nicht anmerken zu lassen, wie nervös Cruz mich macht.

„Ja, natürlich", pflichtet er mir bei, aber untermalt seine Worte mit einem ironischen Unterton, der nicht zu überhören ist. „Wie bereits erwähnt: Du kannst jederzeit mit mir sprechen, wenn du möchtest. Das Angebot ist freibleibend." Das freche Grinsen, das sich auf seine Lippen stiehlt, verwirrt mich und ich weiß nicht, was ich darauf erwidern soll. Was denkt dieser

Typ eigentlich von mir? Und worauf will er hinaus? Weiß er etwas, das ich noch nicht weiß?

Diese Unterhaltung schlägt eine seltsame Richtung ein. Ich räuspere mich und beginne damit, mir das Haar zu einem Zopf zu flechten. Cruz macht indessen immer noch keine Anstalten, den Raum zu verlassen, sondern starrt mich wieder mit dieser Faszination in seinen Augen an. Ich kann mir sein Verhalten nicht erklären.

„Was hast du damit gemeint, dass du mit Cecily nicht zusammen sein kannst, solange du noch für Frederick arbeitest?“, frage ich, um wieder von meiner Person abzulenken. Cruz jedoch bleibt still und als ich dann zu ihm schaue, halte ich mitten in der Bewegung inne, weil ich seinen ernsten Gesichtsausdruck bemerke.

„Wenn ich dir das sage, wirst du dir wünschen, uns nie begegnet zu sein“, flüstert er und schmälert die Augen. Im ersten Moment glaube ich, mich verhört zu haben, und kichere verunsichert.

„Wie bitte?“, frage ich perplex.

Doch schon im nächsten Moment tritt er näher und seine mächtige Präsenz lässt mich verstummen. Jedes einzelne Härchen an meinem Körper stellt sich auf und ich wittere die Gefahr, die von ihm ausgeht. Das Gefühl erinnert mich umgehend an Frederick Jaxxon Fonds.

Cruz senkt das Haupt und haucht an meinem Ohr: „Du hast mich schon gehört, Kleines.“ Und als er mich daraufhin ansieht, kriecht mir die Kälte seines Blicks bis unter die Haut.

„Ich soll was ... mich dir anvertrauen? Einem Mann, der von sich behauptet, ich hätte ihn besser nie kennengelernt“, blaffe ich ihn an und muss schon im nächsten Moment lachen. Denn seine Aussage, ich könne mit ihm über alles sprechen, ist lächerlich. „Oder besser noch meinem sogenannten Boss, der plant, mich unter Zimmerarrest zu stellen, sobald wir in Vegas sind. Wer sich nicht frei bewegen kann, ist gefangen."

Cruz seufzt. „Hör zu, Kleines, das verstehst du falsch. Du bist nicht gefangen, du stehst unter unserem Schutz. Deswegen bin ich dabei und in Vegas treffen wir Richard, der uns auf der Reise ebenfalls begleiten wird."

Ein lautes Lachen entfährt mir, ehe ich mit der flachen Hand auf den Waschbeckenrand schlage. „Das ist das Dümmste, was ich je gehört habe. Schutz? Wovor bitte sollte ich Schutz brauchen? Vor den Strippern oder den Zockern in den Casinos? Ich komme mir vor wie im falschen Film. Es wäre wohl das Beste, ich suche bei der nächstmöglichen Gelegenheit das Weite."

„Daran solltest du nicht einmal denken", sagt Cruz kühl und distanziert. „Denn die Konsequenzen für dich wären nicht schön, Kleines."

Danach eilt er kopfschüttelnd aus dem WC und ich kann mich erst wieder regen, als endlich die Tür hinter ihm zufällt. Großer Gott! Was, um Himmels willen, ist los mit diesen Kerlen?

Allerdings wäre es eine glatte Lüge zu behaupten, dass seine Warnung mich nicht noch neugieriger gemacht hat als ohnehin schon. Was haben Frederick und er zu verbergen? Ob es ratsam ist, es herausfinden zu wollen? Rätsel zu lösen war früher mein Job. Ja, ich liebe Herausforderungen. Ohne Frage. Ich hätte nur nicht gedacht, dass mir auf dieser Reise gleich mehrere begegnen würden.

Kurz darauf stehe ich wieder vor Kabine Nummer drei und hole tief Luft. Möglichst geräuschlos öffne ich die Tür und trete ein. Frederick liegt über die gesamte Matratze ausgestreckt da und scheint tief zu schlafen. Ich höre seine regelmäßigen Atemgeräusche und beobachte, wie seine Brust sich hebt und senkt. Meine Kulturtasche verstaue ich leise in meinem Koffer und trete näher an das Bett.

Was soll ich jetzt machen? Mich am Tisch niederlassen und den Flug auf einem ungemütlichen, harten Stuhl verbringen? Oder soll ich auf meinen Sitz in der Hauptkabine verschwinden und den Unmut meines Bosses riskieren, sobald er aufwacht und feststellt, dass ich nicht mit ihm im Raum bin?

Frederick hat seinen Arm um eines der Kissen geschlungen, das zweite befindet sich unter seinem Arm. Ich frage mich, wie ich daran gelangen soll, ohne ihn zu wecken. Er seufzt im Schlaf und ich knie mich neben das Bett. Eigentlich will ich nur dieses blöde Kissen, damit ich es mir auf dem Fußboden gemütlich machen kann. Aber ich kann es nicht lassen und betrachte Fredericks entspanntes Gesicht. Die zarten Fältchen um seine Augen. Die schmale, kerzengerade Nase. Die dunklen Brauen und die leicht geöffneten, vollen Lippen, auf denen mein Blick länger, als es gut für mich ist, verharrt. Was an ihm ist es bloß, das mich so sehr fasziniert? Und zwar schon seit dem Moment, als ich völlig orientierungslos in seinem Bett aufgewacht bin.

Meine Finger wandern vorsichtig über seinen Körper hinweg und wollen sich gerade unter das Kissen schieben, als unvermittelt seine Hand in die Höhe schießt und mein Handgelenk umfasst. Ich schreie auf. Seine Augen sind weit aufgerissen. Seine Reflexe sind beängstigend schnell. In einem Moment schien er noch zu schlafen und schon im nächsten ist er hellwach.

„Was wird das?“, fragt er streng und zieht mich ruckartig zu sich, sodass ich der Länge nach auf ihm lande und mich mit beiden Händen auf seiner Brust abstützen muss.

Nackte Haut auf nackter Haut. Feste, sehnige Muskeln. Sein Arm um meine Hüfte. Fredericks Körper ist verlockend warm und ich fühle mich wie ein Fliegengewicht in seinen Fängen. Es ist die pure Reizüberflutung und macht mir neuerlich bewusst, dass ich dringend diesen Arbeitsvertrag sichten sollte. Sehr akribisch.

„Ich wollte Sie nicht wecken und mich auf den Boden legen“, erkläre ich und bin machtlos gegen meine Kurzatmigkeit. „Ich möchte mir nur das Kissen nehmen.“

Er schnaubt auf, rutscht etwas weiter seitwärts gegen die Kabinenwand und raunt mir unmissverständlich zu: „Unter keinen Umständen werden Sie sich auf den Boden legen!“ Es klingt wie ein Befehl und wieder kann ich mich nur über mich selbst wundern, denn ich würde es nicht wagen, ihm zu widersprechen. Warum ist das so? Warum füge ich mich seinen Forderungen? Ich bin eine erwachsene Frau. „Jetzt sollten Sie genug Platz haben. Legen Sie den Kopf auf meine Brust!“, verlangt er rau.

„Ich soll was?“ Ich möchte von ihm abrücken und mich neben ihn legen, aber er lässt mich nicht los. Sein Arm schmiegt sich fest um meine Mitte und es liegt viel zu wenig Stoff zwischen unserer blanken Haut. Nur meine Kleidung und seine Boxershorts. Ich fühle mich wie elektrisiert.

„Jetzt zieren Sie sich nicht!“, sagt er und seine freie Hand findet in mein Haar.

Seine Fingerkuppen massieren meine Kopfhaut und ich frage mich, was er vorhat, aber so fremd diese Berührung sich auch anfühlt, so schnell entspanne ich mich auch. Wie automatisch sinkt mein Kopf gegen seine glatte, warme Brust. Beinahe so, als hätte mein Körper sich ihm willenlos ergeben. In meinem Kopf jedoch sträubt sich so einiges dagegen, die nächsten Stunden auf diese Weise zu verbringen. Jedoch nur aus Gründen der Moral, nicht, weil ich wirklich von ihm ablassen möchte.

Mein linker Arm klemmt unter meinem Körper, der rechte ruht auf seinem Bauch. Genau dort, wo kleine Härchen abwärts in Richtung Boxershorts führen. Am liebsten würde ich mit den Härchen spielen oder mit dem Zeigefinger sein Sixpack nachfahren, jeden Muskel einzeln, aber ich kann mich beherrschen. *Er ist dein Boss*, sage ich mir fortwährend und fasse nicht, dass ich mit ihm in einem Bett liege.

Eine ganze Weile verharren wir regungslos in dieser Pose, ich lausche seinem Herzschlag und denke über die Unterhaltung mit Cruz nach. Wieso ist er der Meinung, ich bräuchte Schutz? Und vor wem? Fredericks Atmung wird ruhiger und ich denke schon, er ist eingeschlafen, da flüstert er: „Ich meinte, was ich vorhin gesagt habe. Ich kann Sie nicht mehr gehen lassen. Jedenfalls bis Sie ihre Aufgabe erfüllt haben."

Ich schlucke schwer und frage leise: „Weshalb? Was soll das bedeuten?" Was ist nur los mit den Männern in diesem Flugzeug? Und will ich es wirklich wissen?

„Genau das, was ich eben gesagt habe", antwortet er und spricht weiterhin in Rätseln, dabei gleitet seine Hand von meiner Taille meinen Rücken hinauf und die Haut unter dem Stoff meiner Kleidung kribbelt wie verrückt.

„Ich verstehe nicht." Frederick Jaxxon Fonds stellt ein großes Fragezeichen für mich dar. Ich brauche Antworten, mit denen ich etwas anfangen kann.

Er dreht seinen Kopf, sodass seine Lippen meine Stirn berühren. Die Stelle beginnt sofort zu glühen, als er spricht: „Irgendwann werden Sie so tief in meine Geschichte eingetaucht sein, dass die Dunkelheit Sie förmlich zu verschlingen droht. Wie ein übermächtiger Sog. Ja, Sie werden mir an den Lippen hängen und nicht aufhören können mir zu lauschen, aber Sie werden sich fürchten wie noch nie zuvor in Ihrem Leben. Die Welt wird in Ihren Augen nicht mehr dieselbe sein und Sie nicht mehr dieselbe Person. Was ich Ihnen erzählen werde, wird Sie verändern, Sie erschüttern und Sie lehren, wie tief die Abgründe unserer Gesellschaft wirklich sind. Ich werde Ihnen all Ihre Unschuld rauben und es wird kein Zurück mehr geben, wenn ich Ihnen einmal die Augen geöffnet habe."

Erst nachdem er aufgehört hat zu sprechen, stoße ich die Luft aus, die ich angehalten hatte. Mir sitzt ein Gefühl im Nacken, das ich kaum zu beschreiben vermag.

„Sie sind sprachlos", stellt er fest und zwirbelt eine meiner Haarsträhnen. Er kann anscheinend nicht anders, als mich ständig irgendwo zu berühren, und ich kann und will ihn nicht davon abhalten. *Warum, Heart, warum ist das so? Bist du völlig von Sinnen? Leidest du unter Realitätsverlust?*

„Vielleicht", gebe ich zu und hebe den Kopf, um ihm in die Augen zu schauen, „aber meine Unschuld habe ich schon längst verloren. Ich weiß, wie grausam und unfair die Welt sein kann."

„So furchtlos", murmelt er und lacht leise, ehe er mich näher an sich zieht. „Das gefällt mir."

Eine Weile hängt jeder von uns seinen eigenen Gedanken nach. Die Stille ist nicht unangenehm, obwohl sie das nach seiner Ansage wohl sein sollte. Aber ich war noch nie wirklich normal. Normalität ist etwas, das ich nicht kenne. Etwas, das mich ängstigt. Fredericks einladende Wärme umschließt mich wie ein Mantel. Nach kurzer Zeit fühle ich mich pudelwohl und das passiert mir höchstselten. In der Umarmung eines Mannes finde ich dieses Wohlgefühl zum ersten Mal in meinem Leben. Das ist vollkommen irrsinnig, weil es die Arme meines Bosses sind, und doch ist es die schmerzhafte Wahrheit.

Meine Augenlider werden mit jeder Sekunde schwerer, aber bevor ich einschlafe, möchte ich noch eine Sache von ihm wissen. „Warum ich?“

Frederick atmet geräuschvoll aus und flüstert kaum hörbar: „Weil Sie alles sind, was ich jemals gesucht habe.“

Ich bin zu schläfrig, um seine Aussage zu hinterfragen, und nur Augenblicke später falle ich in einen traumlosen Schlaf.

Kapitel 10 – Heart

Mein gesamter Körper wird durchgeruckelt und ich wache langsam auf, fühle mich allerdings noch leicht benommen. Mit schlaftrunkenem Verstand kämpfe ich gegen die Schwere meiner Augen an, bis ich sie endlich aufkriege. Es ist hell, die Sonne wärmt mein Gesicht. Der Boden unter mir bebt und ich höre das vertraute Summen von Triebwerken. Es dauert eine Sekunde, bis mir wieder einfällt, wo ich mich befinde, und eine weitere, bis ich feststelle, dass ich Fredericks nackte Brust vollgesabbert habe. Shit! Blitzschnell schrecke ich hoch und kann mir einen leisen Fluch nicht verkneifen. Frederick brummt etwas, das ich nicht verstehe. Ich schaue ihn an und treffe direkt auf seine sturmgrauen Augen, die überhaupt nicht verschlafen wirken und mich voller Belustigung mustern. Offensichtlich ist er schon länger wach.

„Du sabberst, schnarchst und redest im Schlaf“, sagt er trocken und ich schlage mir beschämt die Hände vor das Gesicht. *Ich habe Ihnen nicht das Du angeboten!*, möchte ich ihm vorwerfen, aber sage: „Gott, wie peinlich! Bitte entschuldigen Sie.“

„Keine Sorge, ich habe nichts gegen schnarchende Schönheiten“, erklärt er gleichmütig und obwohl er keine Miene verzieht, weiß ich ganz genau, dass er mich aufziehen will.

Ich gehe nicht auf seinen Scherz ein, um mir weitere Peinlichkeiten zu ersparen. Am Ende würde er mir noch erzählen, ich hätte gefurzt, und ich würde vor Scham sterben. „Wo sind wir?“, frage ich stattdessen.

„Soeben in Vegas gelandet.“

„Vegas“, wispere ich voller Vorfreude und würde am liebsten über ihn hinwegklettern, um mein Gesicht gegen das kleine Flugzeugfenster zu pressen.

Natürlich tue ich das nicht, sondern recke bloß den Kopf. In der Ferne erkenne ich die Gebäudelandschaft des weltberühmten Vegas Strip. Die Hotels sollen des Nachts wie die Sterne am Himmel funkeln und ich kann es kaum erwarten, zu erkunden, ob es der Wahrheit entspricht, was ich über die Touristen-Hotspots dieser Stadt gelesen habe. Eine Welle aus freudiger Erwartung, Spannung und Adrenalin schwappt über mich hinweg. Noch nie zuvor habe ich etwas anderes als Deutschland gesehen. Ich fühle mich wie ein kleines Kind, das laufen lernt.

„Ich habe durchgeschlafen“, stelle ich fest und reibe mir die Augen.

Fredericks dunkles Lachen vibriert bis in meinen Unterleib. „Du hast fast zwölf Stunden lang auf mir geschlummert wie ein Baby in den Armen seiner Mutter.“

Das ist mehr als erstaunlich, denn ich kann mich nicht entsinnen, wann ich das letzte Mal eine ganze Nacht ununterbrochen geschlafen habe. Und das neben einem nahezu Wildfremden, der mich anscheinend die ganze Zeit über in den Armen gehalten hat. Ein Prickeln rauscht mir über das Rückgrat und ich wende kurz den Blick von Frederick ab, damit er nicht sieht, wie mir die Hitze ins Gesicht steigt. Gott im Himmel, er schafft es immer wieder, dass ich mich wie ein Mauerblümchen aufführe, und es wird auch nicht besser, als er von der Matratze rutscht und sich erhebt.

Eigentlich sollte ich wegschauen, erwische mich aber dabei, genau das Gegenteil zu tun. Meine Blicke haften buchstäblich an seiner hochgewachsenen Gestalt. Er steht seitlich zu mir, streckt die Arme in die Höhe, um sich zu dehnen, lässt den Kopf kreisen und dann die Schultern. Dabei habe ich freie Sicht auf das Tattoo an seiner Rippenpartie. *Trust* ist dort in kursiven Lettern und mit schwarzer Farbe eintätowiert. Über seine gesamte Brust erstreckt sich ein Meer aus dunklen, lodernden Flammen und nach seinen schrecklichen Erzählungen von vorhin ist mir die Bedeutung derer schmerzlich bewusst. Ein Datum ist darin abgebildet und wird buchstäblich von dem Feuer verschlungen. Doch ich bin nicht nahe genug und von hier aus kann ich nur raten, um welche Zahlen es sich handelt. Gedankenverloren wandert mein Blick tiefer und ich sehe noch, wie er sich seine halbaufgerichtete Morgenlatte in den Boxershorts zurechtrückt, bevor ich registriere, dass er meinen Namen sagt.

Hitze schießt mir in den Kopf und ich nuschele geschwind: „Ja?“ Wieder einmal klinge ich kurzatmig und kann ihm im Moment nicht ins Gesicht schauen. Ich kämme mein verstrubbeltes Haar, um meinen Fingern etwas zu tun zu geben und mich von dem Gedanken abzulenken, dass ich ihn am liebsten zurück in dieses Bett locken würde. Ich ticke doch nicht mehr ganz richtig. Was ist bloß falsch mit mir?

„Mach dich zurecht, wir werden gleich abgeholt“, raunt er und präsentiert mir sein breites Kreuz, während er sich zu dem kleinen Schrank in der Kabinenwand dreht. Das Engelsflügel-

Tattoo, das sich von seinem Steiß bis über beide Schulterblätter spannt, versetzt mich in Erstaunen. Dieser Mann ist ein wandelndes Kunstwerk. „Ich gehe duschen." Er holt einen Kleidersack hervor und verlässt das Zimmer.

Als wir den Jet am *Mayhem Privatflughafen* kaum dreißig Minuten später verlassen, ist die Stimmung zwischen mir und meinem Boss seltsam. Ich erinnere mich nur zu gut an seine Worte. An alles, was er während des Flugs gesagt hat. *Weil Sie alles sind, was ich jemals gesucht habe.* Wie hat er das gemeint? Ich traue mich nicht, zu fragen, weil ich mir dumm dabei vorkäme. Außerdem schüchtert er mich ein. Wir haben nicht miteinander gesprochen, seit wir den Jet verlassen haben und stapfen schweigend nebeneinander her. Ich versuche, Frederick nicht zu beachten, denn die Erinnerung an seine glatte Haut und all die stählernen Muskeln macht mich fertig. Ich darf mich nicht nach meinem Arbeitgeber verzehren. Allerdings hat er es ja geradezu darauf angelegt, mir zu zeigen, was er mir zu bieten hat und was ich haben könnte, wenn ich es denn wollte. Gottverdammt! Ständig starrt er mich an. Durchdringend. Aus dem Augenwinkel nehme ich seine Blicke deutlich wahr und weiß nicht, was ich davon halten soll. Trotz meiner Kleidung fühle ich mich nackt. Ist es das, was er damit bezweckt?

Was von mir erwartet wird, weiß ich inzwischen, denn ich habe meinen Arbeitsvertrag mehrere Male durchgelesen. Frederick hat nicht gelogen, als er behauptet hat, mich für seine Memoiren angestellt zu haben. Allerdings war es auch keine Lüge, dass ich mich nicht frei bewegen darf. Ich soll zu jeder Zeit im Hotelzimmer verbleiben. Verstöße werden schwer geahndet, heißt es in dem Vertrag. Nur, wie sie geahndet werden, wird nirgends erwähnt und seine Antwort war sehr kryptisch, als ich nachgehakt habe. „Nichts, was Sie nicht ertragen könnten, Fräulein Beatley. Aber da Sie ja brav sein werden, kommt es ohnehin nicht so weit“, sagte er.

Nachdem ich auf der letzten Seite einen Blick auf das Honorar geworfen hatte, war mir alles andere jedoch egal. Die Summe ist beachtlich und ich werde für mein Leben ausgesorgt haben, wenn ich Fredericks Autobiografie beendet habe. Deswegen habe ich auch keine der Chancen, Frederick und Cruz am Flughafen zurückzulassen, um einen Rückflug nach Deutschland zu nehmen, genutzt. Ich bleibe freiwillig. Des Geldes wegen. Denn die Aussicht auf eine sorglose Zukunft ist es mir wert. Und selbst wenn ich das Hotelzimmer doch verlasse, was sollten Cruz und Frederick schon tun? Mir ein paar tausend von dem Honorar abziehen? Das wäre okay. Damit könnte ich leben.

Wir haben April, doch die Hitze in Las Vegas ist gewaltig. Wie aus einem Fön weht uns der warme Wind um die Ohren. Die Sonne steht hoch am strahlend blauen Himmel und der Vegas Strip ist voller Touristen mit Einkaufstaschen. In einer Limousine werden wir auf den Hinterhof des *Whiscott Casino & Hotels* gefahren, wo uns bereits mehrere Pagen erwarten. Wir steigen aus und man kümmert sich sogleich um unser Gepäck.

„Ich gehe dann mal Richard vom McCarren abholen, Boss“, erklärt Cruz, nickt uns zu und steigt in einen schneidigen Mercedes, der auf dem Hinterhof parkt.

Ich verfolge seinen Abgang und als er den Wagen an mir vorbei steuert, winkt er und zwinkert mir zu. Er fährt vom Hinterhof und ich seufze, denn es wäre mir lieber, Cruz würde bleiben. Seine Gesellschaft ist besser zu ertragen als die von Frederick Jaxxon Fonds. In Fredericks Nähe stehe ich fortwährend unter Strom und mein Kopfkino spielt verrückt. Ich stelle mir Dinge vor, die man sich nicht vorstellen sollte, wenn man an seinen Boss denkt.

„Fräulein Beatley, kommen Sie.“

Ich zucke zusammen, hebe den Blick und denke: *Oh, sind wir wieder beim Sie?* Erst jetzt fällt mir auf, dass ich, ohne mich zu regen, in die Leere gestarrt habe. Kommentarlos bewege ich mich auf meinen Boss zu und rücke meinen Blazer zurecht.

Frederick, wieder einmal in einem schnieken schwarzen Anzug, steht am Hintereingang, schultert seine Laptoptasche und trägt auch meine bei sich. Er mustert mich eingehend von Kopf bis Fuß und wieder werde ich nervös. Sein Haar ist noch feucht, weil er geduscht hat, und die Strähnen kringeln sich zu kleinen Locken. So sieht er noch heißer und um einiges jünger und verspielter aus. Wie alt er wohl ist? Mit Sicherheit mindestens zehn Jahre älter als ich. Er sollte öfter auf all das Gel verzichten, mit dem er sein Haar üblicherweise streng nach hinten kämmt. Ich schließe zu ihm auf und während wir einem Pagen in die Penthouse-Ebene folgen, verfallen wir neuerlich in eisernes Schweigen. Das ist mir lieber. Nach allem, was ich auf dem Flug über Frederick erfahren habe, muss ich erst einmal meine Gedanken sortieren.

Das Penthouse ist riesig und ich komme aus dem Staunen gar nicht mehr heraus. Es hat vier Schlafzimmer, einen lichtdurchfluteten Wohn-Essbereich und mehrere Badezimmer. Der Wahnsinn! Frederick geht in eines der Zimmer, während ich den offenen Küchenbereich inspiziere. Alles ist blitzblank, modern und wirkt überaus teuer.

„Kommen Sie“, ruft Frederick. „Ich zeige Ihnen Ihr Zimmer.“

Als ich dieses betrete, möchte ich auf und ab hüpfen, aber verkneife es mir. Auch dieser Raum besitzt bodentiefe Fensterfronten, die für einen wunderbaren Lichteinfall sorgen. Das Bett ist einer Königin würdig und ein wunderschöner Schminktisch befindet sich neben der Tür, durch die man in eines der Badezimmer gelangt. Meine Koffer stehen bereits neben dem deckenhohen Wandschrank.

Frederick lehnt mit einer Schulter am Türrahmen und beobachtet mich. „Gefällt es Ihnen?"

„Sehr sogar."

„Dann packen Sie in Ruhe aus. Cruz und ich werden später am Abend unterwegs sein. Richard wird bei Ihnen bleiben." Fredericks Augen werden schmal und er verschränkt die Arme vor der Brust. „Sie erinnern sich an die Regel? Das Hotelzimmer verlassen Sie nur mit mir. Niemals allein."

„Ja, aber warum?", frage ich und seine Miene verfinstert sich. Sofort ist mir klar, dass ich wieder einmal keine zufriedenstellende Antwort erhalten werde und es geht mir so was von auf den Keks.

„Weil ich es sage", zischt er. „Sie können den Abend damit verbringen, den Text zu korrigieren, den Sie im Flieger niedergeschrieben haben."

Ich nicke vermeintlich ergeben und beuge mich zu meinem Koffer, um das Schloss zu öffnen. „Yes, Sir, Master Sergeant Fonds", sage ich im Flüsterton vor mich hin und verdrehe genervt die Augen.

„Was haben Sie gesagt?" Fuck, er steht noch da?

Ich wende ihm den Blick zu und lächle unschuldig. „Nichts, nichts."

Frederick hebt die Augenbrauen. „Dann ist ja gut. Richard ist gleich da. Wenn Sie Hunger haben oder sonst etwas brauchen, wenden Sie sich an ihn oder Perez. Bis später.“

Am Abend sitze ich am Esstisch im Wohnbereich und beschäftige mich damit, Frederick und Cruz zu beobachten, während ich so tue, als würde ich das Manuskript korrigieren. Ich und zwei heiße Männer in einem Penthouse in Vegas. Wer hätte gedacht, dass das Schicksal jemals so etwas für mich in petto hätte? Ich sicherlich nicht. Okay, gut, genau genommen sind es drei heiße Männer. Denn Richard ist nicht weniger heiß, hochgewachsen und tätowiert als Cruz und Frederick. Soweit ich verstanden habe, kennen die drei Männer sich schon ewig und eine tiefe Männerfreundschaft verbindet sie. Was ich allerdings nach wie vor nicht verstehe, ist, warum Cruz und Richard auf mich aufpassen sollen. Es ist ja nicht so, als bräuchte ich Personenschutz.

Es geht bereits auf die zehn Uhr am Abend zu, als die drei sich still und heimlich in Fredericks Zimmer begeben. Das macht mich stutzig und die in mir aufkeimende Neugier ist kaum zu bändigen. Die Hotel-Detektivin in mir will der Sache auf den Grund gehen. Also schleiche ich auf leisen Sohlen in das Bad, das Fredericks und mein Schlafzimmer verbindet. Ich lege mein Ohr an die Tür, hinter der ich die Stimmen der Männer höre. Sie sprechen leise, doch ich verstehe sie gut.

„Und du glaubst, der Absender dieses Schriftstücks ist der gleiche wie jener der Drohbriefe?“, fragt Richard und mir wird ganz anders. Wird Frederick etwa bedroht?

„Die Handschrift stimmt überein und beide Briefe sind mit K gezeichnet. Natürlich kommen sie vom selben Absender“, meint Frederick.

„Wo hast du diesen Brief her?“, will Cruz wissen.

„In Hearts Sachen gefunden.“

Moment mal, Frederick hat meine Sachen durchwühlt? Ist das sein Ernst? Was in Gottes Namen nimmt dieser Mann sich heraus? Ich werde sauer und balle meine Hände zu Fäusten, weil er nicht das Recht besitzt, einfach ungefragt in meine Privatsphäre einzudringen. Doch schon im nächsten Augenblick verfliegt meine Wut, denn ich begreife, was seine Aussage zu bedeuten hat. Jemand, der ihm einen Brief geschrieben hat, schickte auch mir einen. Allerdings arbeite ich erst seit gestern für die *Jaxx Corporation* und kannte Frederick zuvor nicht. Es gibt keine Verbindung zwischen uns und ich kann mich nicht entsinnen, dass ich jemals einen Drohbrief in meinem Briefkasten hatte. Schließlich wäre ich damit zur Polizei gegangen.

Da fällt mir etwas ein. Mein Vermieter hat mir erst kürzlich einen Umschlag in die Hand gedrückt, den ich achtlos in meine Tasche gestopft und noch nicht gelesen habe. Um diesen Brief muss es sich handeln, anders kann es nicht sein. Soll ich in Fredericks Zimmer hereinschneien und die Männer einfach direkt damit konfrontieren? Ich mag keine Geheimnistuerei. Leider glaube ich jedoch, dass keiner von ihnen mir die Wahrheit sagen würde. Ich muss also schlau sein und mir, wie in meinem Job als Detektivin, die nötigen Informationen selbst beschaffen. Aber wie?

„Scheiße!“, flucht Cruz. „Dann ist der Mistkerl uns bestimmt auch jetzt auf den Fersen.“

„Deswegen müssen wir die Augen immer und überall haben“, bringt Frederick an. „Richard, du bleibst hier und behältst unser Herzblatt im Auge. Perez und ich statten Jackson einen Besuch ab. Mein Cousin gibt heute einen Empfang unten im großen Saal und erwartet uns. Vielleicht weiß er was.“

„Wird gemacht, Boss“, erwidert Richard.

Nur, weil mein Boss einen Brief aus meiner Tasche entwendet hat und nun von einer drohenden Gefahr faselt, lasse ich mich sicher nicht unter Stubenarrest setzen. Ich habe diesen ominösen Brief ja nicht einmal gelesen und wenn ich ehrlich bin, klingt diese Geschichte für mich an den Haaren herbeigezogen. Zumal Frederick nicht über meinen Kopf hinweg entscheiden kann. Für den unwahrscheinlichen Fall, dass ich doch in diese Sache involviert sein sollte, muss er mich einweihen und mit offenen Karten spielen. Er darf mich nicht im Dunkeln lassen, aber ich schätze, genau das hat er vor. Ich habe gehört, was ich hören musste, und presche zurück an den Wohnzimmertisch, ohne dass die Männer es mitbekommen. Während Cruz und Fonds sich in ihre Räume zurückziehen, um sich fertig zu machen, schmiede ich einen Plan. Ich habe vor, ihnen zu folgen. Irgendwie muss ich Richard, meinen sexy Gefängniswärter, überlisten. Aber wie?

Kapitel 11 – FONDS

Wenn ich daran denke, was noch alles auf unserer Agenda steht, dröhnt mir der Schädel. Heute besuchen wir meinen Cousin Jackson, dem die Whiscott-Hotelkette gehört, in der Hoffnung, dass er Informationen für uns hat. Morgen müssen wir ebenfalls auf ein Event und wenn ich schon mal in Vegas bin, darf ein Abstecher zu meinen Brüdern Jeremiah und Jordan auch nicht fehlen.

Ich erinnere mich nicht daran, wann ich das letzte Mal die Seele habe baumeln lassen. Es ist lange her. Viel zu lange. Es muss zu einer Zeit gewesen sein, als Clara noch lebte. In mir tobt schon ewige Zeiten ein alles vernichtender Sturm, der nichts als Verwüstung hinterlässt. Ich kann damit leben. Allerdings bräuchte ich mal wieder eine Nacht ruhigen Schlafs. Viele Jahre habe ich mit der Suche nach Heart verbracht, habe jeden Stein auf dieser gottlosen Erde herumgedreht. Jetzt habe ich sie endlich gefunden, aber an Schlaf ist nach wie vor nicht zu denken. Das Verlangen nach ihr frisst mich innerlich auf, hält mich Nacht für Nacht wach und treibt mich in den Wahnsinn. Ich schaue sie an und alles, was ich will, ist, ihren unschuldigen Körper unter mir begraben und all die Dinge mit ihr anstellen, die mein dreckiger Verstand sich ausmalt. Aber ich halte mich zurück. Noch bin ich nicht mehr als ihr Boss. Und so sollte es auch bleiben.

Seit wir Hearts Standort herausgefunden haben, liegt Perez mir in den Ohren, ich solle ihr bloß nicht auf die Pelle rücken. Sie sei ein junges Ding von fünfundzwanzig Jahren und ich nicht gut für sie. Das weiß ich selbst und ich gebe ihm recht. Aber mit jedem weiteren Tag, der vergeht, interessiert mich das immer weniger. Schon im Flieger, als ich sie endlich ganz für mich hatte, konnte ich kaum widerstehen. Ich habe sie in meine Kabine bestellt, um herauszufinden, wie sie auf mich und das, was ich unter meiner strengen Fassade verberge, reagiert.

Sie ist blutjung und so weit ich das beurteilen kann, hat sie kaum Erfahrung mit dem anderen Geschlecht oder mit Dingen des Herzens. Geschweige denn mit der dunklen Seite dieser Welt, der ich entstamme. Meine Lebensgeschichte hat sie zu Tränen gerührt. Ich habe es genau gesehen und danach wollte ich sie nur noch mehr. Als sie in meinen Armen geschlafen hat, hätte ich ihr gern die Kleider vom Leib gerissen und mich tief in sie gestoßen. Sie ist die pure Versuchung. Ein Engel, den ich nicht verderben darf. Denn sie ist zu gut für mich.

Allein der Gedanke an Clara hat mich davon abgehalten, einen fatalen Fehler zu begehen. Ich darf Heart nicht in die Flucht schlagen. Ich darf mich ihr nicht aufdrängen. Sie muss uns vertrauen. Sie muss in uns die Guten sehen. Auch wenn wir im Grunde nur die weniger Schlechten unter den wirklich Bösen sind. Mistkerle mit einem letzten bisschen Gewissen. Außerdem muss ich zugeben, dass ich mir die Sache selbst erschwert habe, indem ich ihr diesen Arbeitsvertrag und gleich zwei Bodyguards vorgesetzt habe. Aber ich brauche Kontrolle.

Alles andere ertrage ich nicht. Sie ist mir zu wichtig, um meinen üblichen Grundsatz blinden Vertrauens auf sie anzuwenden.

Es ist bereits Mitternacht, als Perez und ich den großen Saal in der Casino-Ebene des *Whiscott Hotels* betreten. Sofort liegen alle Blicke auf uns. Voller Neugier reckt die feine Gesellschaft, bestehend aus den skrupellosesten Kriminellen des Landes, die Köpfe nach uns. Sie tuscheln, nicken oder prosten uns zu. In diesen Kreisen kennt und fürchtet man uns. Und ja, genau so soll es sein. Vor langer Zeit haben Perez und ich als Fighter im Untergrund begonnen und uns so einen Namen gemacht. Nach und nach sind wir die Leiter der Spitzenklasse-Kriminellen immer weiter nach oben geklettert, bis wir unsere erste Million mit Auftragsmorden verdient hatten. Mit fünfundzwanzig war ich reicher als der Präsident und habe mir schrittweise mein eigenes Unternehmen aufgebaut. Perez war von Anfang an an meiner Seite. So auch Richard. Sie sind meine besten Freunde und somit habe ich sogar zwei rechte Hände. Perez kümmert sich normalerweise um meine Clubs und Geschäfte auf Ibiza. Richard ist für Deutschland zuständig und ich fliege von Kontinent zu Kontinent und bin ständig auf Achse.

Der Saal ist voll, überall sehe ich bekannte Gesichter. Menschen, die ihr täglich Brot mit Drogen-, Waffen- und Menschenhandel verdienen. Sie befinden sich an Stehtischen, die an den Wänden aufgereiht sind, qualmen teure Zigarren, kippen ein perlendes Getränk nach dem nächsten und stecken die Köpfe zusammen, während sie mich und meine rechte Hand Perez mustern. Mit schmalen Augen durchforste ich die Menge auf der Suche nach Jackson.

Ein Mann, ganz in schwarz gekleidet, schält sich aus dem Pulk schnatternder Leute und seine eisblauen Augen finden mich sofort. Es sind die Augen eines Killers, der Blick eiskalt und stumpf wie der meine. Jackson Whiscott ist groß, dunkelblond und ein verdammter Schönling. Er sieht aus, als könnte er keiner Fliege etwas zuleide tun, aber sein attraktives Äußeres täuscht. Er ist der Teufel im Engelsgewand und in meiner Familie derjenige, der am unberechenbarsten ist. Für sein Imperium geht er über Leichen. Da sind wir uns sehr ähnlich. Aber im Gegensatz zu Jackson töte ich nicht gern und nur dann, wenn ich keine andere Wahl habe.

Mein Cousin strahlt bis über beide Ohren und kommt mit ausgebreiteten Armen auf uns zu. „Rick, Perez, lange nicht gesehen. Schön, dass ihr es einrichten konntet. Wie lange seid ihr in der Stadt?“

Wir reichen uns die Hand und tauschen etwas Smalltalk aus, bevor ich die wirklich wichtigen Themen anschneide. Ich werfe einen knappen Blick in die Gesichter der Umstehenden und hebe die Brauen. „Können wir unter vier Augen miteinander sprechen?“, frage ich.

Jackson nickt zum hinteren Bereich des Saals, wo sich eine weitere Tür befindet, und bedeutet uns, ihm zu folgen. Wir begeben uns in einen Nebenraum, in dem einige Servicekräfte Fingerfood richten.

„Lasst uns allein!“, befiehlt Jackson und das Zimmer leert sich augenblicklich, bis nur wir drei zurückbleiben. Er setzt sich auf die Kante eines Tisches und schlägt die Beine lässig übereinander. „Du hast dein Mädchen also gefunden“, sagt er kühl.

Jackson ist ein gefährlicher Mann. Ich will ihn nicht in Hearts Nähe haben. Genauso wenig wie ich in ihrer Nähe sein sollte, aber das ist eine andere Sache. Deswegen beschließe ich, mich nicht dazu zu äußern, und fördere stattdessen den Brief zutage, den ich aus Hearts Tasche entwendet habe. „Hast du etwas Neues für uns?“ Ich reiche ihm den Schrieb. Jackson öffnet ihn, ehe er die Zeilen überfliegt. „K hat herausgefunden, wer sie ist, und hat ihr diese Nachricht geschickt. Er muss uns auf den Fersen sein. Wir sind in höchster Alarmbereitschaft und deswegen sind wir hier. Lass deine *Whiscott Girls* noch mal ausschwärmen und nach dem Scheißkerl suchen. Ich zahle jeden Preis. Geld spielt keine Rolle.“

Die *Whiscott Girls* sind Jacksons Geheimwaffe, ein Killer-Squad aus exotischen Frauen, die zum Töten und Foltern ausgebildet wurden. Sie bilden ein riesiges Spionage-Netzwerk verteilt über den gesamten Globus und es gibt nichts, was sie nicht herausfinden können.

Jackson kratzt sich über das Kinn. „So viel ist die Kleine dir also wert?“ In seinen Augen, die mich geradezu abschätzig mustern, lauert tiefe Skepsis. „Liebe ist nichts für Männer wie uns, Rick“, äußert er belehrend, was mich wütend macht. „Das solltest du am besten von uns wissen. Willst du etwa riskieren, dass sich die Sache mit Clara wieder...?“

Mit Elan donnere ich meine flache Hand gegen die Wand, weil er es wagt, Claras Namen in den Mund zu nehmen, und blaffe: „Ich habe dich nicht nach deiner Meinung gefragt, Jackson.“ Clara ist ein Tabuthema. Jeder aus meiner Familie weiß das.

„Wow, wow, wow.“ Beschwichtigend hebt er beide Hände in die Höhe. „Ist gut, ist gut, komm mal wieder runter. Und um deine Frage zu beantworten: Ja, ich habe Neuigkeiten. Einem meiner Mädchen ist ein Kerl namens Bucks ins Netz gegangen, der etwas zu wissen scheint. Jedenfalls kennt er einen Kleinkriminellen, der für einen gewissen K Drogen vertickt. Ich habe Bucks herbringen lassen. Wir werden im Saal draußen gleich ein kleines Spektakel zu deinen Ehren veranstalten und den guten Bucks befragen. Mal schauen, was wir alles aus ihm herausbekommen. Bisher hat er noch nicht geflüstert. Scheint eine Scheißangst vor K zu haben. Ich dachte, wenn du schon mal vor Ort bist, darfst du ihm gern selbst auf den Zahn fühlen und dir die Hände schmutzig machen. Was sagst du?“ Jacksons Grinsen nimmt diabolische Ausmaße an. „Wollen wir meinen Gästen eine nette Showeinlage liefern? Lust, etwas Blut zu vergießen?“

Nein. Mein Durst nach Rache und Blut ist zwar noch lange nicht gestillt. Aber ich möchte ihn nicht gegen die Falschen richten, sondern gegen Claras Mörder, die ich auch nach über zehn Jahren der Suche noch nicht ausfindig machen konnte.

„Darf ich das für dich übernehmen, Boss? Ich habe schon ewig keine Kakerlaken mehr zerquetscht“, mischt sich Perez ein und ich bin ihm dankbar dafür. Er weiß, wie leicht ich die Kontrolle verliere, wenn ich dem Monster in mir das Zepter reiche. Und jetzt, wo Heart bei uns ist, darf ich mich nicht in Rachegelüsten verlieren. Ich muss aufmerksam sein. Zu jeder Zeit.

Ich nicke Perez zu. „Ganz, wie du willst, alter Freund.“

Jackson klatscht energisch in die Hände und geht voran zur Tür. „Dann hätten wir das. Lasst uns loslegen.“

Perez und ich folgen ihm zurück in den großen Saal und werden von Stille begrüßt. Während wir miteinander gesprochen haben, hat man das Publikum offenbar auf die bevorstehende Darbietung vorbereitet. Denn sie alle sind nach außen an die Wände gerückt, wo sie sich wie Schaulustige bei einem Unfall aneinanderreihen. Die Mitte des Raums ist menschenleer. Ein Tisch, ein Kübel mit Wasser und ein Werkzeugkoffer haben stattdessen dort Platz gefunden. Zwei Kerle schleifen einen dritten in Ketten herein und werfen ihn auf den Boden neben dem Tisch. Der halbohnmächtige Mann keucht und hustet, sein Gesicht ist grün und blau angeschwollen, die Augen so dick, dass er sicherlich nichts mehr sehen kann.

Jackson stolziert zu der erbärmlichen Kreatur, bei der es sich um diesen Bucks handeln muss, und packt sie am Schopf. „Noch hast du Zeit zu reden, ohne dass wir nachhelfen“, sagt er laut genug, sodass wir alle ihn hören.

Bucks läuft Sabber aus dem Mund. Wie ein nasses Handtuch hängt er in Jacksons Griff. Dennoch scheint er seinen Kampfgeist noch nicht gänzlich verloren zu haben, denn er speit: „Fick dich, du Whiscott-Scheißer! Von mir erfährst du nichts!“

Jackson lacht laut und auch aus dem Publikum hört man Gelächter. Wir alle wissen, was jetzt kommt, und wenn Bucks schlau ist, gibt er nach, um sein Leid zu verkürzen. So oder so ist sein Leben dahin. Das weiß er. Das wissen wir. Das weiß der Teufel. Dieser Mann wird heute in diesem Saal vor den Augen aller Anwesenden sterben. Durch Perez‘ Hand.

„Fataler Fehler, Kleiner“, zischt mein Cousin und lässt so abrupt von Bucks ab, dass dieser mit dem Schädel auf den Boden knallt. Unter den Schmerzenslauten der armen Ratte wendet sich Jackson an seine Gäste. „Meine Damen und Herren, meine Freunde, wir haben uns heute hier versammelt, um diesem Mann einen gebührenden Abschied aus dem Leben zu bereiten. Ihr alle seid herzlich dazu eingeladen, hier zu verbleiben. Wer es lieber ruhig angehen möchte, der darf gern im Nebenraum etwas Fingerfood genießen, bis wir hier fertig sind.“ Jacksons Ansprache klingt so feierlich wie die eines Präsidenten. Mein Cousin ist noch schlimmer als sein herumhurender Vater. Wieder klatscht er in die Hände. „Später, nach dem Hauptakt, wird es zum Ausklang des Abends noch eine

Liveband geben. Also, liebe Gäste, wer jetzt nicht geht, der muss bleiben und zuschauen. Gleich schließen wir für die nächsten fünfzehn Minuten die Türen.“

Der junge Kerl, der nicht älter als Heart sein dürfte, gibt ein lautes Schluchzen von sich und beginnt zu zittern. Er übergibt sich vor unser aller Augen auf Jacksons teure Schuhe. Offensichtlich hat er begriffen, dass sein Ende naht. Fünfzehn Minuten waren Jacksons Worte. In einer viertel Stunde wird Perez ihm das Leben ausgehaucht haben. Was ich dabei empfinde? Nichts. Jedenfalls nicht genug, um es als Mitleid oder Reue bezeichnen zu können.

Jackson versetzt Bucks einen Tritt in den Magen. „Du verdammter Wichser, wenn wir keinen strikten Zeitplan hätten, würde ich dich deine eigene Kotze jetzt von meinen Schuhen lecken lassen, bis sie wieder glänzen.“

Bucks ist kaum noch ansprechbar. Er krümmt sich vor Schmerz und kotzt gleich noch einmal. Diesmal zum Glück nur auf sich selbst und nicht auf Jacksons Lederschuhe.

Während einige der Frauen sich ins Nebenzimmer zum Fingerfood begeben, kommt Jackson kopfschüttelnd auf uns zu. „Immer dasselbe mit Kerlen wie dem da. Erst machen sie einen auf Gangster und dann heulen sie wie Babys. Du machst das schon, Perez, zieh der Mistmade die Scheißinfos aus der Nase.“ Er nickt zum Tisch. „Walte deines Amtes, mein Freund, ich bin gleich wieder da. Muss mich kurz von der Kotze befreien.“

Fünfzehn Minuten später ist nur noch ein unkenntlicher Klumpen von Bucks übrig. Eines muss man dem Jüngling lassen, er hat sich wacker geschlagen. Obwohl Perez alles andere als sanft zu ihm war, hat er kaum etwas preisgegeben. Wir kennen nun den Namen des Dealers, der für K vertickt, und dessen Einzugsgebiet. Kanada. Also was will der Bastard von mir und vor allem von Heart? Ich habe mit Kanada nichts am Hut, besitze dort keine Immobilien, Clubs oder betreibe Geschäfte. Auch Familie habe ich im kalten Norden keine. Wer ist K? Und was will er von mir, außer mich tot zu sehen? Was sind seine Motive? Macht, Reichtum, mein Imperium? Das werde ich zu verhindern wissen. Bevor er sich das aneignen kann, was ich mir mit Blut und Schweiß erarbeitet habe, wird er sterben.

Perez tunkt seine Hände in eine Schale mit Wasser und wischt sich das Blut mit einem Lappen ab. Er seufzt und sieht mich an. „Das war weder befriedigend noch sehr informativ."

„Besser als nichts. Fürs erste muss es reichen", erwidere ich knapp und erhasche einen kurzen Blick auf ein Gesicht etwas weiter vorne im Raum. Ein mir inzwischen sehr vertrautes Gesicht. Hearts Blick haftet auf der Leiche, die gerade weggebracht wird, und dann rennt unsere Kleine los. Das kann nicht sein! Es darf nicht sein! War sie etwa die gesamte Zeit über im Raum? Hat sie live miterlebt, mit wem sie es zu tun hat? Mir schnürt sich ein Knoten im Magen und ich balle die Hände zu Fäusten. Ohne zu zögern, stampfe ich auf die Flügeltür zu, durch die wir den Saal vorhin betreten haben.

„Hey, Mann, wohin? Was ist los?", ruft Perez mir nach, aber ich muss mich beeilen, wenn ich dieses unartige Balg noch erreichen will. Sie hat sich tatsächlich über meine heiligen Regeln hinweggesetzt. Ich kann es nicht fassen. Das wird Konsequenzen für sie haben. So etwas lasse ich nicht mit mir machen. Und wo zur Hölle ist eigentlich Richard? Er hätte auf sie aufpassen sollen.

Mit unbändiger Wut in der Brust reiße ich die Tür auf und verlasse den großen Saal. Mein Blick fliegt zwischen den

Slotmaschinen und all den Menschen hin- und her, um Heart ausfindig zu machen. Wohin ist sie so schnell verschwunden? Ich kann sie mir schließlich nicht eingebildet haben.

Perez eilt mir nach und dreht mich an der Schulter zu sich um. Seine Miene ist finster. „Mann, was ist los? Du kannst nicht einfach abhauen. Hast du etwas Verdächtiges entdeckt?“

„Ich habe Heart gesehen“, knurre ich und bemerke, wie das Monster in mir die Zähne fletscht. Lange kann ich es nicht mehr ruhig stellen. „Sie muss Richard entwischt sein. Die Kleine will mich offenbar herausfordern.“

Perez wird bleich und fährt sich mit der flachen Hand über den Mund. „Du meinst ... Sie war ...“

Ich seufze gedehnt. „Sie war im großen Saal. Keine Ahnung, wie lange.“

„Fuck!“, flucht er, beugt sich nach vorne und stützt sich mit den Händen an seinen Knien ab. „Wenn sie gesehen hat, was ich getan habe, wird sie uns für Monster halten.“

„Wir sind Monster, mein Freund. Wir sind Killer und schlimmer als die Ungeheuer aus Schauergeschichten, auch wenn wir uns über die vergangenen Jahre etwas zum Positiven verändert haben.“

Perez erhebt sich wieder und rauft sich das Haar. „Wir müssen sie finden, bevor sie abhauen kann.“

„Sie kann noch nicht weit sein. Du durchsuchst die Casino-Ebene und gibst Jacksons Leuten Bescheid. Ich nehme mir das Hotelzimmer vor. Ohne ihre Sachen kann sie schlecht abhauen.“

„Wird gemacht, Boss“, antwortet Perez und geht hastig seiner Wege.

O Heart, wenn du glaubst, mir entwischen zu können, dann liegst du falsch. Ich finde dich. Egal, wo du dich vor mir versteckst und wenn ich dich habe, weiß ich nicht, was ich mit dir tun werde. Denn ich koche vor Wut.

Den Weg durch das Casino erlebe ich wie im Film. Ich wühle mich durch die Menschentrauben, stoße Leute beiseite, bekomme einen Drink über geschüttet und erreiche schließlich den Fahrstuhl. Die Fahrt nach oben in die Penthouse-Ebene kam mir noch nie länger vor. Als ich am Penthouse ankomme, zittern meine Hände und Adrenalin schwemmt meinen Körper. Ich zücke die Schlüsselkarte, öffne die Tür und rase in den Wohnraum. Was ich dann sehe, kann ich kaum glauben. Richard sitzt still und reglos auf einem Stuhl, den Kopf auf der Tischplatte abgelegt, als würde er schlafen. Auf ein Neues entbrennt maßloser Zorn in mir und jetzt kann ich mich nicht mehr zurückhalten.

„Wie hat sie es an dir vorbeigeschafft, Richard, wie?“, blaffe ich ihn an und schlage mit der Faust auf den Tisch neben seinem Kopf.

Er wirkt benommen, als er die Augen öffnet und den Kopf langsam hebt. „Was?“, fragt er. „Was hast du gesagt? Was ist passiert?“ Er nuschelt und ist offensichtlich noch nicht ganz wach.

Das werde ich ändern. Ich packe ihn am Kragen seines Hemds, hebe ihn vom Stuhl und donnere ihn mit dem Rücken gegen die nächste Wand. „Gottverdammt, jetzt, wo sie bei uns ist und K uns wahrscheinlich auf den Fersen, können wir sie nicht einfach in der Weltgeschichte herumspazieren lassen. Wie konnte Heart dir entkommen?“

Richard schnauft schwer, weil ich ihm die Luft abdrücke. Seine Augen sind rot, die Pupillen geweitet, während er mich voller Reue ansieht. „Sie ist ... Sie ist fort? Sie muss ...“, presst er erstickt hervor und ich lasse etwas locker, damit er sprechen kann. „Sie muss mir etwas in den Drink gemischt haben. Ich habe geschlafen wie ein Stein und kann mich bloß noch daran erinnern, wie sie sich mit zwei Gläsern Orangensaft zu mir gesetzt hat. Danach ist alles schwarz. Bestimmt waren Schlaftabletten oder so in dem Getränk."

Ich lasse von Richard ab und fahre mir durchs Haar. „Fuck! Ich weiß nicht, was sie von meinem Treffen mit Jackson alles mitbekommen hat, aber sie hat vielleicht etwas gesehen, was nicht für ihre Augen bestimmt war."

Richard fasst sich an die Kehle und rückt sein Hemd zurecht. „Es tut mir leid, Rick. Ich habe die Kleine unterschätzt."

Ich horche in den Raum hinein. Das Penthouse liegt still dar. Nichts außer Richards schwerer Atmung ist zu hören. Heart ist vermutlich nicht hier. An ihrer Stelle wäre ich es nicht. Trotz allem beschließe ich, alle Räume zu durchsuchen, und fange mit ihrem Zimmer an. Wie schockgefroren verharre ich auf der Türschwelle und gaffe auf das Bett. Unglaublich, aber Heart liegt darin, das Laken fast bis zum Kinn hinaufgezogen. Langsam trete ich näher und komme an der Bettkante zum Stehen. Ihr rotes gewelltes Haar liegt wie ein Fächer auf dem Kissen. Ihre Augen sind geschlossen, doch ihre Augenlider und die langen, dunklen Wimpern zucken. Sie schläft nicht, sie tut nur so. Ich erkenne es auch an ihren geblähten Nasenflügeln und den bebenden Lippen. Sie war es. Sie war unten im großen Saal. Es war keine Einbildung.

„Dann wollen wir Dornröschen mal wecken", murmele ich vor mich hin und reibe mir die Hände. Wieso ist sie nicht davon gerannt? Es wäre besser für sie gewesen, denn jetzt hält mich nichts mehr zurück und sie wird all meine Verzweiflung und die angestauten Gefühle zu spüren bekommen.

Mit einem kräftigen Ruck reiße ich ihr das Laken vom Körper und setze mich so auf sie, dass ich mit den Knien ihre Oberarme fixieren kann.

„Nein!“, brüllt sie, reißt die Augen auf und ist auf einmal hellwach. Sie versucht, gegen mich anzukämpfen, wirft den Kopf hin und her und windet sich wie ein Würmchen, aber sie hat keine Chance.

Ja, Kleine, schrei ruhig, schrei, was das Zeug hält. Hier wird dir niemand helfen. Ich bin der Boss. Fest packe ich ihr Kinn und zwinge sie, ihren Kopf still zu halten und mich anzusehen. Mit dem Gesicht nähere ich mich dem ihren und schaue sie mit schmalen Augen an. „Du glaubst, ich habe nicht mitbekommen, dass du dort warst, hm? Denkst du, ich lasse mich verarschen? Herzblatt, dann schätzt du mich ganz falsch ein. Meine Augen sind überall und ich habe dich nur walten lassen, weil ich sehen wollte, ob das Vögelchen freiwillig zurück in den goldenen Käfig fliegt. Das heißt jedoch nicht, dein Ungehorsam hätte keine Folgen.“ Natürlich stimmt das nicht ganz. Ich habe sie nicht fliegen lassen. Jedenfalls nicht aus freien Stücken. Aber ich möchte, dass sie sich von nun an beobachtet fühlt und deswegen soll sie glauben, ich hätte die ganze Zeit über ihren Abstecher in den großen Saal Bescheid gewusst.

„Wie bitte?“, fragt sie und tut ahnungslos.

„Hast du gedacht, dein kleiner Freiflug würde keine Konsequenzen haben?“ Ich gehe von ihr herunter und nehme etwas Abstand, um in einer dunklen Zimmerecke zu lauern. „Steh auf!“, befehle ich ihr mit eisernem Ton. „Und zieh dich aus!“

„W-was? Ich ... Nein ... Ich ... Bitte“, stammelt sie und ich finde es heiß, wie sehr sie sich gerade fürchtet.

„Du hast mich schon richtig gehört, Herzblatt. Raus aus den Klamotten. Ausziehen! Sofort!“

„Nein!“

„Tu es freiwillig oder ich helfe nach“, drohe ich ihr.

„Und dann?“

„Und dann gehst du duschen. In meiner Begleitung“, verkünde ich und könnte Jackson sicherlich Konkurrenz machen, was das diabolische Grinsen anbelangt.

„Auf keinen Fall“, erwidert sie mit zitternder Stimme.

„O doch, Engelchen. Ob du willst oder nicht. Strafe muss sein, denn so wie es aussieht, nimmst du mich nicht ernst. Aber keine Sorge, ich komme dir nicht nahe, wenn es nicht nötig ist, sondern schaue nur zu.“

Während Heart sich sichtlich widerwillig erhebt, labe ich mich an ihrer Angst, den furchtsamen Blicken und dem merklichen Zittern ihres Körpers. Das hier fühlt sich wie die pure Erlösung an. Nachdem ich mich wochenlang zurückgehalten und auf der Lauer gelegen habe, kommt es einer Explosion gleich, meine Dämonen zu entfesseln. Ich sollte das hier nicht tun. Ich sollte mich nicht nach Heart Beatley verzehren. Nach ihrem zarten Rosenduft. Nach ihrem süßen Stöhnen und ihrer klitschnassen Fotze, doch ich tue es. Viel zu lange habe ich mir vorgestellt, wie sie wohl klingt, wie sie sich anfühlt und schmeckt. Mein Maß an Beherrschung ist aufgebraucht.

Ja, ich bin nicht gut für sie, aber ich will sie besitzen. Ganz und gar. Die Vorwürfe, die ich mir mache, sind erschütternd. Doch sie werden mich nicht davon abhalten, ihr zu zeigen, wer hier das Sagen hat. Clara würde sich in ihrem kalten Grab herumdrehen, wenn sie wüsste, wie ich Heart behandele. Oder würde sie mich verstehen und sich freuen, dass ich die Kleine endlich gefunden habe? *Ja, Clara, ich habe sie für dich gefunden, nur für dich, aber jetzt gehört sie mir und ich kann sie nicht mehr gehen lassen. Nie wieder. Und ich werde deshalb nicht um Verzeihung bitten.*

Kapitel 12 – Heart

Er will, dass ich mich ausziehe? Das kann er nicht ernst meinen. Ich bin doch nicht sein Püppchen, mit dem er anstellen kann, was er will. Mit schreckgeweiteten Augen starre ich ihn an und weiß nicht, ob ich Angst oder Erregung empfinde. Ich weiß gar nichts mehr. Nur, dass ich noch nie für einen Mann gestrippt habe. Was habe ich mir bloß dabei gedacht, Frederick kopflos in diesen Saal zu folgen? Meine krankhafte Neugier siegt einfach jedes verdammte Mal.

Mit panisch klopfendem Herzen erhebe ich mich aus dem Bett. Meine Knie sind weich wie Butter und meine Beine wollen mich kaum tragen. Immer wieder zuckt mein Blick zur offenstehenden Tür. Ich versuche abzuschätzen, ob ich es aus dem Zimmer schaffen könnte, bevor Frederick mich in die Griffel bekommt. Ich kann Richard sehen. Er beobachtet uns wie ein Luchs. Würde er eingreifen, wenn sein Boss zu weit geht? Ich glaube es nicht. Soll ich um Hilfe rufen? Will ich das überhaupt? Als ich begreife, wie misslich meine Lage ist, bricht mir der kalte Schweiß aus und ich erschauere mehrfach. Warum nur bin ich ins Penthouse zurückgekehrt? *Weil du bist, wer du bist. Eine Detektivin mit Leib und Seele, die nicht gehen kann, bis sie die volle Wahrheit kennt.*

Eines weiß ich nun. Frederick kennt böse, böse Menschen. Ich habe nicht gesehen, was im großen Saal vor sich gegangen ist, weil ich eine Weile vor verschlossenen Türen gestanden habe. Aber als ich dann endlich rein huschen konnte, wurde ich Zeuge davon, wie ein bis zur Unkenntlichkeit entstellter Körper abtransportiert worden ist. Was ist nur geschehen? War Frederick daran beteiligt? Ich will ihn so vieles fragen, so unglaublich vieles, aber wüsste nicht, wo ich beginnen soll. Mein Fragenkatalog ist einer der Hauptgründe, aus denen ich zurück ins Penthouse gegangen bin und nicht die Flucht ergriffen habe. Ich kann Frederick nicht den Rücken kehren, ohne zu wissen, was vor sich geht und wie diese Briefe, die Geschehnisse von heute und ich in Verbindung miteinander stehen.

Meine Neugier verbietet mir die Flucht. Womöglich habe ich den schlimmsten Fehler meines Lebens begangen, aber jetzt ist es ohnehin zu spät. Frederick hat mich offenbar in der großen Halle gesehen und will mir nun eine Lehre erteilen. Ich sollte ihn fürchten, aber stattdessen fühle ich mich zu ihm hingezogen. Was ist nur falsch mit meinem Männerradar?

Wie ein Raubtier nähert er sich mir. Schleichend. Mit feurigem Blick und geballten Fäusten. „Tu es, Heart!“, knurrt er unerbittlich. „Runter mit den Klamotten. Zieh sie aus!“

Ich schlucke hörbar und mein Herz schlägt mir bis zum Hals, doch ich nehme all meinen Mut zusammen und starre ihn finster an. „Wer bist du?“, speie ich und mache sogar einen Schritt auf ihn zu. „Wer war der Tote in der Halle? Du bist Inhaber einer Firma für Kleidung, Schmuck und Grafikdesign, oder nicht? Aber warum kennst du dann Leute, die Menschen töten? Was machst du wirklich? Und warum bin ich hier? Was in Gottes Namen willst du von mir, Frederick? Sag mir die Wahrheit. Warum willst du mich einsperren und lässt mich bewachen? Geht es hier um meinen Schutz? Ist es das?“ Ich haue alle Fragen, die mir im Kopf herumschwirren, auf einmal heraus. Ohne Punkt und Komma. Dabei fällt mir auf, dass ich ihn ebenfalls geduzt habe, aber das ist mir egal. Inzwischen sind wir weit über irgendwelche Formalitäten hinaus.

Fredericks Brust hebt und senkt sich schnell und seine sonst so sturmgrauen Augen sind fast schwarz. „Es reicht!“, grollt er und im nächsten Moment ist er bei mir, um mich schwungvoll an sich zu ziehen. Unsere Körper kollidieren, während seine Finger sich fest in mein Hüftfleisch graben. Seine mächtige Präsenz presst mir die Luft aus der Lunge. Ich habe das Gefühl, nicht richtig atmen zu können. Und obwohl ich Frederick Jaxxon Fonds wohl fürchten sollte, tue ich es nicht im Mindesten so sehr, wie es gut für mich wäre. Nein, selbst nach allem, was ich nun weiß und gesehen habe, lechzt mein Körper nach ihm, als wäre er das Elixier, das mir Leben einhaucht. Was hat dieser Hüne nur an sich? Weshalb vergesse ich in seiner Nähe, was richtig und falsch ist?

„Keine Fragen, Heart! Du wirst tun, was ich sage.“ Seine Hände gleiten zum Saum meines Nachtkleids, das er quälend langsam und Stück für Stück anhebt.

Nackte Haut trifft auf nackte Haut und wo auch immer seine Finger mich berühren, hinterlassen sie ein flammendes Inferno. Ich glühe, zergehe und zittere, bin hin und her gerissen zwischen all diesen neuartigen, verwirrenden Empfindungen und meinen Ängsten. Ist es verwerflich, sich nach seinem Boss zu sehnen? Nach einem Mann, der Dreck am Stecken hat, einem Mann, der viele Jahre älter ist? Nach dessen Berührungen?

Nach all diesen Muskeln, die sich an mich drücken? Danach, dass er wirklich schmutzige Dinge mit mir anstellt?

Mein Herz hämmert gegen meinen Brustkorb, aber nicht annähernd so heftig wie mein Kitzler gegen den dünnen Stoff meines Höschens. Meine Atmung entgleitet mir und wird zu einem schnellen Schnaufen. Auch wenn es völlig widersinnig ist, recke ich mich Fredericks Pranken entgegen. Ich fordere ihn geradezu dazu auf, weiter zu gehen, mich zu erforschen, alles mit mir zu machen, was er möchte. Mein Gesicht befindet sich an seiner Brust, die Nase vergrabe ich im Stoff seines Hemdes und inhaliere seinen herben orientalischen Duft. Er raubt mir die Sinne. Der ganze Mann ist zu viel für mich und doch bekomme ich nicht genug von ihm. Wieder denke ich an das Bild in seinem Büro. An das Schlangentattoo, das man darauf nur ansatzweise erspähen kann. Daran, auf welch verruchte Weise er diese geknebelte Frau berührt hat. Wird er dasselbe mit mir tun? Will ich das?

Ich bin feucht und vielleicht ist es ja gerade der Fakt, dass Frederick gefährlich sein könnte, der mich so sehr erregt. Der Zwickel meines Slips dürfte mit meinem Lustsaft durchtränkt sein, was Antwort genug sein sollte. Wenn seine Finger jetzt an eine gewisse Stelle finden, dann kann ich für nichts mehr garantieren. Und das ist der Moment, in dem sich seine große, warme Hand auf meine Pussy legt. Sanft, behutsam, ja, geradezu zurückhaltend, doch in meinem Schoß explodiert ein wahres Feuerwerk. Auch durch seinen Körper geht ein heftiger Ruck.

„O fuck!“, stoße ich aus und ein Beben erfasst all meine Glieder. „Tu das ... tu das ... nicht“, lässt mich das letzte bisschen Widerstandskraft sagen, auch wenn ich es nicht wirklich so meine.

Fredericks Lippen finden an meine Ohrmuschel, sein warmer Atem strömt über meine erhitzte Haut. „Was soll ich nicht tun, mein Herz?“, haucht er, schiebt den Stoff meines Slips zur Seite und gleitet mit den Fingerspitzen sacht über meine triefend nasse Mitte.

„Oh, oh, bitte ... ich ... das hier ... ist ...“, stammele ich und weiß gar nicht, was ich eigentlich sagen möchte.

Seine Finger bewegen sich weiter, streicheln mich sanft, klopfen auf einen wirklich wundervollen Punkt und bringen mich dazu, mich zu winden und den Kopf in den Nacken zu legen. Mit geschlossenen Augen murmele ich Fredericks Namen, kreise mein Becken im Gleichtakt seiner Streicheleinheiten und reibe mich an seinen Fingern. Es ist ewig her, dass ein Mann mir Lust beschert hat. Dass ich mich fallen lassen konnte. Das hier wollte ich von Sekunde eins an. Und zwar seitdem ich völlig ahnungslos und nackt in Fredericks Bett aufgewacht bin und er mir in seinem schwarzen Anzug, in einer dunklen Zimmerecke gegenübersaß.

Ich klammere mich an ihm fest, grabe meine Fingernägel in den Stoff seines Sakkos und sinke in seine Arme. Mit den Zähnen verbeiße ich mich in seinem Hemd, um nicht laut zu stöhnen.

„Hörst du das?“, fragt er heiser und erzeugt ein unanständiges Schmatzen, als er einen Finger tief in meine feuchtheiße Mitte schiebt.

Das Gefühl überrollt mich und ich kann nicht still bleiben. Ich öffne den Mund und stöhne ungehalten. Wohl wissend, dass Richard sich immer noch vor der geöffneten Tür befinden könnte. Aber das ist mir egal. Gerade zählt nur dieses magische Pochen zwischen meinen Schenkeln und dieser Mann, der eben dieses befeuert. Ich bestehe aus reiner Lust. Ganz und gar. Wie sehr ich es vermisst habe, begehrt zu werden, wird mir erst jetzt klar.

„Du warst ein böses Mädchen, Heart!“, knurrt Frederick und hält abrupt in seiner Bewegung inne. Dann zieht er auch noch seinen Finger aus mir heraus und mir entfährt ein Laut der Enttäuschung. Mit seiner feuchten Hand umfasst er mein Kinn und zieht mich nah vor seine Lippen. Als sein lustverhangener Blick den meinen einfängt, entbrenne ich, ja, stehe gar lichterloh in Flammen. Da passiert so vieles in seinem Gesicht, dass ich nicht zu erahnen wage, was er als Nächstes mit mir tun wird. Seine Atmung geht nicht weniger schnell als meine und seine geweiteten Pupillen fließen auseinander wie zwei dunkle Tümpel.

„Deine kleine, heiße Pussy ist klitschnass, Heart, aber hast du es verdient, dass ich dich verwöhne, hm?“ Mit einem Arm umschlingt er meine Taille und drückt sich noch näher an mich. O mein Gott, er ist erregt und an meinem Bauch spüre ich den Beweis dafür. Groß. Lang. Und bretthart. Es ist unfassbar, wohin dieser Abend mich geführt hat: zu seinem steifen Schwanz. Wird er mich fesseln und knebeln wie diese Frau auf dem Foto und mich dann nach seinen Vorlieben ficken? Ist es das, was er von Anfang an vorhatte? Unsere Lippen schweben nah voreinander und es kommt mir vor, als könnte ich die seinen auf meinen spüren. Ich kann mich kaum auf das konzentrieren, was er von sich gibt. Alles an ihm raubt mir den Verstand und den Atem.

„Sag mir, Herzblatt, was soll ich mit dir machen?“ Langsam streicht er mit seinem Mund über meine Wange und seine Zunge hinterlässt eine feuchte Spur. „Brave Mädchen bekommen Frederick, böse Mädchen lernen Jaxxon kennen. Du solltest dir in Zukunft gut überlegen, ob du gegen deinen Arbeitsvertrag verstoßen möchtest."

Obwohl ich ihm nichts entgegenzusetzen habe, weil er mich an Kraft und Größe übertrifft, sage ich leise: „Und steht in dem Vertrag auch, dass du deine Angestellten so behandeln darfst?"

Frederick lacht rau. „Wie habe ich dich denn behandelt, Herzblatt? Sag es mir. Haben dir meine Fingerkünste etwa nicht gefallen?"

Darauf werde ich ihm nicht antworten, denn er kennt die Wahrheit genauso gut wie ich. Ich schließe die Augen, um seinem wissenden Blick zu entkommen, und presse die Lippen fest aufeinander.

Er schnaubt auf und knabbert an meinem Ohrläppchen, was mich neuerlich erzittern lässt. „Keine weiteren Worte für mich, hm? Das habe ich mir fast gedacht. Außerdem, mein Herz, solltest du deinen Arbeitsvertrag vielleicht noch ein weiteres Mal durchlesen. Insbesondere die Sektion D, in der eine Nebenabrede erwähnt wird, die ... nennen wir es mal ... zusätzliche Tätigkeiten deinerseits regelt. Darin steht zudem, dass du bis zur Beendigung meiner Autobiografie fest an mich gebunden bist. Eine Kündigung werde ich nicht akzeptieren und wie du dir denken kannst, schrecke ich nicht davor zurück, meinen Willen durchzusetzen. Vielleicht hättest du den Sideletter bei mir anfragen sollen, bevor du den Vertrag unterzeichnet hast. Jetzt ist es zu spät, Kleines. Zumal ich mir nicht auf der Nase herumtanzen lasse. Dafür steht zu viel auf dem Spiel."

Auf einmal taucht Richard neben uns auf. Seine Stirn ist zerfurcht, während er zwischen uns hin und her blickt. „Boss, muss das sein. Ich meine ..."

„Raus!“, brüllt Frederick seinen Freund an. „Und schließ die Tür hinter dir. Das hier geht dich nichts an, Rich, verschwinde.“

Richard tritt tatsächlich den Rückzug an, wenn auch sichtlich widerwillig. Bevor er die Tür zuzieht, schaut er ein letztes Mal zu mir und ich glaube, so etwas wie Reue in seinem Blick zu erhaschen. Vermutlich fühlt er sich schuldig, weil er auf mich hereingefallen ist und die Situation aus diesem Grund gerade eskaliert. Denn ich war vorhin nur freundlich zu ihm, damit er einen O-Saft mit mir trinkt. Seinem hatte ich etwas von meinen flüssigen Antihistaminika hinzugegeben, damit er müde wird. Womöglich war die Dosis etwas zu hoch, da Richard schon zehn Minuten nach dem ersten Schluck eingeschlafen ist. Habe ich ein schlechtes Gewissen? O ja und wie. So etwas Schändliches habe ich noch nie getan. Aber ich musste Frederick und Cruz in den großen Saal folgen. Anders ging es nicht.

„Weißt du, mein Herz, ich wollte es auf normalem Weg angehen oder es zumindest versuchen. Nur deshalb habe ich dafür gesorgt, dass du deinen Job im Hotel verlierst und dir anschließend den Flyer für die Stellenausschreibung in den Briefkasten geworfen. Meine Wahl fiel auf das Boss-Angestellten-Verhältnis, damit du Vertrauen zu mir fasst, mich als guten Mann und hervorragenden Chef kennen und schätzen lernst. Vertrauen ist mir wichtig. Blindes Vertrauen ist das, was ich mir wünsche. Ich wollte eine gute Basis aufbauen, damit ich dir gewisse Dinge erklären kann und du freiwillig bei mir bleibst. Aber jetzt ist alles anders gekommen und das hast du dir selbst zuzuschreiben, mein Herz. Du hast gegen den Vertrag verstoßen und mein Vertrauen missbraucht.“

Ich hänge noch immer an Fredericks Aussage fest, er habe für meine Kündigung im Hotel gesorgt. Mein Verstand ist im Augenblick jedoch nicht fähig, sich der Tragweite dieses Geständnisses bewusst zu werden. Mit großen Augen sehe ich ihn an und stammele: „Wegen dir hat man mich gefeuert? Du ... du hast das alles geplant. Und woher wusstest du, wo ich wohne, um mir den Flyer einzuwerfen? Bist du mir etwa gefolgt? Was für ein Spiel treibst du, Frederick?"

Sein Blick verliert an Härte. Seine Miene weicht auf. Für einen Wimpernschlag schließt er die Augen und verzieht das Gesicht, ehe er sagt: „Das ist kein Spiel, mein Herz. Es geht um unsere Leben. Du musst lernen, auf mich zu hören."

Das laute Lachen, das meiner Kehle entrinnt, kann ich mir nicht verkneifen. „Wer bist du? Mein Vater?"

Ein Muskel in seinem Kiefer zuckt. „Zum Glück nicht." Frederick lacht leise. „Es wäre wirklich schade, wenn ich deiner hübschen Pussy fernbleiben müsste. Und jetzt geh ins Bad und zieh dich aus." Während mir der Mund aufklappt, schiebt Frederick mich vor sich her in Richtung Bad.

Ich ramme die Fersen in den Boden, um ihn zum Anhalten zu zwingen. „Nein! Erklär mir erst alles. Beantworte meine Fragen. Mein Gott, ich habe meinen Job wegen dir verloren."

Frederick stößt ein Zischen aus. „Und jetzt hast du einen neuen und zudem besser bezahlten. Also beschwere dich nicht. So, die Fragestunde ist vorbei. Lauf!"

„Was hast du vor?", sage ich und meine aufkeimende Panik vermischt sich mit der Erregung, die noch weiter angewachsen ist. Was ist nur falsch mit mir? Warum ist es diese Sorte Mann, die mich anzieht wie das Licht die Motte? Dominant, herrschsüchtig und düster. Wie mein Ex, der einzige Mann, der mich vor Frederick auf diese unzüchtige Weise berührt hat. Der eine

Mann, der dafür gesorgt hat, dass ich tagelang im Krankenhaus lag. Der eine Mann, nach dem ich viele Jahre keine Lust auf eine weitere Beziehung hatte. Vertrauen ist Frederick wichtig? Auch ich empfinde so, aber ich habe Probleme damit, Menschen mein Vertrauen zu schenken. Vor allem, wenn sie mich von vorneherein belogen haben und blind könnte ich niemals jemandem vertrauen oder besser gesagt, niemals wieder. Frederick darf so etwas nicht von mir erwarten. Insbesondere nicht nach allem, was er soeben preisgegeben hat.

Im Badezimmer stellt mein Boss das Wasser in der ebenerdigen Dusche an. Er muss sich nicht wiederholen, ich streife mir das Nachtkleid freiwillig ab. Darunter trage ich lediglich meinen Slip und auch diesen ziehe ich aus und werfe ihn achtlos zu Boden. Im ersten Moment kann ich Frederick nicht anschauen, weil es so lange her ist, dass mich ein Mann auf diese Weise gesehen hat. Doch schon bald gefällt mir der Gedanke, angesehen zu werden, weil es mein Boss ist, der mich in meinem Evakostüm betrachtet. Er nähert sich mir, was ich an seinen Schritten erkenne, und legt seine Hände auf meine Schultern. Wieder schiebt er mich mit sich und ich lasse es geschehen. Als wäre es das Selbstverständlichste auf der Welt, betritt er die Dusche mit mir. Was erwartet er nun?

„Bitte sag mir die Wahrheit und lass mich nicht im Dunkeln."

„Jetzt ist nicht die Zeit für solche Gespräche, Heart."

„Wann dann?"

„Wenn ich es sage."

Über meine Schulter schaue ich zu ihm auf. „Fein und jetzt?", frage ich zittrig und nehme seinen breiten Körper und seine mächtige Erektion an meinem Rücken überdeutlich wahr.

„Wasch dich“, verlangt er und entfernt sich ein paar Schritte, um sich rücklings an das Glas der Dusche zu lehnen. Aus seinen Augen schlägt mir eine Welle maßloser Erregung entgegen und begräbt mich unter sich. Kurz stockt mir der Atem.

Kein Weg führt an Frederick vorbei. Das ist mir klar und wenn ich ehrlich zu mir bin, möchte ich auch gar nicht flüchten. All seine Offenbarungen treten in den Hintergrund. Für den Moment sperre ich sie und all die Fragen und Sorgen in die dunkelste Ecke meines Verstandes. Auch wenn ich mich selbst nicht verstehe, beuge ich mich meinem Verlangen. Also trete ich unter den Wasserstrahl, doch springe sofort wieder zurück und stoße ein lautes Quietschen aus. „Fuck, das Wasser... es ist arschkalt“, fluche ich. „So kann ich nicht duschen. Wie bedient man diese Hightech-Armaturen?“, frage ich und drücke auf dem schwarzen Panel an der Wand herum.

„Geh unter die Dusche, sagte ich, oder ich helfe nach mit dem Waschen“, zischt er und ich gefriere in der Bewegung, nur, um mich daraufhin schwungvoll zu ihm umzudrehen.

„Nein, du willst nicht ehrlich zu mir sein, also schere dich zum Teufel. Bleib weg!“ Ich fordere mein Glück heraus. Das weiß ich. Und ich mache es bewusst. Was ist nur in mich gefahren? Wut, Verzweiflung und Erregung vermischen sich in mir zu einem gefährlichen Cocktail. Mein Ziel ist es, das Tier in diesem Mann wach zu kitzeln und mit seiner rohen, dunklen Seite Bekanntschaft zu machen. Erneut. Ja, ich muss eindeutig verrückt sein, denn ich genieße es, mich mit ihm anzulegen. Wird er herkommen und meinen Körper einseifen? Tu es, Frederick, bitte tu es.

„Was willst du machen, mein Herz? Ich habe dich in der Hand“, äußert er salopp und macht einen großen Schritt auf mich zu.

„Bleib weg!“, fauche ich, doch eigentlich meine ich: „Komm her und flüstere mir all deine Geheimnisse zu!“ Und ja, trotz aller Umstände liebe ich es, wie seine hungrigen Blicke über meine nackte Haut fahren. Es ist, als würde er mich an sämtlichen Stellen meines Körpers liebkosen und streicheln.

„Nein!“, knurrt er und bevor ich mich versehen kann, packt er mich, dreht mich um die eigene Achse und pinnt mich mit dem Bauch voran an die kühlen Fliesen der Dusche.

Was dann folgt, lässt mich vor Schreck aufschreien. Er hat den Duschkopf in die Hand genommen und lässt den bitterkalten Wasserstrahl auf meine Pussy niedergehen. Mein gesamter Körper zittert, meine Knie schlottern und ich schreie laut auf, während das eiskalte Nass meinen Kitzler stimuliert. Meine Nippel richten sich zu kleinen harten Spitzen auf und reiben über die feuchte Wand. Doch, fuck, sie sind nicht im Mindesten so hart wie Fredericks lange Härte, die ich mehr als deutlich an meinem unteren Rücken spüre.

„Gefällt dir das, mein Herz, hm?“, raunt er nah an meinem Ohr, während er sich eng an mich schmiegt. Dabei bewegt er sein Becken vor und zurück und es ist, als würde er mich trocken ficken.

Ich bin völlig von Sinnen wegen allem, was er mir in Aussicht stellt. Seine freie Hand findet an meine linke Brustwarze und zwirbelt sie so kräftig, dass ich spitz aufschreie. Frederick knurrt und beißt mir in die Schulter. Ich drücke meine geöffneten Lippen gegen die Wand, stoße neuerlich einen Schrei aus, winde mich und suche mit den Händen nach Halt an den glitschigen Fliesen. Dieser Mann ist die pure Reizüberflutung und vermutlich bin ich ihm nicht gewachsen. Seine Berührungen sind zu viel für mich und doch nicht genug, um mich über die Schwelle zu treiben. Deshalb recke ich mich ihm entgegen, presse mich geradezu gegen seine stahlharte Erektion und reibe meinen Hintern an seinem zuckenden Glied.

Ich rechne schon damit, dass er sich jeden Augenblick seiner Hose entledigen und mich hemmungslos vögeln wird, doch es kommt anders. Mit leichtem Druck umfasst er meine Kehle und dreht mich um die eigene Achse. Sein Blick ist dunkler als die finsterste Nacht. „So war das nicht gedacht!“, flüstert er und führt seine Lippen an mein Ohr. „Du sollst mich nicht scharf machen. Heute Nacht wird nicht gefickt. Also hör auf, deinen kleinen heißen Arsch zu bewegen. Du bekommst meinen Schwanz nicht, egal, was du tust.“

Himmel, dieser Mann ist schmutzig und gerade dadurch bläst er sämtliche Lichter meines sonst so beherrschten Verstandes aus. Schon lange habe ich mich nicht mehr so sehr nach dem Körper eines Mannes verzehrt wie nach dem von Frederick Jaxxon Fonds. Meine Brust bebt unter meinen unregelmäßigen Atemzügen und auch mein Boss schnauft schwer. Ich starre ihn wortlos an, während ich das Wasser, das aus meinem Haar tropft, aus meinen Augen fort blinzele. Dieser Mann ist das beste Beispiel für die Redewendung: Der Schein trügt. Nie würde man vermuten, was sich unter seinem geschäftsmäßigen Auftreten verbirgt. Seine maßgeschneiderten Anzüge sind nichts als Verkleidung. Unter den edlen Stoffen versteckt sich ein hungriges Tier, das jederzeit bereit ist, seine Zähne in das Fleisch eines anderen zu schlagen. O mein Gott und es ist insbesondere diese Tatsache, die mich so sehr an ihm fasziniert. Ich liebe die Gefahr, die er ausstrahlt.

Mit der Hand an meinem Nacken führt er mich aus dem Bad und zurück ins Schlafzimmer. „Das mit der Dusche holen wir nach“, meint er und lässt mich mitten im Zimmer stehen, um den Stuhl vom Schminktisch herbeizuholen.

Ich sollte mich mit allem beschäftigen, nur nicht mit fleischlicher Lust. Aber ich kann nicht anders. Den Blick auf seinen Schritt kann ich nicht unterlassen, denn die Ausbeulung an seiner Hose ist nach wie vor monumental.

Mit Karacho stellt er den Stuhl vor mir ab und packt mein Kinn, um es anzuheben. „Hier oben spielt die Musik, mein lüsternes Herzchen. Und jetzt setz dich auf den Stuhl."

„Weshalb?", wage ich, zu fragen, weil alle möglichen Szenarien Achterbahn in meinem Kopf fahren. Wofür braucht er einen Stuhl? Was wird er jetzt mit mir machen, da die Dusche flachfällt?

Wieder tritt er nah an mich heran und ich muss den Kopf in den Nacken legen, um ihm in die Augen sehen zu können. „Weil ich dich darum bitte, Heart", sagt er in versöhnlichem Ton.

Ich schnaube auf, ehe ich den Kopf schüttle. „Erstens, ich habe dich um eine Antwort gebeten und habe diese auch nicht bekommen. Und zweitens, eine Bitte ist es nur dann, wenn man sie ausschlagen kann. Also sag mir, Frederick, kann ich deine Bitte ausschlagen?"

Er seufzt und für einen flüchtigen Moment bilde ich mir sogar ein, ein knappes Grinsen über seine Lippen huschen zu sehen. „Erstens, du bekommst deine Antworten noch. Nur nicht jetzt. Und zweitens, ja, Heart, du kannst meine Bitte ausschlagen, aber das willst du doch gar nicht. Sei ehrlich zu dir selbst."

Mein Blick schweift von ihm zu dem Stuhl und findet wieder zu seinen Augen. Er hat recht. Natürlich hat er das. Wir beide wissen das. Meine Neugier auf ihn, alles, was ihn ausmacht und alles, was er mir bislang verschwiegen hat und vielleicht noch offenbaren wird, ist viel zu groß. Also nehme ich einen tiefen Atemzug und lasse mich nackt, wie Gott mich schuf, auf dem Stuhl nieder. Frederick wirkt zufrieden. Etwas von der Finsternis in seinem Gesichtsausdruck weicht. Seine Stirn glättet sich und seine Pupillen sind nicht mehr ganz so schwarz.

Vor mir geht er in die Hocke, legt seine Hände auf meine Knie und schiebt meine Beine mit Nachdruck auseinander. Dabei sieht er mir tief in die Augen und die Intensität seines Blickes beschert mir Gänsehaut. Ich kralle meine Finger an der Sitzfläche des Stuhls fest, doch lasse Frederick walten. Sein Blick klettert tiefer. Zentimeter für Zentimeter. Über meine bebenden Brüste und die harten Nippel, über meinen Bauch und schließlich zwischen meine Beine. Ich bin nass und meine Feuchtigkeit wird sich sicherlich auf dem Sitzpolster verteilt haben.

Frederick stößt ein Brummen aus und erhebt sich, ehe er von mir verlangt: „Bleib genau in dieser Position, nicht bewegen."

Mir klappt der Mund auf, als er den Gürtel aus den Schlaufen seiner Hose zieht. Furchtsam schaue ich von dem Gürtel auf in Fredericks Gesicht. Allerdings bin ich nicht fähig, ihn zu fragen, was er zu tun gedenkt. Mein Mund ist trocken und meine Kehle viel zu eng, um zu sprechen.

„Ich werde dich fesseln", sagt er und geht wieder vor mir in die Hocke. „Vertrau mir, Heart. Ich werde dir nicht wehtun. Du sollst einfach nur lernen, mir zu vertrauen. Das ist alles, was ich will. Das ist, was ich von dir verlange. Vertrauen ist essentiell."

Auch jetzt bin ich nicht fähig, etwas zu sagen, also nicke ich bloß. Obwohl mir mulmig zumute ist, lasse ich mich auf Fredericks Spiel ein. Er nähert sich mir und beugt sich nach vorne, sodass ein Schwall seines Dufts zu mir weht. Behutsam führt er den Gürtel um den Stuhl und meine Taille herum. Seine Finger treffen auf meine Haut und erzeugen ein heißes Prickeln, während er den Gürtel schließt. Nun ist mein Oberkörper an der Lehne des Stuhls fixiert, aber ich fühle mich nicht eingeengt und habe noch genug Raum zum Atmen. Als Nächstes öffnet Frederick den Knoten seines Schlips. Mit der Krawatte bindet er meinen rechten Knöchel am Stuhlbein fest.

Als er fertig ist, steht er wieder auf und betrachtet sein Werk wie ein Künstler ein fertiges Gemälde. „Das muss genügen", sagt er, offenbar mehr zu sich selbst als zu mir. „Ich bin gleich wieder da." Dann verlässt er das Zimmer und kommt keine Minute später mit meinem Laptop unter dem Arm zurück. Er legt ihn auf meinen nackten Schenkeln ab und sieht mich auffordernd an. „Öffne ihn. Wir werden jetzt mit meinen Memoiren fortfahren."

Zweifelnd schaue ich an mir herab. „So? Nackt und gefesselt?"

Frederick schmunzelt. „Genau so, mein Herz. Denn dann kannst du deine Emotionen nicht vor mir verbergen. Ich will sehen, was du empfindest, wenn ich dich in meine Welt aus Dunkelheit und Schmerz entführe. Ich will alles noch einmal fühlen und erleben. Mit dir und durch deine unschuldigen Augen." Seine Hand taucht in seiner Hosentasche ab und fördert eine weiße Feder zutage. „Entspann dich, Heart", flüstert er und streicht mit der Feder hauchzart über meine Schultern, meine Arme und bis hinab zu meinen Fingern.

Ein wohliger Schauer erfasst mich und ich erzittere, weil sich die Feder auf meiner Haut unglaublich gut anfühlt. Mit geschlossenen Augen seufze ich, lasse den Kopf in den Nacken sinken und finde Halt an der Stuhllehne. Nur nebenbei bekomme ich mit, wie Frederick den Laptop öffnet und ihn hochzufahren scheint. Immer wieder streichelt er mich mit der Feder. An den verschiedensten Stellen meines Körpers. Er umkreist meine Nippel, meinen Bauchnabel und meine Klitoris. Ich genieße seine Zärtlichkeiten und entspanne mit jedem Moment immer mehr. Und dann beginnt er zu erzählen. Von dem Jungen, der er einst war. Ein Junge, der sehr schnell erwachsen werden musste, als man das einzige Zuhause, das er je kannte, niederbrannte. Als man ihn seiner Lebensfreude beraubte und geliebter Menschen, die er nie mehr wiedersehen sollte. Aus seinem Munde soll ich erfahren, was es bedeutet, alles zu verlieren und nichts mehr zu besitzen.

FREDERICK

Kapitel 13 – Frederick

Vor fünfundzwanzig Jahren

Nachdem ich die Spur der fünf Männer aufgenommen hatte, war ich dem schwarzen Van stundenlang quer durch den gesamten Staat und den angrenzenden gefolgt. Zwischendurch machten sie für ein paar Stunden in einem Motel am Highway 89 Rast, während ich in meiner Rostlaube in einem versteckten Fleckchen auf dem Parkplatz ausharrte. Nicht lange, es waren nicht mehr als drei Stunden, und die Gruppe verließ das Motel wieder. Ich heftete mich abermals an ihre Fersen und bislang war ich zum Glück unbemerkt geblieben, weil ich ausreichend Abstand gehalten hatte.

In einer kleinen Ortschaft im Bundesstaat Utah blieben drei der fünf Männer zurück. Der Langhaarige steuerte den Van und ließ sie an einer alten, stillgelegten Fabrik heraus. Mittlerweile kannte ich auch seinen Namen. Er hieß Kain und war mit Sicherheit nicht viel älter als ich. Trotz seines zarten Alters war er ein eiskalter Killer, der mir alles genommen hatte, was ich je liebte. Ich war nicht wie er, nicht einmal ansatzweise, aber für seine Taten würde er bluten, bis der letzte Tropfen seinem Körper entwichen war. Jedenfalls malte ich es mir in meiner Fantasie so aus.

Bisher hatte ich nicht eine Sekunde meine Augen geschlossen und die Erschöpfung nagte langsam, aber sicher an mir. Immer öfter fiel ich in einen Sekundenschlaf, aus dem ich panisch hochschreckte. Aber ich musste Kain folgen. Ich durfte keine Pause einlegen, denn immerhin konnte es sein, dass Leona und meine Mom sich in dem Van befanden. Außerdem würde Kain mich vielleicht zu seinem Boss führen. Ich verbot es mir, Angst zu empfinden. Angst würde mir im Weg stehen. Sie würde mich im ausschlaggebenden Moment vielleicht die Entscheidung eines Feiglings treffen lassen. Das durfte nicht sein.

Was die Männer in der Lagerhalle zu schaffen hatten, war sicherlich nichts Gutes, aber damit konnte ich mich nicht aufhalten. Kain würde zu seinem Boss fahren. Das glaubte ich ganz sicher. Nach sechs weiteren Stunden, die ich dem Van pausenlos gefolgt war, konnte ich kaum mehr geradeaus schauen. Mir war schwindelig vor Übermüdung, weil ich Langstreckenfahrten nicht gewohnt war. Ich hatte Durst und Hunger und sehnte mich nach einem weichen Bett. Doch ich war weit davon entfernt, aufzugeben, nur, weil ich Schlaf brauchte. Mein Ziel hatte ich fest im Blick und es stand zu viel auf dem Spiel, um klein beizugeben.

Wir befanden uns auf der Interstate 15 in Richtung Las Vegas, Nevada, als der Van auf den Parkplatz einer Tankstelle einbog. Langsam fuhr auch ich an der Tankstelle ab und parkte neben den WCs, die in ausreichend Abstand zu dem Van lagen. Ich warf einen Blick auf das Tankstellengebäude und erkannte, dass es leer stand. Büsche wucherten rund um die rostigen Zapfsäulen herum und einige der Regale innerhalb des Gebäudes lagen umgestürzt auf dem Boden. Fuck! Ich hatte nicht damit gerechnet, dass die Tankstelle außer Betrieb wäre. Hoffentlich erregte ich nicht die Aufmerksamkeit der Männer. Ich musste mich möglichst normal und unauffällig verhalten.

Also stieg ich aus dem Wagen und schlenderte betont lässig zu den Toiletten. Als ich aus der Sichtweite von Kain und seinem Kollegen verschwunden war, atmete ich tief durch. Ich stellte mich an das halb aus der Wand gebrochene Waschbecken und blickte mein müdes Gesicht in dem staubigen Spiegel an. Tiefe, dunkle Ränder hingen unter meinen Augen und aufgrund all der Sorgenfalten wirkte ich wie um zehn Jahre gealtert. Wie lange sollte ich hier ausharren? Es blieb zu hoffen, dass der Van nicht weg wäre, wenn ich wieder rauskäme. Unter keinen Umständen durfte ich die Spur dieser Mistkerle verlieren.

Um mir etwas zu tun zu geben, drehte ich das Wasser an dem verkalkten Hahn auf und war überrascht, weil er funktionierte. Ich formte ein Gefäß mit meinen Händen, hielt sie unter den Wasserstrahl und beugte mich über das Becken, um mein Gesicht mit dem kühlen Nass zu bespritzen. Ein Knarzen ließ mich aufhorchen. Schritte folgten. Ich richtete mich auf und wurde schon im nächsten Moment wieder nach unten gedrückt. Jemand hielt mich fest am Nacken gepackt und fixierte meine Arme mit irgendetwas hinter meinem Rücken. Vermutlich Kabelbindern. Nun war ich der Person machtlos ausgeliefert. Nicht einmal regen konnte ich mich. Der Rand des Beckens grub sich schmerzhaft in meine Brust und mein Kopf steckte in dem kaputten Waschbecken, ohne dass ich etwas dagegen tun konnte. Wasser benässte meinen Schopf, triefte über mein Gesicht und versperrte mir die Sicht. Aber ich musste die Person nicht sehen, um zu wissen, wer sie war.

„Wer bist du, kleiner Ficker?“, bellte Kain, den ich sofort an seiner Stimme erkannte. Er zog an meinem Haar, bis ich das Gefühl hatte, er hätte vor, es büschelweise herauszureißen. „Sprich, Junge! Wer, zur Hölle, bist du und warum folgst du uns seit mehreren Stunden quer durchs gesamte Land? Du musst uns für ganz schön dumm halten, wenn du meinst, uns fällt nicht auf, dass uns jemand am Arsch hängt, Kleiner.“

Mit einem Ruck zog er mich in die Aufrechte. Wasser spritzte in alle Richtungen und ich machte mich bereit, gegen die beiden Typen kämpfen zu müssen, auch wenn meine Hände nicht frei waren. Meine Mom und mein Onkel hatten mich für solche Fälle trainiert. Kain drehte mich in seine Richtung und schubste mich dann mit voller Wucht gegen die Wand. Ich knallte lautstark dagegen und für einen Wimpernschlag presste der Aufprall mir alle Luft aus der Lunge, bevor ich mich wieder fasste. Vornübergebeugt und schwer schnaufend stand ich den Männern gegenüber und blickte meinem Feind ins Gesicht.

Irgendetwas geschah. Etwas in Kains Gesicht änderte sich plötzlich. Die Verbissenheit verschwand und wich Überraschung. Er weitete die Augen, trat auf mich zu und packte mich am Hemdkragen, ehe er mich nah vor sein Gesicht zog. „Ich weiß, wer du bist, du dämlicher Scheißkerl. Dich habe ich gesucht. Wie schön, dass du mir freiwillig in die Arme gerannt bist, du Loser.“

„Was?“, stieß ich aus und runzelte über alle Maßen irritiert die Stirn. „Was soll das bedeuten? Was wollt ihr von mir?“

Kain und der andere Wichser lachten laut. „Du hast keine Ahnung, nicht wahr?“, meinte er und schüttelte mich durch, während seine Mundwinkel vor Belustigung zuckten. „Keine Sorge, Mann, du wirst noch früh genug erfahren, welches Schicksal dir blüht. Wir alle haben mal klein angefangen. Wenn du die nächsten zwei Wochen überstehst, sieht es gut für dich aus. Dann bist du seiner würdig, mein Lieber. So und jetzt komm, du fährst bei uns mit."

Nachdem die Mistkerle mich in den Laderaum des Vans geworfen hatten, überkamen mich maßlose Erschütterung und Trauer. Meine Mom und Leona befanden sich nicht im Wagen. Für einen kurzen Moment gestattete ich mir die Schwäche, mich von der Trauer verzehren zu lassen. Ich ließ den Kopf auf die Knie sinken und erinnerte mich an all die schönen Zeiten mitten im Wald in unserer Hütte. Dieselbe Hütte, die vermutlich zur Grabstätte meiner Schwester und Mutter geworden war. Das Einzige, was mir Trost spendete, war der Gedanke, dass ihre Asche über dem Waldboden zerstreut war. An einem Ort, den sie geliebt hatten. Unserer Heimat.

Der Van holperte über die Straßen, ich wurde hin und her geworfen. Ich verlor das Zeitgefühl vollkommen und hatte keine Ahnung, wie lange wir unterwegs waren. Manchmal hörte ich draußen Leute, Gelächter und das Hupen von Autos. Doch schon bald wurde es erschreckend still und mich beschlich die Ahnung, dass wir irgendwo in der Einöde unterwegs waren. Nach einer gefühlten Unendlichkeit bremste der Van endlich und die Türen des Laderaums wurden geöffnet. Es war finster draußen. Grillen zirpten laut. Kühle Luft schlug mir entgegen und als Kain mich an meinen fixierten Armen von der Ladefläche zerrte, landete ich auf staubigem Grund. Kleine Steinchen und Sand knirschten unter unseren Schuhen, während wir uns durch die schier endlose Dunkelheit bewegten. Ich konnte rein gar nichts erkennen, nicht einmal die Umrisse von Bäumen oder Gebäuden. Wo waren wir? War das hier ... das Ende?

Mit aller Kraft riss ich mich von Kain los und trat blindlings um mich. Jemand knurrte schmerzerfüllt auf und ging zu

Boden. Ich wollte losrennen, doch wurde gepackt und kassierte einen heftigen Schlag in den Magen. Übelkeit überfiel mich und ich sackte auf meine Knie.

„Wollt ihr mich jetzt killen, wie ihr es mit meiner Mom und meiner Schwester getan habt, ihr dreckigen Bastarde?“, schrie ich und krümmte mich vor Magenschmerzen. „Ihr Schweine! Warum, warum habt ihr das Leben Unschuldiger genommen? Warum tut ihr mir das an?“

Jemand klopfte mir auf die Schulter. „Kleiner, jetzt krieg dich mal wieder ein.“ Es war Kain, der zu mir sprach und mich mit Druck auf den Knien hielt. „Keiner will dich killen und keiner hat deine Schwester getötet. Für deine Mom war es leider zu spät. Die mussten wir mit Kugeln durchsieben, um nicht selbst vor die Hunde zu gehen, weil sie uns mit Feuerkraft begegnet ist. Ihre eigene Schuld. Es war nicht unser Plan, sie zu töten. Das hat sie sich selbst zu verschulden.“

Mom war wirklich tot. Es laut ausgesprochen zu hören, war furchtbar und riss mir das Herz aus der Brust. Sie hatte sich gegen diese Männer verteidigt und hatte es mit ihrem Leben bezahlt. Aber Leona lebte offenbar, wenn Kain mich nicht belog.

„Wo ist sie?“, zischte ich. Heiße Tränen brannten mir in den Augen. „Wo ist meine Schwester, du verficktes Arschloch?“

„In guten Händen“, meinte er und zog mich auf die Füße. „Versprochen.“

„In wessen Händen?“, bellte ich.

„Immer mit der Ruhe. Das wirst du noch früh genug erfahren. Und jetzt halt die Fresse oder ich knebele dich, Mann“, drohte er mir und ich beschloss, es für den Moment gut sein zu lassen, denn ich war nicht scharf auf einen Knebel im Mund. Kain klopfte mir auf den Rücken. „Gute Entscheidung, Alter, schön brav sein. Ich muss dir die Augen verbinden, bis wir dich dorthin gebracht haben, wo dein Typ verlangt wird. Also immer mit der Ruhe und keine unüberlegten Aktionen mehr, sonst kann ich für nichts garantieren.“

Ich schwieg und ließ es über mich ergehen, dass man mir die Augen mit einem nach Schweiß stinkenden Tuch verband. Dann wurde ich am Nacken gepackt, ob von Kain oder dem anderen Mistkerl wusste ich nicht. Jedenfalls dirigierte man mich ein paar Meter über unebenen Grund, bevor wir zum Stehen kamen und ein leiser Piepton zu hören war. Der Boden unter unseren Füßen vibrierte urplötzlich und Schleifgeräusche und Quietschen folgten. Fast so, als würden zwei raue Oberflächen aneinander reiben.

„Auf geht’s, mein Freund“, meinte Kain und stieß mich, sodass ich einen Schritt nach vorne taumelte. Der Untergrund war eindeutig glatt und aus Stahl, weil meine Schuhe ein Klackern verursachten. Wo waren wir? Ich hatte eintausend Fragen, aber wusste es besser, diese zu stellen. Abwarten und mich auf alles gefasst machen war das Einzige, was ich tun konnte.

Als der Boden erneut vibrierte und alles um uns herum ruckelte, sackte mir der Magen leicht nach unten. Wir mussten uns in einem Fahrstuhl befinden. Mitten im Nirgendwo. Das verhieß nichts Gutes. Er fuhr abwärts, was bedeutete, wo auch immer wir uns hinbegaben: Der Ort lag unter der Erde. Mit einem Ping öffneten sich die Aufzugtüren und ein Gemenge aus Stimmen brach über mich herein. Eine ganze Horde von Menschen musste sich hier unten befinden. Die Leute unterhielten sich angeregt, lachten, einige riefen wild durcheinander und wenn ich recht hörte, ging es um irgendwelche Wetteinsätze.

War ich in einer illegalen Spielhölle gelandet? Wer, verdammt noch mal, konnte an solch einem Ort wohl etwas von mir wollen? Mein Leben lang war ich kaum mit anderen Menschen in Berührung gekommen. Mein Freundes- und Vertrautenkreis war winzig und bis vor ein paar Tagen hatte ich die Wälder, in denen ich aufgewachsen war, nie verlassen. Ich wusste nichts über die Vergangenheit meiner Mom, meines toten Dads und meines Onkels, weil sie sich darüber stets ausgeschwiegen hatten. Doch ich konnte mir schwer vorstellen, dass sie Leute kannten, die ein unterirdisches Wettlokal betrieben. Meine Mom hielt nichts vom Glücksspiel. Genau genommen war sie strikt dagegen. Immer wenn ich ihr vorgeschwärmt hatte, wie gern ich Städte wie Vegas und Reno einmal live sehen wollte, hatte sie lediglich mit dem Kopf geschüttelt und diesen besorgten Gesichtsausdruck aufgesetzt.

„Hey Mann, Kain, altes Haus, lange nicht gesehen. Wen bringst du da?“, fragte irgendein Kerl mit einer Reibeisenstimme.

„Perez, siehst übel aus. Wer hat dich so zugerichtet?“, erwiderte Kain und lachte, was so vollkommen im Gegensatz zu seiner Frage stand.

Doch Perez stimmte mit ein. „Du müsstest den anderen mal sehen. Der liegt auf der Krankenstation mit einem gebrochenen Kiefer. Also, wer ist das Bürschchen?“

„Ein Neuer, Frischfleisch. Kannst dich schon mal freuen“, meinte Kain amüsiert und schob mich weiter. „Wir müssen dann, Mann. Ich komm später noch mal bei dir vorbei und wir zocken eine Runde Karten. Bis dann.“

Was ich da eben gehört hatte, gefiel mir nicht. Offenbar hatte Perez sich mit jemandem geprügelt und sein Gegner war im Krankenhaus geendet. Mich würde niemand so leicht krankenhausreif schlagen. In einem Match Mann gegen Mann hätte mein Gegner es schwer. Ganz gleich wie groß und breit er war. Denn wenn es eines gab, was ich konnte, dann war es zu kämpfen. Ich beherrschte alle möglichen Kampfsportarten. Dafür hatten meine Mutter, mein Dad und mein Onkel gesorgt. Jetzt verstand ich auch weshalb. Hatten sie womöglich befürchtet, dass es irgendwann so weit käme wie jetzt? War es ihre Art gewesen, mich auf den Ernstfall vorzubereiten?

Wir nahmen einen weiteren Aufzug nach unten. Als wir ausstiegen, war es um einige Grad kälter. Der Boden war nackt und vermutlich aus Beton, weil unsere Schritte laut von den Wänden widerhallten. Es roch nach Keller, modrig, verstaubt und alt.

Kain dirigierte mich gegen eine Wand. Ich hörte Schlüssel klimpern und dann vermutlich das Quietschen einer Tür. Ich wurde wieder in Beschlag genommen und wir setzten unseren Weg fort. Schritte, die nicht unsere sein konnten, näherten sich.

„Ah, Kain, Junge, wen bringst du mit?"

„Hi, Doc, das ist Frederick, ein Neuer für den Käfig", erklärte Kain. „Am besten lassen Sie ihn eine Nacht ausruhen und wieder zu Kräften kommen, damit er volle Leistung zeigen kann."

„Hm, das ist also der junge Fonds, interessant", murmelte dieser Doc und ich wunderte mich nicht einmal darüber, dass mich jeder zu kennen schien. Kain wusste meinen Namen, obwohl ich ihm diesen nie offenbart hatte. Aber immerhin hatte er behauptet, auf der Suche nach mir gewesen zu sein. Also besaß er wahrscheinlich mehr Infos über mich als ich selbst.

„Ciao, Mann, wir sehen uns morgen", sagte Kain zum Abschied, bevor er, vor sich hinpfeifend, seiner Wege ging.

Eine halbe Stunde später saß ich in einem Arztzimmer. Mir gegenüber der Mann, der sich Doc nannte. Man hatte mich von der Augenbinde und den Kabelbindern erlöst. Offensichtlich waren meine Möglichkeiten zur Flucht so gering, dass man es nicht für nötig hielt, mich zu fesseln. Doc war Arzt und sein Name lautete Jeffrey Clearwater. Dies war ein höchst seltsamer Ort. Wozu brauchte man hier, keine Ahnung wie viele Meter unter der Erde, einen Arzt? Und warum hatte man mich zu ihm gebracht?

Doktor Clearwater rückte seine Lesebrille zurecht und musterte mich über die dicken Gläser hinweg. „Keine Angst, mein Junge, ich will nur sehen, ob du in guter Verfassung und gesund bist. Krank und geschwächt können wir dich schließlich nicht einsetzen."

Ich erwiderte seinen musternden Blick mit einem äußerst zweifelnden. „Wofür soll ich eingesetzt werden?"

Der alte Mann seufzte theatralisch und neigte sich mir entgegen. „Hör zu, Frederick, es ist nicht meine Aufgabe, dich in das Prozedere des Käfigs einzuweisen. Das wird Perez übernehmen. Vielleicht hast du ihn schon kennengelernt. Ein guter Mann. Wie auch immer, ich bin nur für deine Gesundheit zuständig. Also sei so gut und entledige dich deiner Kleidung, damit ich deinen Körper auf Unversehrtheit und Potenz prüfen kann."

Das meinte er nicht ernst. Mir wurde schlecht. „Ich soll mich vor Ihnen ausziehen?", würgte ich hervor.

Der Doktor wedelte mit der Hand vor meinem Gesicht herum. „Auf, auf, Junge, auf mich warten noch einige andere Patienten. Tu uns beiden also einen Gefallen, erkenne, dass du keine andere Wahl hast und zeige dich kooperativ. Es ist besser für dich, glaube mir."

Geschlagen ließ ich die Schultern sacken und holte tief Luft. Der Alte hatte recht. Also entkleidete ich mich und ließ mich von ihm betrachten, nachdem er um den Schreibtisch herumgekommen war. Es gab keine Stelle an mir, die er nicht unter die Lupe nahm, und ich hätte ihm am liebsten den Kopf abgerissen.

Mit gerunzelter Stirn schaute er auf meinen Schwanz und dann in mein Gesicht. „Hattest du schon einmal Geschlechtsverkehr?"

„Ich bin fast achtzehn Jahre alt", äußerte ich anklagend, weil ich diese Frage unverschämt fand.

„Okay, das soll heißen ... Ja oder Nein?"

„Ja", gab ich angepisst von mir und erinnerte mich an eines der wenigen Male, die mein Onkel mich mit in die Stadt genommen hatte. In einem billigen Stripclub hatte ich mit sechzehn meine Unschuld verloren und mein Gott, Sex war eine der heißesten Beschäftigungen, die es auf dieser Welt gab.

„Gut." Doktor Clearwater nahm wieder hinter seinem Schreibtisch Platz. „Du kannst dich anziehen. Jemand wird dich in deine Unterkunft bringen. Wir sehen uns sicherlich bald wieder. Und wenn ich dir einen Rat geben darf: Gib morgen dein Bestes, Junge, gewinne das Publikum für dich und zeig Ihnen aus welchem Holz du geschnitzt bist."

Was würde morgen geschehen? Mit einer weiteren Frage im Kopf zog ich mich an, während Doc sich den Handakten auf dem Schreibtisch widmete.

Es klopfte an und der Alte rief: „Ja, bitte."

Ein Typ mit Glatze und ein paar Blutergüssen im Gesicht trat ein. Ich schätzte, er war in meinem Alter, vielleicht zwei bis drei Jahre älter, aber nicht mehr. Von der Statur her war er mir sehr ähnlich. Allerdings wirkte er aufgrund all seiner Tattoos furchteinflößend.

„Ah, hallo, Perez, mein Junge“, grüßte der Doktor ihn, während der Typ mir zunickte und sogar lächelte.

„Hallo, Doc, und hey Frederick, freut mich, Mann.“ Er streckte mir seine Hand entgegen und ich schüttelte sie, obwohl ich das unter den gegebenen Umständen äußerst unpassend fand. Er legte mir eine Hand auf die Schulter, als wären wir Freunde, und schob mich in Richtung Tür. „Wir sind dann auch schon weg, Doc. Auf geht's, Frederick.“

Wir verließen das Arztzimmer und tauchten in einen kahlen, grauen Flur ein, der von Neonröhren beleuchtet war. Es gab hier nichts außer Türen, die sich an weitere Türen reihten.

Eine Weile stakste ich schweigend neben Perez her, doch dann fragte ich: „Wohin führen all die Türen und wo sind wir hier?“

Perez blieb stehen und sah mich eindringlich an. „Es ist besser, du stellst für den Moment nicht zu viele Fragen, Mann, und sprichst mit keinem der anderen Jungs, außer mit mir. Mein Rat an dich: Nimm die Dinge, wie sie kommen, und pass dich an die Gegebenheiten besser früher als später an. Wenn die anderen erfahren, wer du bist ...“

Mir platzte die Hutschnur. Ich packte ihn am Kragen seines Hemdes und donnerte ihn gegen die nackte Wand. „Was soll das heißen, Mann? Rede, Perez, bitte. Wer bin ich? Was wisst ihr, was ich nicht weiß? Warum musste meine Mutter sterben?“

Zwischen Perez‘ dunklen, buschigen Brauen bildete sich eine Falte. Er formte die Lippen zu einer schmalen Linie und ein Ausdruck von Trauer nahm sein Gesicht ein. „Es tut mir unendlich leid für dich, Mann. Das ist mein voller Ernst. Mein Beileid. Ich wünschte, es wäre anders gekommen, aber wenn es darum geht, seine Ziele zu erreichen, hat der Boss notfalls auch nichts dagegen, ein paar Leichen auf dem Weg zu hinterlassen. Glaub mir, Rick, ich würde dir gern alles sagen, was ich weiß, aber das geht nicht. Es steht mir nicht zu. Ich bin nichts weiter als ein Hamster gefangen im Hamsterrad. Wie all die anderen hier. Unbedeutend. Man würde sich auch meiner entledigen, wenn es sein muss, deswegen versteh bitte, dass ich mich an die Vorschriften halte. Und jetzt lass mich los. Hier gibt es überall Kameras, die uns im Blick haben und als kleine Warnung: Die Wachen solltest du auch niemals unterschätzen, denn die Wichser sind bis zu den Zähnen bewaffnet. Einige von ihnen waren sogar einst Soldaten in Eliteeinheiten. Also nimm dich in Acht."

Für einen Moment starrte ich ihm stur in die Augen, bis ich zur Besinnung kam. Es war nicht schlau, mir gerade Perez, der offenbar für meine Einweisung zuständig war, zum Feind zu machen. Wenn ich ihn auf meine Seite bekam, konnte er vielleicht ein gutes Wort für mich einlegen. Womöglich käme ich auf diesem Weg nah genug an seinen Boss heran, um ... Ja, um was? Ihn zu töten, um danach von seinen Männern getötet zu werden, bevor ich überhaupt nur in die Nähe der Aufzüge käme, die mich an die Oberfläche bringen könnten?

Ich ließ den Kopf hängen und nahm Abstand von Perez. „Sorry, Mann, aber ich drehe noch durch. Jeder weiß etwas, aber niemand spricht mit mir darüber. Ich weiß nicht mal, in was für einem Irrenhaus ich hier gelandet bin und ob wir uns noch in Nevada befinden."

Perez legte mir einen Arm um die Schulter und tat wieder so, als würden wir uns ewig kennen. „Schon gut, wenn dich jemand versteht, dann ich." Er zeigte auf eine Tür nicht weit entfernt. „Komm, dein Zimmer ist gleich da vorne. Gehen wir weiter. Ich kann dir zwar nichts zu deiner Person erzählen, aber zu mir.“ Ich nickte und wir gingen weiter. Perez gestikulierte und lachte, während er mir erzählte, wie er hier gelandet war. „Ich bin auch noch nicht so arg lange dabei. Zwei Jahre sind es jetzt und anfangs hab ich mich schwergetan, aber man kann sich an alles gewöhnen, Alter. Man muss es nur wollen.“

Ich versuchte mich in einem Lächeln, aber sicherlich sah es aus wie eine Grimasse. Ganz bestimmt wollte ich mich nicht daran gewöhnen, mit den Menschen zu tun zu haben, die meine Mutter auf dem Gewissen hatten. Doch ich erwiderte nichts darauf und wir erreichten die Tür, hinter der das Zimmer lag, in dem ich worauf auch immer warten sollte.

Perez zückte eine schwarze Karte aus seiner Hose und zog diese über einen Sensor an der Wand. Mit einem Klicken öffnete sich die Tür einen Spaltbreit. „Also, Frederick, du kannst duschen, schlafen und dich stärken. Man wird dir demnächst etwas zu Essen bringen. Die Tür wird verschlossen sein. Sie ist verstärkt und besitzt ein Sicherheitsschloss. Also mach dir erst gar nicht die Mühe, zu versuchen, sie zu knacken. Hat bei mir auch nicht geklappt. Ich hab mir dabei einen Finger gebrochen. Nimm es einfach hin und du wirst morgen mehr erfahren. Versprochen, Mann. Ich bin dann weg. Wir sehen uns.“ Mit einem Nicken verabschiedete er sich von mir und wartete, bis ich in den Raum eingetreten war. Er zog die Tür zu. Das Schloss rastete mit einem Klicken ein und ich war gefangen.

Unter der Erde.

In einer fremden und feindlichen Umgebung.

Ohne den Funken einer Ahnung, was mich erwartete.

Kapitel 14 – Frederick

Vor fünfundzwanzig Jahren

Meine Gefängniszelle war komfortabel und eingerichtet wie ein Hotelzimmer. Es gab sogar eine Wanduhr, sodass ich mitverfolgen konnte, wie Stunde um Stunde verstrich. Der Zeiger schien sich in Zeitlupe zu bewegen und die Zeit verging quälend langsam, zu langsam für meine rasenden Gedanken. Ich hatte gegessen und geduscht, aber keine Sekunde geschlafen, obwohl ich ausgebrannt war. Es gab ein Fenster an der Wand und dahinter sah man Sandstrand auf einem Bildschirm. Der Raum wurde von künstlichem Sonnenlicht geflutet, als der nächste Morgen hereinbrach. Eine junge rothaarige Schönheit brachte mir das Frühstück. Es war dasselbe Mädchen, das mich auch gestern mit Essen versorgt hatte. Sie sprach kein Wort, sah mich nicht an und hielt den Kopf gesenkt, sodass ich nur einen spärlichen Blick auf ihr schönes Gesicht erhaschen konnte.

Sie stellte das Tablett auf dem Nachttisch ab, drehte sich um und wollte erneut wortlos davon eilen. Doch diesmal hielt ich sie davon ab. Ich bekam ihr Handgelenk zu fassen und zwang sie dazu, stehen zu bleiben. „Wie heißt du?“, fragte ich und die Kleine drehte sich mit panisch geweiteten Augen zu mir um.

Sie zitterte, während sie wie eine Wilde versuchte, ihr Handgelenk aus meinem Griff zu befreien. Tränen bildeten sich in ihren Augen. „Bitte, bitte, tu mir nichts. Ich bringe nur das Essen. Du darfst mich nicht anfassen. Sie werden dich sonst bestrafen."

Es störte mich, dass sie sich vor mir fürchtete, denn sie schätzte mich völlig falsch ein. Ich hätte ihr niemals etwas zuleidegetan, aber das konnte sie natürlich nicht wissen. Also lockerte ich meinen Griff und klopfte mit der freien Hand auf meine Brust. „Ich bin Frederick und ich werde dir nicht weh tun. Ich wollte nur deinen Namen erfahren, damit ich weiß, wer die gute Fee ist, die mich so wunderbar umsorgt." Meine Worte untermalte ich mit einem Lächeln und es zeigte Wirkung.

Die Anspannung in ihren Schultern ließ nach und sie hörte auf zu zittern. Eine zarte Röte schlich sich auf ihre mit Sommersprossen übersäten Wangen und so war sie noch schöner. Sie senkte den Blick und räusperte sich, bevor sie wisperte: „Ich bin Clara, Clara Clearwater, Docs Enkelin. Und du bist Frederick J. Fonds, der Junge, den sie fast zwei Jahrzehnte gesucht haben."

Aha, auch sie wusste also, wer ich war. Ich zog die Brauen in die Höhe und legte den Kopf schief. „Der bin ich. Freut mich, dich kennenzulernen, Clara, Docs Enkelin."

Wieder lächelte sie sanft. Von einem Fuß trat sie auf den anderen und strich sich mit zitternden Fingern ein paar lose Strähnen hinter das Ohr, nachdem ich ihr Handgelenk losgelassen hatte. „Du solltest jetzt essen, dich stärken. Sie werden dich bald für den Aufnahmetest abholen kommen. Ich muss los." Flink ging sie zur Tür, öffnete diese und bevor sie in den

Flur hinaustrat und mich erneut einsperrte, sagte sie noch: „Ich wünsche dir viel Glück, Rick. Ich hoffe, du wirst bestehen, damit wir uns morgen wiedersehen. Mach's gut." Dann fiel die Tür lautstark ins Schloss und die hübsche Fee war fort.

Rick? Das gefiel mir. So hatte mich noch niemand außer Clara und Perez genannt. Ich wünschte mir, was auch immer mir nun bevorstand, ich würde die Prüfung bestehen, um noch einmal in die tiefgrünen Augen des bildhübschen Mädchens mit den roten Haaren schauen zu können.

Ich hatte gerade meinen Teller geleert, da kreuzte Perez auf, um mich an den Ort zu bringen, den er als Käfig bezeichnete. Allein der Begriff war mir schon nicht geheuer, dennoch vermied ich es, Perez Fragen zu stellen, denn er hatte gestern deutlich gemacht, dass er nicht antworten durfte.

„Wie hast du geschlafen?", fragte er, während wir einen Lift betraten, und drückte einen Knopf für eines der unter uns liegenden Stockwerke. Wie weit unter die Erde reichte dieser Bunker wohl? Inzwischen war ich mir sicher, bei diesem Ort musste es sich um einen solchen handeln.

„Ganz gut", antwortete ich. „Ich habe Clara kennengelernt." Meine Aussage ließ ich mit Bedacht belanglos klingen, doch eigentlich hoffte ich, Perez würde mir etwas über die rothaarige Schönheit erzählen.

Er warf mir einen Blick aus dem Augenwinkel zu und zog einen Mundwinkel hoch. „Clara, Clara, Clara", meinte er und stieß einen Zischlaut aus, während er die Hand schüttelte, als hätte er sich verbrannt. „Ein kleines heißes Häschen, aber leider tabu für uns. Der Doc würde uns killen, wenn wir, du weißt schon ..." Er bewegte seine Hüften vor und zurück und biss sich auf die Unterlippe. „Ihre Pussy ist Sperrgebiet für uns, aber hey, keine Sorge, es gibt hier ungefähr eintausend andere Möglichkeiten, um zum Schuss zu kommen, Kumpel."

„Aber Clara ist ..."

Perez packte mich am Hemdkragen und donnerte mich gegen die verspiegelte Wand des Aufzugs. „Schlag dir den Rotschopf aus dem Kopf, Mann. Jedenfalls für den Anfang. Dein Name und deine Herkunft sind zwar ein großer Vorteil, aber können dir deine Stellung hier nicht sichern. Erst einmal musst du deinen Wert beweisen. Du musst zeigen, dass du ein wahrer Fonds bist."

Ja, mein Nachname lautete Fonds, aber was hatte jener mit diesem Ort zu tun? Ich verstand es nicht. Mein Vater war vor circa einem Jahr, kurz nach Leonas Geburt, an Krebs verstorben und soweit ich wusste, hatte er von jeher in den Wäldern meiner Heimat gelebt. Ich runzelte die Stirn und hatte neuerlich eine Million Fragen, die ich jedoch für mich behielt. Nachdem ich mich zu einem Nicken durchgerungen hatte, ließ Perez von mir ab. Die Aufzugtüren öffneten sich und was sich dann vor mir auftat, ließ mir das Blut in den Adern gefrieren. Das konnte nicht sein Ernst sein. Ich blinzelte mehrfach, rieb mir die Augen und schüttelte den Kopf, weil ich mich auf einmal wie benommen fühlte. Doch nichts an dem Bild vor meinen Augen änderte sich.

Voller Schrecken blickte ich Perez an und schluckte schwer. „Was soll ich hier? Was wird das?"

Perez drückte meine Schulter. „Es tut mir leid, Mann, aber da mussten wir alle durch. Auch für einen Fonds wird hier keine Ausnahme gemacht. Anweisung vom Boss. Heute geht es einfach nur darum, dass du überlebst, okay? Sei scharfsinnig, flink und überliste deinen Gegner. Du kannst es schaffen. Das weiß ich, Mann."

Ich hatte kaum ein Wort verstanden, weil von überall her das Gegröle und Geklatsche der Zuschauermeute zu mir vordrang. Mein Puls schnellte in die Höhe, während mir ein riesiger Stein im Magen lag. Was zur Hölle war dieser Ort? Wie in einer römischen Arena saß das Publikum auf stufenförmigen Sitzgelegenheiten rund um einen zentralen Punkt, wo sich ein Käfig aus dicken Eisenstäben befand. Jetzt verstand ich, wieso man diesen Ort den Käfig nannte. Offenbar wurden darin Kämpfe, Mann gegen Mann, ausgetragen, und ich sollte mich nun ebenfalls beweisen. Kämpften sie hier bis zum Tod? Lag dieser Ort deshalb versteckt unter der Erde, weil diese Kämpfe keine Regeln kannten?

Zwei bullige Kerle kamen auf mich zu, packten mich je an einem Arm und schleiften mich mit sich durch einen Durchgang zwischen den Zuschauerplätzen. Mit Panik in der Brust blickte ich nach oben, wo zahllose Köpfe sich nach mir reckten. Ich sah mich unter den Zuschauern um. Die meisten waren exzellent gekleidet, in edlen Roben und Anzügen, rauchten Zigarren und wedelten mit Geldbündeln. Anscheinend wetteten gutbetuchte Leute hier auf das Leben armer Gestalten wie mir, die zum Kämpfen gezwungen wurden. Was blieb mir für eine Wahl? Man würde mich gegen meinen Willen in diesen Käfig werfen und es gab nur drei Möglichkeiten, diesen zu verlassen: als Sieger, krankenhausreif oder womöglich sogar tot. Also musste ich um mein Leben kämpfen, um meines und Leonas. Denn wenn ich Kain Glauben schenken konnte, war Leona am Leben. Ich musste sie finden. Irgendwie. Ich musste sie beschützen.

Wir kamen vor dem Käfig an und er wurde mir von einer halbnackten Blondine mit übergroßen Brüsten geöffnet. Einer der Kerle versetzte mir einen Schubs und ich stolperte über die

Käfigschwelle. „Dann zeig mal, was du drauf hast, kleiner Hosenscheißer“, meinte er und grunzte vor Lachen.

Offenbar glaubte hier niemand, dass ich siegreich hervorgehen würde, denn aus den Zuschauerriegen war der Name Wulf deutlich zu vernehmen. Das Gitter wurde vor meiner Nase geschlossen und ging dafür auf der gegenüberliegenden Seite auf. Ein Kerl, ein wahrer Schrank, gefühlt so breit wie groß, betrat die Kampffläche. Ich schluckte schwer, ehe sich all die Muskeln an meinem Körper zum Zerbersten anspannten. Beim Anblick dieses Ochsen war mir klar, wieso niemand auf mich wettete. Dieser Wulf war von Kopf bis Fuß tätowiert und er strotzte nur so vor Muskulatur. Dennoch schätzte ich meine Chancen hoch ein, weil ich aufgrund meiner geringeren Körpermasse wendiger war als er.

Wulf schritt mit einem spöttischen Lächeln in die Mitte der kreisrunden Fläche, fletschte die Zähne und stieß ein Brüllen aus. Als er die Arme in die Höhe warf, verfiel das Publikum in Jubel, rastete geradezu aus. Mir war klar, dass es sich bei Wulf um einen Publikumsliebling handelte und ich es deshalb schwer haben würde. Er trug sportliche Shorts und seine Hände waren bandagiert. Auf mich traf weder das eine noch das andere zu. Meine Fingerknöchel waren nackt und somit weniger geschützt. Um nicht von meiner Alltagskleidung im Kampf behindert zu werden, schlüpfte ich aus meiner Hose und streifte auch mein Shirt, die Socken und Schuhe ab. Ich legte alles in einer Ecke im Käfig ab und begab mich barfuß und in Boxershorts in die Mitte des Käfigs.

Und dann entdeckte ich sie im Publikum: Clara. Unsere Blicke trafen sich und sie lächelte mich an, ehe sie die Handflächen aufeinanderlegte. Vielleicht schickte sie ein paar Stoßgebete gen Himmel, damit ich gewann. Ich konnte jede Hilfe gebrauchen. Auch wenn ich, seit ich den Mord an meinem Onkel miterleben musste, nicht mehr an einen Gott glaubte, wusste ich doch jeden zu schätzen, der mich in seine Gebete aufnahm. Ich nickte Clara zu, doch zu einem Lächeln schaffte ich es nicht. Zu viel ging in mir vor. Ein Sturm tobte in meinem Inneren, während Wulf mit einem höhnischen Grinsen und geballten Fäusten auf mich zukam.

Wenn ich im Training mit meiner Familie eines gelernt hatte, dann war es, niemals den Blick vor meinem Gegner zu senken. *Sieh deinem Widersacher fest in die Augen, Junge!*, hatte meine Mom stets gesagt. *Zeige dich furchtlos, selbst wenn die Angst dich fest im Griff hat.* Und genau das tat ich nun, ich starrte Wulf geradezu nieder, bis er unmittelbar vor mir stand und der Ringrichter, ein platinblonder Kerl mit Sturmfrisur und faltigem Gesicht, an uns herantrat.

„Seid ihr bereit, Jungs?“, fragte er und blickte ernst zwischen uns hin und her.

Wulf nickte und erwiderte großspurig: „Immer, das weißt du doch, Maestro.“

Ich hingegen schwieg, was diesen Maestro dazu bewegte, sich etwas in meine Richtung zu neigen. „Gut, und was ist mit dir?“

Ich zuckte mit den Schultern. „Wie kann man für etwas bereit sein, wovon man nicht einmal die Regeln kennt?“

„Regeln.“ Wulf zischte verächtlich. „Die gibt es hier nicht. Im Käfig ist alles erlaubt, Kleiner. Aber ich versuche, dich nicht allzu schlimm zuzurichten. Bei einem so hübschen Gesicht wie deinem, wäre es doch zu schade, es zu entstellen. Ich bin mir sicher, unsere hauseigenen Huren würden gern noch ihren Spaß mit dir haben.“

Wo war ich bloß gelandet? Maestro sah mich nach wie vor abwartend an, also antwortete ich: „Ja, ich bin bereit." Natürlich war ich das nicht, aber immerhin durfte ich nun darauf hoffen, den Ring nicht in Einzelteilen zu verlassen. Denn Wulf hatte offenbar nicht vor, mich dem Erdboden gleichzumachen.

Der Ringrichter hob die Arme und just in diesem Moment grölte das Publikum los. Die Erregung der zahllosen Menschen war fast greifbar und heizte mir zusätzlich ein. Dennoch ließ ich mich nicht beirren und lenkte all meinen Fokus auf Wulf. Ich musterte ihn von Kopf bis Fuß, um eventuelle Schwachstellen an seinem Körper auszumachen. Alte Verletzungen, Narben oder Ähnliches, doch da war nichts. Es war kein fairer Kampf, denn Wulf war mit Sicherheit mehrere Gewichtsklassen über mir. Das hieß jedoch nicht, dass ich es ihm leicht machen würde.

Maestro klatschte in die Hände und rief: „Kämpft!", ehe er beiseite sprang, um uns Platz zu machen.

Ich hatte nicht einmal eine Sekunde, um mir eine Strategie zu überlegen. Bevor ich mich versehen konnte, flog Wulfs monströse Faust auf mich zu und zielte auf mein Gesicht ab. Flink duckte ich mich unter seinem Arm weg und versetzte ihm einen Schlag auf seine ungeschützte Flanke. Wulf krümmte sich und taumelte ein paar Schritte rückwärts. Die Zuschauer schrien auf und feuerten ihren Favoriten nun noch lauter an. Wie einen Singsang gaben sie seinen Namen von sich. Wulf erholte sich beinahe augenblicklich, ließ seinen Nacken kreisen und stürzte auf ein Neues auf mich zu. Er schleuderte mir seine Rechte entgegen und wieder duckte ich mich weg. Mit Schwung kickte ich gegen seine Schienbeine und brachte ihn somit zu Fall. Ehe er sich aufraffen konnte, hatte ich mich schon auf ihn geworfen und nahm ihn in den Schwitzkasten.

Mit aller Kraft hielt ich ihn am Boden und drückte ihm die Luft. Ich wusste, wie weit ich gehen konnte, ohne jemanden ernstlich zu verletzen. Auch das hatte meine Familie mich gelehrt. Unter keinen Umständen wollte ich Wulf unnötigen Schaden zufügen.

Wulf zappelte in meinem Griff, ruderte mit den Armen und versuchte, mir den Ellenbogen in den Magen zu rammen, doch nichts klappte. Er schabte mit den Füßen über den Boden und stieß sich ruckartig ab. Ich festigte meine Umklammerung. Mit jeder weiteren Sekunde, die verstrich, wurden Wulfs Bewegungen träger und seine Gegenwehr schwächer. Er keuchte angestrengt, rang nach Luft. Nicht mehr lange und er würde das Bewusstsein verlieren. Wulf war ein starker Gegner und auch wenn mich die Kraft langsam verließ, hatte ich die Oberhand. Es dauerte keine weitere Minute und Wulf sackte in sich zusammen. Seine Arme fielen neben seinen Körper und er blieb reglos liegen. Unter dem tosenden Applaus der Menge ließ ich von ihm ab und hievte mich auf die Füße. In meinen Ohren hörte ich nebst der Jubelschreie einen lauten Piepton. Mein Herz pochte heftig und ich stand auf wackeligen Beinen.

Erst als man den reglosen Wulf auf einer Trage abtransportierte, realisierte ich, dass ich die Aufnahmeprüfung hinter mich gebracht hatte. Erleichterung machte sich in mir breit und die Anspannung verschwand für den Moment aus meinen Gliedern. Ich nahm einen tiefen Atemzug, blickte die kreischenden Zuschauer an und tat, was wohl jeder an meiner Stelle getan hätte. Ich streckte meine Faust in die Höhe und brüllte auf. Wenn das Publikum zuvor gejubelt hatte, dann flippte es jetzt buchstäblich aus. Es war so laut, dass der Boden unter meinen Füßen vibrierte. Kein einziger Wulf-Ruf war mehr zu hören. Alle brüllten sie Rookie, was wohl für Anfänger stand.

Die beiden Ochsen, die mich zuvor in den Käfig geworfen hatten, holten mich wieder ab. Ihr ganzes Auftreten mir gegenüber war anders. Sie klopften mir auf die Schulter, nahmen mich zum Spaß in den Schwitzkasten und wuschelten mir durchs Haar. Die Jubelrufe der piekfeinen Gesellschaft ließen nicht nach. Ich schnappte mir meine Kleidung und die Schuhe vom Boden, ehe wir den Käfig verließen und denselben Weg einschlugen, auf dem ich gekommen war. Die Zuschauer streckten ihre Hände nach mir aus, um mit mir einzuschlagen oder mich irgendwo für einen kurzen Moment zu berühren. Ich hielt nach Clara Ausschau, doch da waren zu viele fremde Gesichter, die mir die Sicht versperrten. Als wir am Ausgang ankamen und man mich in den Lift schob, wo Perez schon auf mich wartete, war ich von all dem Trubel klitschnass geschwitzt.

„Also, Rookie, bis zum nächsten Fight“, sagte einer der Ochsen und salutierte zum Spaß.

Obwohl ich überrascht über die plötzliche Freundlichkeit der Männer war, erwiderte ich nichts und war heilfroh, als sich die Aufzugtüren endlich schlossen. Ich atmete auf. „Das war ...“, sagte ich, doch fand keine Worte, um zu beschreiben, was ich gerade erlebt hatte.

Perez lehnte an der Aufzugwand mir gegenüber und musterte mich akribisch. Er lachte. „Soll ich dir aushelfen? Das war geil? Erregend? Heiß? Und jetzt hast du dicke Eier und würdest gern Druck ablassen. Hab ich recht?“

Ich runzelte die Stirn und antwortete ihm nicht, weil ich nicht zugeben wollte, dass er den Nagel auf den Kopf getroffen hatte. Es war verwerflich und schrecklich, aber ja, der Kampf hatte mein Blut in Wallung gebracht und nun täte ich nichts lieber, als Clara etwas näher und ohne Kleidung kennenzulernen. Aber genauso sehnte ich mich danach, meine Fäuste in das Gesicht der Person zu rammen, die den Mord an meiner Familie beauftragt hatte. Erregung und der Wunsch nach Rache brannten gleichermaßen in meinem Inneren.

Offensichtlich konnte man mir meinen inneren Zwiespalt vom Gesicht ablesen, denn Perez hob beschwichtigend die Hände. „Schon gut, mein Freund, so ging es uns allen beim ersten Mal. Man gewöhnt sich daran." Er zwinkerte mir zu und zeigte auf mich. „Ich habe jetzt genau das Richtige für dich, Kleiner. Komm, mein Freund, wir machen einen kurzen Abstecher in eine der höheren Etagen." Er betätigte einen der oberen Knöpfe auf dem Panel seitlich von den Aufzugtüren und schob seine Schlüsselkarte in den schmalen Spalt darunter. Erst dann leuchtete der Knopf grün auf und der Lift setzte sich in Bewegung, während ich mich wieder ankleidete.

„Du meintest vorhin, du bist erst seit zwei Jahren hier und man hat dich gegen deinen Willen in den Bunker gebracht. Weshalb gibt man dir dann eine Schlüsselkarte und du kannst dich frei bewegen? Haben sie keine Angst, dass du fliehst? Ich kann mir nicht vorstellen, dass jedermann den Bunker nach Lust und Laune erkunden darf."

Perez strahlende Miene fiel in sich zusammen. Sein Gesichtsausdruck wurde ernst und seine Lippen schmal. „Ich habe dem Boss bewiesen, dass er mir vertrauen kann."

„Aha und wie?", stocherte ich weiter und streifte mir das Hemd geschwind über den Kopf.

Perez war ein waschechter Kerl und wenn ich ihn richtig einschätzte, hart und unbeugsam, aber in diesem Augenblick wirkte er wie ein Häufchen Elend. Er senkte den Blick auf seine Schuhe und konnte mir nicht mehr in die Augen schauen.

„Ich ... ich habe einen seiner Feinde kaltgemacht, als sich dieser im Bunker aufhielt."

Für einen Moment blieb mir die Luft weg, bis ich geräuschvoll einatmete. „Du hast einen Menschen getötet? Mutwillig?"

Perez nickte und biss sich auf die Unterlippe. Es war offensichtlich, dass er mit diesem Mord zu kämpfen hatte. Schmerz schlug mir aus seinen Augen entgegen. „Ja, aber ich möchte nicht darüber sprechen. Ich hatte meine Gründe. Irgendwann, wenn ich glaube, dir vertrauen zu können, weihe ich dich vielleicht ein."

„In Ordnung", war alles, was ich zurückgab. Denn was hätte ich dazu auch sagen sollen? Perez schien auch ohne mein Zutun heftige Gewissensbisse zu haben und mir war klar, dass ich jetzt keine weiteren Antworten von ihm bekäme.

Mit einem Ping öffneten sich die Aufzugtüren und zum zweiten Mal am heutigen Tage war ich platt wegen des Anblicks, der sich mir bot. Für meinen Onkel Manny wäre das hier vermutlich der Himmel auf Erden gewesen. All die spärlich bekleideten, wunderschönen Frauen, die sich auf samtbezogenen Möbelstücken räkelten, hätten wohl jeden Kerl zum Sabbern gebracht. Ich war da keine Ausnahme. Nie zuvor war ich mit so viel geballtem Sexappeal konfrontiert worden. So viel Weiblichkeit. Und so viel unzüchtigem Verhalten. Natürlich war ich mit Manny das ein oder andere Mal in einem Strip-Schuppen gewesen, aber die konnte man nicht mit dem vergleichen, was sich vor meinen Augen auftat. Dies hier war ein Spektakel, eine verdammte Orgie. Die Männer vor Ort, einige von ihnen sicherlich Kämpfer, weil sie dementsprechend muskulös waren, rammelten die Frauen wie wilde Tiere. Im Stehen, im Sitzen, auf den Möbeln und dem Boden. Sie bildeten eine

Masse aus Armen, Beinen und sich wiegenden Leibern. Ich war vollends überfordert, aber mein Schwanz zuckte und hoffte wohl darauf, zum Einsatz zu kommen.

„Auf geht's, Kumpel", meinte Perez lachend und stieß mich mit dem Ellenbogen spielerisch in die Seite, weil ihm mein schockierter Gesichtsausdruck anscheinend nicht entgangen war. Gönnerhaft breitete er die Arme aus. „Willkommen in unserem hauseigenen Paradies, in dem dir die exotischsten Frauen der Welt zu Diensten sind. Nur die engsten Vertrauten vom Boss und einige auserwählte Fighter dürfen sich hier jederzeit am Buffet bedienen, wenn du verstehst, was ich meine. Und zu Ehren deines Sieges zählst auch du heute zu den Glücklichen." Wieder lachte Perez schmutzig. Er packte mich am Hemdsärmel und zog mich mit sich, sodass ich fast über meine eigenen Füße stolperte.

Wie benommen torkelte ich neben ihm her und wusste nicht, wohin ich zuerst schauen sollte. Auf die gläserne Bartheke, hinter der sich die Spirituosen nur so aneinanderreihten und in Regalen auftürmten. Oder auf die kristallenen Kronleuchter, die sanftes rotes Licht im Raum verströmten. Oder doch auf all die Menschen, die ihrer Lust frönten, als gäbe es kein Morgen.

„Du kommst hier regelmäßig her?", brachte ich mit rauer Stimmer hervor, während Perez sich einen Barhocker zurechtrückte und auf den neben sich deutete.

Mit dem Blick auf zwei dunkelhaarige Frauen gerichtet, lehnte er sich an die Bartheke und meinte lässig: „Man kann sich hier in dem Loch unter der Erde ja sonst nichts gönnen. Warum also nicht?" Als ich nichts mehr sagte, sah er mich prüfend aus dem Augenwinkel an. „Stehst du auf Kerle, ist es das, oder warum hast du nicht schon längst eine der Nutten besprungen?"

„Nein, Mann, ich steh nicht auf Kerle!“, gab ich bissig zurück und setzte mich neben Perez.

„Gut, denn mit Male-Male-Action können wir aktuell nicht dienen. Ließe sich aber natürlich ändern, wenn du doch ...“

„Nein, Mann“, unterbrach ich ihn. „Es ist nur ...“

„Uh!“, machte Perez und hielt sich die Faust vor den Mund. „Alter, sag nicht, du hattest noch nie eine feuchte Muschi? Mann, da hast du was verpasst. Für dein erstes Mal würde ich dir Mayleen empfehlen, eine ganz süße und sehr ...“

Ich stieß Perez in die Seite. „Hör auf, Mann, schon gut, schon gut. Ich bin nicht jungfräulich, aber das hier ist eine Nummer zu hoch für mich. Außerdem bin ich einfach ... traurig und echt fertig.“ Jemand berührte mich, eine kleine Hand fuhr über meine Brust und schon im nächsten Augenblick kniete eine zartgliedrige Asiatin mit endlos langem Haar vor mir. Ich erstarrte.

Mit verführerischem Augenaufschlag blickte sie zu mir auf und ließ ihre schmalen Finger meine Hosenbeine hinauf tänzeln. „Hi, ich bin Mayleen und du bist neu“, sagte sie in laszivem Ton und wie eine Sirene, die ihre Beute anzulocken versuchte. „Was kann ich für dich tun, Hübscher? Soll ich dir etwas Erleichterung verschaffen? Ich mache alles, was du willst. Ganz gleich, was es ist. Du musst es nur sagen.“ Ihre Finger kletterten höher und höher, bis sie die Beule erreichten, die nicht zu übersehen war.

Äußerlich war ich ruhig, aber innerlich brodelte ich vor Lust und war dieser machtlos erlegen. Ich schämte mich vor mir selbst, weil es falsch war auf diese Weise zu empfinden, denn ich hatte eine einzige Mission: den Tod meiner Familie zu rächen und Leona zu finden. Zerstreuungen wie Sex durfte ich mir nicht leisten. Es war schändlich und doch schaffte ich es nicht, Mayleen in ihrem Vorhaben aufzuhalten. Sie öffnete meinen Reißverschluss und schob ihre Hand in meine Hose. Als sich ihre Faust um meinen Schwanz schloss, war es um mich geschehen. Ein heißer Schauer rauschte über meinen Rücken und durch den Rest meines Körpers. Ich legte den Kopf in den Nacken, öffnete den Mund zu einem stummen A und stieß einen Schwall Luft aus. Perez lachte und ich spürte seine Blicke geradezu auf mir, aber es war mir gleich. Mayleens magische kleine Hände hatten es geschafft, mir das letzte bisschen Standhaftigkeit zu rauben.

„Ich bin dann ebenfalls eine Runde Tiefseetauchen, Alter", äußerte Perez, aber ich war viel zu gefangen von Mayleens Fingerkünsten, um etwas darauf zu erwidern.

Um mich herum geschah allerhand, was an der Geräuschkulisse deutlich zu vernehmen war. Sinnliches Stöhnen, Aufeinanderklatschen von Haut, Brummen, Brüllen und Knurren, selbst das Klirren von Ketten. Die Geräusche gingen mir durch und durch und heizten mir zusätzlich ein. Mein Schwanz war beinahe schmerzhaft hart und wollte unbedingt befreit werden. Als hätte Mayleen meine Gedanken gehört, holte sie meinen Ständer aus der Hose. Ich blickte nach unten und traf auf Mayleens devoten Blick, der mich vor Erregung erschauern ließ. Sie schaute mir unverwandt in die Augen, als sie ihre Zunge herausstreckte und genüsslich über meine pralle Spitze leckte.

„Fuck!", fluchte ich, weil sich das hier verboten gut anfühlte. Es war so falsch. Alles hieran. Und im Moment hasste ich mich selbst. Aber am liebsten hätte ich meine Hand in ihrem Haar vergraben und sie an ihrem Schopf noch näher an meinen Schwanz gezogen, bis der harte Schaft tief in ihrem Rachen steckte. Doch ich berührte Mayleen nicht. Stattdessen raunte ich: „Nimm ihn in den Mund."

Wie ich feststellen durfte, leistete Mayleen nur allzu gern Folge. Ein kleines Grinsen stahl sich auf ihre Lippen, ehe sie meine Latte in voller Gänze einsaugte. Ihre feuchtwarme Mundhöhle nahm mich auf und ihre Zunge strich über die Unterseite meines Glieds. Ich klammerte mich an der Bar fest, denn Mayleen bewegte sich immer schneller. Vor und zurück, vor und zurück, bis mein Puls an sämtlichen Stellen meines Körpers klopfte. In meinen Ohren rauschte das Blut und meine Atmung war ein einziges Keuchen. Mayleens Schlabberlaute trieben mich schier in den Wahnsinn. Die Spucke der asiatischen Schönheit triefte über meinen Schwanz und verteilte sich über meine prallen Eier.

Ich konnte nicht mehr an mich halten, stöhnte auf und packte Mayleens Schopf mit beiden Händen. „Lutsch ihn schneller!“, befahl ich ihr ruppig und erkannte mich selbst kaum wieder. Diesem dunklen Teil von mir gefiel all das hier: die fickenden Menschen, diese Frau auf ihren Knien, dass mein Schwanz in ihrem Rachen steckte und ich die Gewalt über sie hatte. In meinen Lenden kribbelte es und das war der Augenblick, in dem ich Mayleens Kopf fixierte und mich hemmungslos zwischen ihre Lippen stieß. Immer schneller und so, wie ich es am geilsten fand. Ohne Rücksicht auf die asiatische Schönheit. Für einen Moment wollte ich all mein Leid und die Trauer ausblenden.

Ich schaute auf, sah den anderen Anwesenden bei ihren Spielchen zu und geilte mich an deren Anblick auf. Ich fand Perez in der Menge und hatte den direkten Blick auf seinen nackten Arsch. Er rammte sich von hinten in eine Blondine, die er über eine Couch gebeugt hielt. Die Frau hing geradezu in seinem Griff, denn ihre Handgelenke waren auf dem Rücken fixiert. Jedes Mal, wenn er zustieß, ruckte sie nach vorne und schrie auf. Ihre riesigen Titten baumelten über der Lehne des Sofas und wippten im Takt von Perez‘ wilden Stößen. Nie zuvor hatte ich einem Kerl dabei zugesehen, wie er eine Frau rannahm, aber es gab mir den Rest. Ich kniff die Augen zusammen und mein Orgasmus kam so plötzlich, dass mir schwindelig wurde. Ich drückte Mayleen auf meinen Schoß und spritzte ihr in den Rachen, entlud mich, bis ich mich vollends leer und erschöpft fühlte. Meine Zehen kribbelten und ich war schweißnass. Mein Kopf war wunderbar taub und leer. Kein Schmerz. Keine Trauer. Keine Rachegelüste. Diesen Augenblick wollte ich mir gönnen.

Es dauerte eine ganze Weile, bis ich wieder zu Atem kam und die Augen aufschlug. Und als ich es tat, stand da ein Mann kaum zehn Meter entfernt von mir und starrte mich direkt an. Verwirrt sah ich nach rechts und links, um herauszufinden, ob sein Blick womöglich jemand anderem galt. Aber da war niemand neben mir. Der Typ bewegte sich auf mich zu und je näher er mir kam, umso kälter wurde mir. Sein Auftreten und seine Erscheinung bescherten mir eine fast schmerzhafte Gänsehaut. Was mich jedoch am meisten packte, war die Tatsache, dass er mir erschreckend vertraut vorkam. Es war, als würde ich meinem zwanzig Jahre älteren Spiegelbild ins Gesicht schauen.

„Hi, Frederick“, begrüßte mich der Fremde, nachdem er vor mir stehengeblieben war, und zog einen Mundwinkel hoch. „Wie ich sehe, findest du Gefallen an denselben Spielzeugen wie ich.“ Er warf einen kurzen hitzigen Blick auf Mayleen, die immer noch vor mir kniete, und streichelte ihr über den Kopf.

Ein Tropfen meines Spermas hing an ihrem Mundwinkel und ich war noch ziemlich neben der Spur, sodass ich erst jetzt bemerkte, dass mein Schwanz noch im Freien hing. Eilig stopfte ich ihn zurück in die Hose.

Der Fremde umfasste Mayleens Kinn und nickte der Asiatin zu. „Du kannst verschwinden, meine Schöne. Deinen Job hast du sehr gut gemacht. Geh zu Felicia. Sie hat eine kleine Belohnung für dich."

Ich wollte vom Glauben abfallen, als die Asiatin wie ein Tier und auf allen vieren davon krabbelte. Fassungslos starrte ich ihr nach, bis mich jemand an der Schulter packte. Mein Blick schoss zu dem Fremden.

„Und jetzt zu uns, Frederick. Es tut mir leid, dass ich dich noch nicht gebührend begrüßen konnte, aber wir haben hier unsere Regeln und die gelten selbst für einen waschechten Fonds. Doch du hast dich offensichtlich schon gut eingelebt, wie ich sehe."

Ich runzelte die Stirn und betrachtete den Fremden mit schmalen Augen. „Wer sind Sie?"

Der Kerl lachte auf und wieder rutschte sein Grinsen auf eine Seite. „Wenn ich mich vorstellen darf. Dieser Laden gehört mir. Ich bin der Boss. Der Mann, der dich seit fast zwanzig Jahren sucht, weil deine Mutter, die Schlampe, mit meinem jüngeren Bruder Jarvis durchgebrannt ist." Er neigte sich mir entgegen und in seinen Augen blitzte es auf. „Mein Name ist Jaxxon Fonds und ich bin dein Vater", sagte er und ich war sprachlos ob seiner Behauptung. Dieser Mann sollte mein Erzeuger sein und Jarvis somit nicht mein Vater? Aber noch viel sprachloser machte mich die Tatsache, dass ich den Mann vor mir hatte, an dem ich Rache üben wollte. Der Mörder meines Onkels. Der Mörder meiner Mutter. Der Mann, der mir alles genommen hatte, was ich liebte.

Kapitel 15 – Heart

Heute

Frederick geht wieder vor mir in die Hocke, seine warmen Hände umfassen meine Knie. Er nimmt mir den Laptop von den Oberschenkeln und legt ihn auf dem Boden ab, doch ich bekomme es gar nicht richtig mit, weil ich noch viel zu benommen und überwältigt bin, um zu reagieren. Sind ihm diese schrecklichen Dinge als junger Mann wirklich widerfahren? Ist er heute deshalb so, wie er ist? Finster, verschlossen, dominant, besitzergreifend und kontrollsüchtig. Etwas Feuchtes tropft von meinem Kinn und landet auf meinem Oberschenkel. Erst da bemerke ich, dass ich weine, nein, sogar schluchze. Ist Jaxxon Fonds wirklich sein Vater und verantwortlich für den Tod von Fredericks Mutter und dem Mord an seinem Onkel?

Am liebsten wäre ich jetzt allein mit meinen Gedanken, denn in meinem Kopf geht zu viel auf einmal vor, um zu kommunizieren. Aber ich bin am Stuhl festgemacht und kann nicht einfach aufstehen und gehen. Mit Sicherheit könnte ich mich nicht schnell genug losbinden, um meinem Boss zu entwischen. Also bleibe ich sitzen und lasse den Kopf hängen, um wenigstens Fredericks Blicken auszuweichen. Gegen das Zittern meines Körpers bin ich machtlos, zu tief hat mich Fredericks Geschichte berührt.

Er nimmt mein Kinn zwischen Daumen und Zeigefinger und hebt es an. Ich bin gezwungen, ihn wieder anzusehen, also schließe ich die Augen. Ich kann das jetzt nicht. Auch ich habe Menschen verloren und hatte alles andere als eine schöne Kindheit. In meinem jungen Leben habe ich viel Leid durchgemacht und Fredericks Leidensweg Wort für Wort in den Laptop einzutippen, hat alte Emotionen in mir aufgewühlt. Ich bin durcheinander und das Herz tut mir weh. So lange war ich stark. Sonst erlaube ich mir nur am Todestag meiner Mom Schwäche. Doch dieser Mann und seine Geschichte sind zu viel des Guten. Es fühlt sich an, als würden alte Wunden in mir aufreißen. Als würde ich bluten. Keine Naht dieser Welt ist stabil genug, um diesem gnadenlosen Sturm in meinem Inneren standzuhalten. Fragen über Fragen wirbeln in meinem Schädel herum und ich kann kaum klar denken. Angefangen bei der Sache mit meiner Kündigung und seiner Beteiligung daran, weiter zu meinem Arbeitsvertrag und dann zu seinem Lebensweg.

„Sieh mich an“, verlangt Frederick mit rauer Stimme und hebt mein Kinn noch weiter an. „Ich habe dir diesen Teil meiner Vergangenheit nicht erzählt, weil ich deine Tränen wollte, mein Herz. Es sollte dir eine Warnung sein. Auch ich bin kein guter Mann, aber ich kenne Männer, die noch schlimmer sind als ich. Abgrundtief schlecht. Das pure Böse, dem du lieber niemals in die Augen blicken solltest. Also folge mir nie wieder, Heart. Stiehl dich nie wieder aus der Sicherheit deiner Räumlichkeiten hinfort und betäube vor allem meine Männer nie wieder. Haben wir uns verstanden?“ Die Finger seiner anderen Hand, die sich noch auf meinem Knie befinden, graben sich nachdrücklich in meine Haut. „Du sollst mich ansehen und mir sagen, dass du mich verstanden hast, mein Herz."

Nach kurzem Zögern öffne ich die Augen und blinzle gegen den Tränenschleier an, durch den ich Frederick nur verschwommen wahrnehme. Ich bemitleide ihn nicht, nein, aber ich kenne und fühle seinen Schmerz. Das ist ein Unterschied, aber das möchte ich ihm nicht gestehen. Nicht so. Nicht während ich gefesselt und nackt vor ihm sitze und mich bis ins Mark verletzlich fühle. Ich nicke meinem Boss zu und krächze: „Ich habe verstanden." Aber nur, weil ich etwas verstanden habe und es schlüssig klingt, werde ich mich nicht zwangsläufig daran halten. Diesen waghalsigen Teil meiner Gedanken verschweige ich ihm natürlich, damit er mir keine weiteren Vorhaltungen macht.

Mit seinen Fingerknöcheln streicht er zärtlich über meine Wange und trocknet meine Tränen. „Genug jetzt, mein Herz. Beruhige dich. Wie du unschwer erkennen kannst, geht es mir heutzutage blendend, und jetzt werde ich dafür sorgen, dass es auch dir blendend geht. Schließ die Augen und öffne sie erst wieder, wenn ich es dir sage."

„Weshalb?"

„Keine Fragen, mein Herz, tu es einfach und vertrau mir."

Ich habe keine Ahnung, was er vorhat, aber ich beschließe, ihm für den Moment das zu geben, wonach er verlangt: Vertrauen. Auch wenn es mir unsagbar schwerfällt, weil ich das zu den wenigsten habe. Denn ja, es ist ein menschlicher Zug das Vertrauen anderer Menschen zu missbrauchen. Davor habe ich Angst: ausgenutzt zu werden. Ich möchte mich nicht emotional öffnen und Vertrauen fassen, um dann mit einem Messer im Rücken zu enden. Aber hier und heute möchte ich eine Verbindung zu Frederick aufbauen, damit er mir vielleicht meine unzähligen Fragen beantwortet. Auch wenn das der größte Schwachsinn ist. Nein, ich fühle mich ihm sogar schon verbunden. Denn er hat mir unglaublich intime Details aus seinem Leben offenbart. Details, die sicherlich nicht viele kennen und bestimmt auch nicht offiziell in seine Memoiren aufgenommen werden sollen. Und damit hat er genau das getan, was er sich nun von mir wünscht. Er hat mir einen Vertrauensvorschuss eingeräumt. Obwohl er mich kaum kennt und nicht wissen kann, wie vertrauenswürdig ich bin, hat er sich mir geöffnet.

Es fühlt sich richtig an, für ihn das Gleiche zu tun, auch wenn ich nach wie vor nicht fassen kann, dass ich nackt vor ihm sitze. Vor meinem gottverdammten Boss. Dennoch muss ich gestehen: Noch nie hat sich etwas so gut wie das hier angefühlt. So gut wie seine warmen Pranken auf mir. So gut wie die eindeutigen Blicke, mit denen er mich geradezu verschlingt. Frederick nimmt etwas Abstand von mir und sieht mich abwartend an. Also nehme ich einen tiefen, aber zittrigen Atemzug und schlage die Augen zu.

Für den Moment sind meine Tränen versiegt. Stille bricht zwischen uns herein und ich höre nichts als meinen eigenen getriebenen Atem. Frederick ist furchtbar leise. Für eine ganze Weile, die mir wie eine Ewigkeit vorkommt, lausche ich in den Raum hinein, doch vernehme keinerlei Geräusche. Was tut er? Beobachtet er mich? Der Gedanke beschert mir Hitzewallungen. Mein Herz rast. Jedoch nicht so schnell wie der Puls in meinem Schoß. Es ist erregend, nicht zu wissen, was er gerade macht und was er mit mir vorhat. Wohin soll das alles nur führen? Ich bin dieses Arbeitsverhältnis doch nicht eingegangen, um die Beine für meinen Boss zu spreizen. *Tja, aber sei doch mal ehrlich, Heart, im Grunde hättest du doch nichts dagegen einzuwenden, oder? Du denkst doch schon seit eurer ersten*

Begegnung in seinem Büro an Sex. Seitdem du feststellen durftest, dass es sich um seine Hand handelt, die auf dem Bild mit der gefesselten blonden Frau abgebildet ist.

Das Knarzen der Tür durchbricht die Stille. Schritte folgen. Sie kommen näher. „Frederick?“, frage ich und spitze die Ohren. Hatte er zuvor das Zimmer verlassen und ich habe es nicht mitbekommen?

Eine Hand legt sich locker um meine Kehle. Heißer Atem trifft auf mein Ohr. Ich rieche Fredericks herbes, orientalisches Parfum. „Sht, mein Herz“, flüstert er und meine Nippel richten sich augenblicklich wieder auf. „Vertrau mir, mein Herz, block nicht ab, okay? Lass dich darauf ein. Ich verspreche dir, es wird dir gefallen und dass ich bald all deine Fragen beantworten werde.“

Ich nicke lediglich, um ihm mein Einverständnis zu geben. Ich kralle mich am Sitzpolster fest. Gegen das Zittern meiner Beine und meine hektische Atmung komme ich nicht an. Was wird er tun? Wird er mich berühren? Will er mit mir schlafen?

Ein Rascheln erweckt meine Aufmerksamkeit und schon im nächsten Moment wird mir ein Stofftuch auf die Augen gelegt. Ich bin wie starr, weil ich das nicht erwartet habe. „Warum verbindest du mir die Augen?“

Er lacht leise, während er das Tuch an meinem Hinterkopf verknotet. „Wir üben uns in blindem Vertrauen“, raunt er mir zu und ich erschauere. Er ist mir so nah, dass seine Wange die meine streift. Seine Bartstoppeln kratzen mich und ich genieße diese fremde Nähe mehr, als ich es sollte und mir eingestehen will.

„Okay“, hauche ich, ehe er den Gürtel um meinen Oberkörper löst und mein Fußgelenk von der Krawatte befreit, sodass ich nicht mehr gefesselt bin.

Seine Schritte entfernen sich, doch er kommt direkt wieder zurück. Und da ist sie erneut, die Feder. Ich versteife mich, denn Frederick lässt sie hauchzart meinen Oberschenkel aufwärts wandern. Aus einem Reflex heraus presse ich die Beine fest zusammen.

Fredericks Pranke findet auf mein Knie. „Spreiz sie für mich, Kleines.“ Mit etwas Druck seiner Finger hilft er nach, während ich mir auf die Unterlippe beiße, weil ich maßlose Erregung empfinde.

Es braucht nur ein richtiges Wort von ihm oder eine Berührung und ich brenne lichterloh. Es ist, als wüsste dieser Mann genau, welche Knöpfe er bei mir zu drücken hat. Und ich liebe alles daran, auch wenn es äußerst verwerflich ist, was hier geschieht und wie Frederick J. Fonds sich seit Reiseantritt mir gegenüber verhalten hat. Vielleicht gefällt er mir ja gerade deshalb. Er ist nicht wie andere Männer. Er ist eine verbotene Frucht, die mit Sicherheit köstlich schmeckt. Wie magisch fühle ich mich von seiner Dunkelheit, der Geheimnistuerei und seiner besitzergreifenden Art angezogen. Ich sehne mich danach, mehr über ihn zu erfahren, in sein Leben einzutauchen wie in einen tiefen See. Bis auf den Grund.

Obwohl er meine Beine nur etwas geöffnet hat, spreize ich sie absichtlich noch weiter. Ich bin so verdammt nass, dass ein leises Schmatzen ertönt, als auch meine Vulva sich wie eine Blüte öffnet.

„Braves Mädchen“, sagt er und seine Stimme klingt um einiges tiefer als zuvor. Dass auch er erregt ist, kann ich deutlich hören. Er muss nun den perfekten Blick auf meine kahl rasierte Scham haben. Gemächlich lässt er die Feder höher und höher wandern und hinterlässt eine heiße Spur auf meiner Haut. Als er mit der Feder meinen Kitzler anstupst, ist es, als würde ein

Erdbeben durch mich hindurch jagen. Ich lege den Kopf in den Nacken und stöhne auf. Unaufhörlich stimuliert er mich mit der Feder und streicht mit ihr über meinen Lustknopf. Auf und ab, auf und ab, bis die Spannung und das Pochen in meiner Mitte schier unerträglich werden. Im Moment würde ich alles mit mir machen lassen und ich brauche so viel mehr als die sanfte Stimulation durch die Feder.

Mein Schamgefühl ist wie weggefegt, ich fasse mir an die Brüste und lasse mich gehen. Mit Daumen und Zeigefingern klopfe ich auf meine harten Knospen und zupfe daran. Ich kreise mein Becken, senke es etwas nach vorne, sodass mein Kitzler fast das Sitzpolster berührt und ich mich daran reiben kann. Von Sekunde zu Sekunde werde ich wilder, bis ich merke, dass Frederick aufgehört hat, mich mit der Feder zu streicheln.

Ich halte inne. „Warum hast du aufgehört? Was tust du?“, frage ich unter hektischen Atemzügen.

„Mach ruhig weiter mit deiner kleinen Show, mein Herz. Sie gefällt mir äußerst gut“, gibt er zurück und dann folgt ein Geräusch, das einen Lustblitz in meinen Schoß einschlagen lässt. Es klingt feucht und glitschig, wie wenn man Creme zwischen den Händen verreibt. Ich könnte schwören, Frederick hat seinen Schwanz ausgepackt und hält ihn in den Händen. Holt er sich bei meinem Anblick etwa einen runter?

„Was ... was tust du da?“, frage ich neuerlich und presse meine Oberschenkel vor Erregung zusammen, um mir etwas Erlösung zu verschaffen.

„Wenn du es genau wissen willst ...“, erwidert er und holt zischend Luft. Auf ein Neues ist das unanständige Schmatzen zu hören. „Ich halte meinen harten Schwanz in der Hand, Herzblatt, und frage mich, wo ich dich markieren soll. Willst du es auf deine prächtigen Titten, auf die Zunge oder soll ich dir auf den Arsch spritzen, während ich ihn dir versohle? Hm, Kleines, machst du dich gern schmutzig? Willst du mein kleines versautes Spielzeug sein?“

„Ja“, sage ich. Die Antwort platzt geradezu aus mir heraus und ich kann es selbst kaum glauben, dass ich bereit bin, mich meinem Boss auf diese Weise hinzugeben. Dieser Mann ist versaut und er spricht einen Teil von mir an, den ich bislang noch nicht ausgelebt habe. Ja, ich will, dass er mir den Hintern versohlt. Dass er mir sein Sperma auf die Haut spritzt. Dass er mich fesselt wie diese blonde Frau auf dem Bild in seinem Büro. „O fuck“, stoße ich aus, als etwas gegen meine Wange klatscht. Schon im darauffolgenden Moment realisiere ich, worum es sich handelt. Ich öffne den Mund zu einem stummen A.

„Gefällt dir das, mein Herz?“, fragt er und zeichnet meine Lippen mit seiner Schwanzspitze nach. Doch bevor ich ihm Antwort geben kann, packt er mich auf einmal an den Hüften, hievt mich hoch und legt mich wie ein Stück Beute über seine Schulter.

Der Knochen bohrt sich in meinen Magen. „Was wird das?“, presse ich hervor und lande keinen Wimpernschlag später auf etwas Weichem. Vermutlich dem Bett. Die Matratze sinkt ein und Frederick scheint sich mir zu nähern. Ich kann ihn riechen, aber irgendwie duftet er anders. Nach süßen Früchten, Zigarren und kaltem Rauch, als hätte er gerade eine gepafft.

„Komm her, Kleines, ich will von dir kosten.“ Abermals umfasst er meine Hüften. „Setz dich auf mein Gesicht. Reite meine Zunge.“

„O mein Gott.“ Ich quieke auf, als er mich hochhebt und auf seiner Brust absetzt. Die Beine habe ich unweigerlich gespreizt. Blindlings fahre ich über den Stoff seines Hemdes, unter dem ich harte Muskulatur ertasten kann. Seine Brust ist breit und männlich und seine Schultern stramm. Ich halte mich an ihm fest, aber bin zu überwältigt von dieser Position, um seiner Aufforderung nachzukommen. Mein Schoß befindet sich nur Zentimeter von seinem Kinn entfernt. Sein Atem fließt über meine intimste Stelle, so nah ist sein Gesicht. Ich müsste nur ein wenig mein Becken anheben und könnte seinen Mund wie einen Sattel besteigen. Fuck! Allein die Vorstellung lässt mich erzittern. Ich hole geräuschvoll Luft und mein Griff um seine Schultern festigt sich.

Batsch! Ein lautes Klatschen ertönt, als seine Hand auf meiner Arschbacke landet. Ich schreie spitz auf und es wirft mich nach vorne, woraufhin mein Oberkörper auf Fredericks Gesicht landet. Seine Nase hängt genau zwischen meinen Brüsten und er gibt ein tiefes Brummen von sich. Die Haut an meinem Po kribbelt und brennt und ich kann genau spüren, wo seine Hand mich getroffen hat.

„Mach es noch mal“, verlange ich leise und überrasche mich selbst damit, diesen Wunsch laut geäußert zu haben. Sein dunkles Lachen bringt mein Herz zum Flattern und meine Haut zum Vibrieren.

„Böses, böses Mädchen!“, raunt er und leckt zwischen meinen Brüsten entlang. „Schwing deinen Arsch auf mein Gesicht. Ansonsten bekommst du gar nichts und ich fessel dich ans Bett.“ Er nimmt meine Pobacken in die Hände und knetet mein Fleisch wie ein Bäcker Teig. „Das hier gehört per Vertrag mir. Ich zähle bis drei, dann sitzt du auf meinem Mund.“

Er ist gerade bei zwei angekommen, da knie ich bereits über ihm. Meine klitschnassen Schamlippen schweben unmittelbar vor seinen Lippen und sein warmer Atem strömt über meine Pussy.

Meinen Hintern hält er nach wie vor umfasst, greift in mein Sitzfleisch und schüttelt meine Pobacken durch. „Dein Duft macht mich scharf. Ich werde dich lecken, bis du ausläufst und auf meiner Zunge kommst. Komm her!“ Ruckartig drückt er mich nach unten, sodass meine feuchtheiße Mitte direkt auf seinem Mund landet.

„O Herr im Himmel!“, rufe ich gen Zimmerdecke und biege den Rücken durch. Das Gefühl seiner warmen Zunge ist unbeschreiblich und ich weiß gar nicht, wohin mit mir. Auf gut Glück greife ich nach dem Kopfteil des Bettes, bekomme es zu fassen und klammere mich daran fest.

Frederick klatscht mir fest auf den Hintern und ich schreie auf. Er brummt und stöhnt unter mir, während er mich leckt und Vibration um Vibration durch meinen Unterleib jagt. Ich will ihn so sehr, dass ich tatsächlich beginne, mich vor-und zurückzubewegen, als würde ich sein Gesicht reiten. Scheiße ja, ich reite das Gesicht meines Bosses. Fuck! Und gerade ist es mir scheißegal, wer er ist und was er in seinem Leben schon Schlimmes getan haben mag. Mein Hirn ist reduziert auf die Größe meiner Klitoris und ich will nur noch eines: einen gottverdammten Orgasmus, den ich mir ausnahmsweise nicht selbst verschaffe. Was ein paar Jahre ohne Sex mit einem anstellen können, ist erbärmlich.

„Ja, ja, ja, o ja!“, stoße ich aus und stöhne, weil seine Zungenschläge immer mehr an Geschwindigkeit zunehmen und mich in den Wahnsinn treiben. Ich laufe aus. Mit Sicherheit klebt meine Feuchtigkeit komplett auf dem unteren Teil seines Gesichts. Ich rutsche geradezu über seine Lippen, so nass bin ich, und eine Hitzewelle rauscht durch meinen Körper. Ein heißer Schauer erfasst meinen Unterleib. Das Gefühl ist unglaublich.

Ich stehe kurz davor, die Klippe hinab zu stürzen, da geschieht etwas, was mich wie zu Stein erstarren lässt. Die Matratze sinkt ein, das Bett ruckelt, und dann sind da Arme, die sich von hinten um mich schlingen. Und Hände, fremde Hände, die meine Brüste umfassen. Was zur Hölle? Fredericks können es nicht sein, denn der hat nach wie vor meinen Hintern fest im Griff. Ich bin viel zu geschockt und erregt zugleich, um zu einer Reaktion fähig zu sein. Wer ist der Mann hinter mir? Ist es Richard oder Cruz? Ach du lieber Gott! Sind diese Kerle von allen guten Geistern verlassen? An was für Menschen bin ich bloß geraten?

Obwohl jetzt wohl der Moment gekommen wäre, beide Männer von mir zu stoßen, tue ich es nicht. Ich kann nicht. Ich will nicht. Ich brauche das hier. Deshalb verharre ich mit meiner Scham auf Fredericks Lippen und halte auch den anderen Mann nicht davon ab, mit meinen Nippeln zu spielen, als wären es Murmeln. *Heart, das geht zu weit!* Vielleicht. Vielleicht aber auch nicht. Womöglich habe ich mich ja mein Leben lang nach solch einem Abenteuer gesehnt. Nach Leidenschaft, wie sie noch kein Zweiter in mir geweckt hat.

Ich lege den Kopf in den Nacken und schmiege ihn an die Schulter des Fremden. Mir wird heiß und dann kalt und dann wieder heiß, als mir eine Brise aus Zigarrenrauch und süßen Früchten entgegen weht. Dieser Mann, er muss die gesamte Zeit über schon im Zimmer gewesen sein. Ihn habe ich vorhin gerochen und er war es auch, der mich gepackt und zu Bett getragen hat. Und das bedeutet, er hat alles gesehen. Wie ich mich am Stuhl gerieben habe. Wie Frederick mich geleckt hat. O mein Gott, ich weiß nicht, ob mich diese Erkenntnis erschreckt oder erregt. In meinem Kopf läuft ein kleines schmutziges Filmchen mit meinem Boss, Cruz und mir in den Hauptrollen ab. Ja, in meiner Vorstellung ist der Kerl, dessen Finger sich nun in meinem Haar verlieren, der heiße Latino Cruz Herrera-Perez.

Seine Fingerkuppen reiben kreisend über meine Kopfhaut und er schmiegt sich eng an mich, bevor er seine Hand in meinem Haar zur Faust ballt. An meinem Schopf drückt er mich energisch nach unten, sodass ich mit dem Oberkörper über Fredericks Kopf hänge. Mit den Ellenbogen stütze ich mich auf der Matratze ab. Mein Arsch zeigt in die Höhe und wer auch immer sich hinter mir befindet, kann sicherlich bis zu meiner Gebärmutter schauen. Und alles wonach ich mich sehne, ist, von einem Schwanz ausgefüllt zu werden. Denn im Augenblick bin ich jenseits von gut und böse und es ist mir sogar gleichgültig, wessen Schwanz es ist.

Fredericks Hände verlassen meinen Hintern, gleiten aufwärts und streichen meine Flanken hauchzart auf und ab. Seine Zunge bewegt sich nach wie vor über meinen angeschwollenen Kitzler, aber viel gemächlicher und sanfter als zuvor. Ich atme stoßweise und kreise mein Becken, weil ich die Spannung zwischen meinen Schenkeln kaum ertrage. Frederick gibt mir nicht genug, ich brauche so viel mehr. Mehr Zunge. Mehr Stimulation. Einen harten Schwanz in mir.

„Mehr, mehr, bitte mehr!“, hauche ich, denn ich fürchte, völlig den Verstand zu verlieren, wenn sie mich weiterhin kurz vor der Schwelle halten.

Mein Kopf wird so ruppig und plötzlich nach oben gerissen, dass ich aufschreie und unter der Augenbinde die Lider zusammenkneife. Eine Hand geht auf meinen Po nieder. Mehrfach. Rechts. Links. Rechts. Links. Ich schreie auf und der Schmerz und die Hitze auf meiner glühenden Haut treiben mich noch weiter an. „Ja!“, stoße ich voller Begehren aus. „Ja, weiter!“

Wieder geht ein Schlag auf mein Sitzfleisch nieder. Dann werde ich an meinem Schopf mit Karacho nach vorn gedrückt und was dann geschieht, ist mehr, als mein überreizter Körper ertragen kann. All meine Glieder versteifen sich, als der Mann hinter mir meine Pobacken auseinanderschiebt und über meinen Anus leckt. Das Gefühl, von gleich zwei Zungen stimuliert zu werden, ist befremdlich, verrückt und verdammt heiß. Nie zuvor habe ich etwas dermaßen Sündhaftes erlebt. Nie zuvor hat ein Mann in auch nur irgendeiner Weise mein verbotenes Loch berührt. Ich bin völlig überfordert, aber trotz allem nicht fähig, das hier zu beenden. Ich will das hier. So, so sehr.

Frederick fasst meine Brüste an, massiert sie und zwirbelt meine Brustwarzen. „Bereit?“, brummt er an meiner Scham und ich erzittere, weil die beiden Männer mir keine Sekunde geben, um mich an ihren Überfall zu gewöhnen. Beide lecken drauf los, was das Zeug hält, und meine Erregung steigt bis ins Unermessliche. Cruz, den ich hinter mir vermute, versetzt mir einen Klaps nach dem anderen, während er über meinen Anus züngelt. Mein Po steht in Flammen, aber ich liebe es. O mein Gott, ich kann gar nicht beschreiben wie sehr. Und Frederick saugt sich wie eine Saugglocke an meinem Lustknopf fest, kneift in meine Nippel und ich stöhne all meine Lust heraus. Der Orgasmus überkommt mich so blitzartig, dass ich mir für einen Moment wie schwerelos vorkomme. Ganze Galaxien tun sich vor meinen geschlossenen Lidern auf und Sterne tanzen vor meinen Augen. Wieder versteife ich mich und drücke meine klitschnasse Scham so nachdrücklich auf Fredericks Lippen, dass er sicherlich kaum Luft bekommt.

Die beiden Männer machen weiter und weiter, bis ich zittere und mich kaum mehr aufrecht halten kann. „Stopp, bitte, Stopp“, gebe ich keuchend von mir, denn jeder weitere Zungenschlag ist zu viel des Guten. Mein Lustknopf ist völlig überreizt und ich habe keine Kraft für einen weiteren derart sinnesraubenden Höhepunkt.

Cruz erlöst mich von seiner Zunge und versetzt mir einen letzten Klaps, bevor die Matratze wackelt und er anscheinend vom Bett steigt. Ich höre Stoff rascheln, das Klappern eines Gürtels und daraufhin die Tür, die sich öffnet und wieder schließt. Frederick umfasst meine Hüften und hievt mich von seinem Gesicht. Er setzt mich erst auf seiner Brust ab und schiebt mich dann behutsam neben sich, wo ich mich erschöpft auf den Rücken fallen lasse und schwer atmend liegen bleibe.

„Das ... das ... das“, ist alles, was ich herausbringe, denn mir fehlen die Worte. Mein Puls rast und ich lege eine Hand auf meine Brust, um mein polterndes Herz zu beruhigen. Ich versuche mich darin, langsamer zu atmen, weil mir durch den heftigen Orgasmus ganz schwindelig ist, aber es fällt mir schwer.

Unerwartet legt Frederick seine große, warme Hand auf meine. „Sht“, macht er und sein Atem weht mir entgegen. Er muss sich zur Seite gedreht haben. Vermutlich betrachtet er mich und wieder einmal gefällt mir der Gedanke viel zu gut. „Komm her“, flüstert er mir zu, „ich nehme dir die Augenbinde ab.“

Vorsichtig hebe ich den Kopf etwas an, sodass er den Knoten lösen kann. Er nimmt mir den Stoff von den Augen und wirft ihn neben das Bett. Das Licht im Raum ist zwar gedämpft, aber für mich im ersten Moment dennoch grell. Ich blinzle mehrfach dagegen an. Nachdem meine Augen sich an die

Lichtverhältnisse gewöhnt haben und auch meine Atmung ruhiger ist, setze ich mich auf und blicke mich in dem Zimmer um. „Wer war hier?“, erkundige ich mich und wage es nicht, die Frage zu stellen, die ich eigentlich stellen will. „Wer ... wer hat meinen ... Wer hat mich ...“ Verdammt, kann das denn so schwer sein? „War es Cruz?“

Frederick lacht und stützt sich mit einem Ellenbogen auf dem Bett ab. „Du willst wissen, wer deinen Arsch mit seiner Zunge entjungfert hat?“

War es denn so offensichtlich, dass diese Stelle meines Körpers unberührt war? Ich spüre, wie er mich ansieht, aber ich schaue stur geradeaus zur Badezimmertür. „Ähm ... ja“, erwidere ich kaum hörbar.

„Dann sag es. Stell mir die Frage und sieh mir dabei in die Augen, mein Herz.“

Sein leises Lachen beschert mir Gänsehaut und ich schäme mich, aber dennoch suche ich seinen Blick. Ich nehme all meinen Mut zusammen, hole tief Luft und wispere: „War es Cruz, der mich mit seiner Zunge beglückt hat?“

Frederick lächelt schief und seine sturmgrauen Augen blitzen auf. „Das wüsstest du gern, Herzblatt, nicht wahr?“ Mit den Fingerknöcheln fährt er meinen Kiefer entlang. „Aber ich werde es dir nicht verraten. Da musst du Perez schon selbst fragen.“

Ich beiße mir auf die Unterlippe und schaue schnell weg. „Das kann ich nicht.“

„Gut, dann hätten wir das geklärt“, meint er in amüsiertem Ton und schlingt einen Arm um meine Mitte. „Komm her, leg deinen Kopf auf meine Brust. Das war genug Aufregung für eine Nacht. Wir werden jetzt schlafen.“

Auch wenn es vollkommen irrsinnig ist, leiste ich Folge und bette meine Wange auf seinen Oberkörper. Ist es schlimm, dass ich mich wohlfühle? Dass es mir gefällt, wenn er mich Herzblatt nennt? Er drückt mich an sich und seine mächtige Erektion stößt gegen meinen Oberschenkel. Ich zucke zurück und räuspere mich. „Ähm und was ist damit?", frage ich mit Blick auf die Beule in seiner Hose. Natürlich nicht ganz uneigennützig, sondern weil ich unbedingt einen Blick auf seinen Penis erhaschen will, um herauszufinden, ob er meiner Fantasie entspricht.

„Mach dir darum mal keine Sorgen", äußert er trocken und es ist, als würde er mich mit eiskaltem Wasser übergießen.

Ich fühle mich abgelehnt und jetzt stört mich nicht nur, dass er mich nicht bei sich Hand anlegen lässt, sondern außerdem, dass er nicht mit mir geschlafen hat. Warum hält er sich zurück? Bin ich ihm zu unerfahren, zu jung und unwissend?

„Hör auf, irgendetwas hineinzuinterpretieren, mein Herz", sagt er und ich frage mich, ob er meine Gedanken lesen kann. „Es ist nicht, wie du denkst. Leg dich zu mir." Ohne Zurückhaltung packt er mich und nimmt mich in die Arme. Er zieht das Bettlaken über unsere Körper und bedeckt mich damit fast bis zur Nase. „Schlaf jetzt, Kleines, schlaf. Ich bin hier."

Sollte dich das nicht eher beunruhigen als beruhigen?, ruft meine innere Stimme laut und ja, sie mag recht haben. Doch das ändert nichts daran, dass ich ihn bei mir haben möchte. Ich will in seinen Armen einschlafen, auch wenn das wohl das Dümmste ist, was ich tun könnte. Denn wohin soll das hier schon führen, wenn nicht in eine Sackgasse oder zu einer Katastrophe?

„Frederick."

„Mhm?“, brummt er und malt kleine Kreise auf meinem Rücken.

„Warum hast du das getan? Ich meine, wieso hast du für meine Kündigung gesorgt?“

Er holt hörbar Luft. Sein Brustkorb, auf dem mein Kopf ruht, bläht sich auf, ehe Frederick die Luft wieder ausstößt. „Ich habe lange nach einer Frau wie dir gesucht. Dann habe ich dich gesehen und sofort gewusst, du bist die Richtige für den Job. Und wenn ich etwas haben möchte, dann bekomme ich es auch. Reicht das als Antwort?“

Ich schnaube auf. „Was soll das denn für eine Antwort sein. Wo willst du mich denn gesehen haben?“

„Im Hotel und das ist vorerst alles, was ich dazu zu sagen habe. Lass uns schlafen.“

Ich schiele zu ihm hinauf. Seine Augen sind geschlossen und er wirkt, als wäre er schon im Tiefschlaf. Weitere Antworten habe ich von ihm offenbar nicht zu erwarten. Also beschließe ich, meinen Fragenkatalog für heute Abend auf Eis zu legen und den richtigen Moment dafür abzupassen. Vielleicht hat er ja die Wahrheit gesprochen und hat mich durch puren Zufall entdeckt und Gefallen an mir gefunden. Natürlich rechtfertigt das meine von ihm heraufbeschworene Kündigung keineswegs und erklärt auch nicht, wie die Drohbriefe mit mir in Zusammenhang stehen. Aber vermutlich ist er es gewohnt, sich das zu nehmen, was er will und wann er es will. Ohne Rücksicht auf Verluste. Ich weiß es nicht, aber eines weiß ich sehr wohl: Ich werde ihm heute nicht zum letzten Mal gefolgt sein, denn ich möchte unbedingt herausfinden, was es mit diesem Mann auf sich hat. Ich werde all seine Geheimnisse ausgraben, denn er hat ohne Zweifel so einiges zu verbergen.

Kapitel 16 – Heart

Am nächsten Morgen weckt mich das Rauschen von Wasser, das aus dem Badezimmer zu mir vordringt. Ich schlage die Augen auf und greife neben mich. Fredericks Bettseite ist noch warm, aber leer. Er muss sich in der Dusche befinden. Wir haben bereits zehn Uhr am Morgen und ich habe geschlafen wie ein Stein. Unglaublich, ich kann mich nicht erinnern, wann ich das letzte Mal solch erholsamen Schlaf hatte. Ist es falsch, dass ich mich in den Armen meines möglicherweise kriminellen Bosses sicher fühle? In den Armen eines Mannes, der Menschen kennt, die andere Menschen verstümmeln wie den armen Kerl von gestern Abend? So sollte es wohl sein, aber so kann ich nun mal nicht empfinden. Frederick ist anders als alle Männer, die ich je kennengelernt habe. Seine Welt ist fremd und furchteinflößend, aber so aufregend, dass ich meine Neugier kaum zügeln kann.

Ich schlage die Decke zurück, erhebe mich aus dem Bett und schaue an mir herab. Ich bin noch nackt. Meine Muschi fühlt sich wundgerieben an, was ich sicherlich Fredericks Bartstoppeln zu verdanken habe. Eilig greife ich nach meinem Morgenmantel, der über einem Stuhl hängt, und ziehe ihn an.

Ich hadere mit mir, was ich als Nächstes tun soll. Am liebsten würde ich ins Bad gehen und einen Blick auf das riskieren, was mir in der Nacht verborgen geblieben ist: das beste Stück meines Bosses. *Aufzuwachen und als Erstes an den Schwanz deines Arbeitgebers zu denken, ist alles andere als normal. Ehrlich, Heart, das ist nicht in Ordnung,* schimpft meine innere Stimme. Doch auf die höre ich spätestens seit gestern Nacht nicht mehr. Auch wenn sich das rein rational nicht erklären lässt.

Auf den Zehenspitzen schleiche ich zur Badezimmertür. Sie ist einen Spaltbreit geöffnet und natürlich liegt die Frage nahe, ob das pure Absicht ist. Möchte Frederick von mir im Bad überrascht werden? Soll ich zu ihm unter die Dusche steigen? Ehrlich gesagt, habe ich damit gerechnet, alles, was gestern geschehen ist, zu bereuen. Aber ich tue es nicht. Nein, ich sehne mich nach mehr. Auch wenn das dumm ist, weil sich hieraus nichts Ernstes entwickeln kann. Zumal ich nicht vorhabe, mein Herz an meinen Boss zu verlieren, geschweige denn an Cruz, seine rechte Hand.

Als ich die Tür erreiche, luge ich durch den Spalt und habe den perfekten Blick in den Spiegel, der an der Wand gegenüber von der Dusche hängt. Fredericks breiter tätowierter Rücken ist darin zu sehen und sein überaus knackiger, trainierter Hintern. Ich stelle mir vor, wie es wäre, ihm Gesellschaft zu leisten, mit den Fingerkuppen jeden Muskelstrang und jede einzelne Feder des Engelflügel-Tattoos nachzufahren. Mit den Lippen, ja, ich würde eine Hundertschaft an Küssen auf seiner Haut hinterlassen. Meine Atmung wird schwerer, mein Herz schlägt schneller und dann rast es wie ein Rennwagen, denn Frederick hat ganz eindeutig gestöhnt.

Mein Blick klebt buchstäblich auf seinem Spiegelbild und mein Mund wird trocken, als mir klar wird, was ich da sehe. Ich werde Zeuge davon, wie Frederick J. Fonds, mein Boss, sich einen runterholt. In der Dusche. Vor meinen Augen. Ohne dass er von meiner Anwesenheit weiß. Und ich schäme mich nicht einmal vor mir selbst.

Das Bild, das er abgibt, ist zu göttlich, um jetzt den Blick abzuwenden. Seine Rücken- und Armmuskulatur arbeitet, sein Hintern und die kraftstrotzenden Oberschenkel und Waden sind angespannt. Es wirkt, als würden die Schlangen-Tattoos auf seinen Armen sich winden. Wasser fließt über seinen Körper, tropft aus seinem nachtschwarzen Haar. Mit einer Hand stützt er sich an den Fliesen ab, mit der anderen bearbeitet er seinen Schwanz. Das Klatschen seiner Faust, jedes Mal, wenn sie auf seine Haut trifft, hallt durch den Raum. Ich sollte wegschauen, etwas Anstand zeigen, aber den scheine ich irgendwo auf dem Weg von Deutschland nach Vegas verloren zu haben. Zu gern wäre ich es, die ihm jetzt Befriedigung verschafft. Warum macht er es sich selbst, wenn er mich, eine nackte Frau, neben sich im Bett hatte? Und warum hat er letzte Nacht nicht mit mir geschlafen, wenn er mich doch so offensichtlich wollte? Ich verstehe es nicht.

Frederick legt den Kopf in den Nacken und sagt: „Komm her."

Ich erstarre. Mein Herz schlägt mir bis zum Hals und meine Knie werden weich wie Pudding. Habe ich eben richtig gehört? Hat er etwa zu mir gesprochen? Als er sich abrupt umdreht, mit seinem gigantischen Schwanz in der Hand aus der Dusche steigt und auf mich zukommt, beantwortet sich meine Frage von selbst. Er öffnet die Tür komplett und seine sturmgrauen Augen fixieren mich an Ort und Stelle. Ich schlucke schwer, bin kaum fähig zu atmen, weil er mich erwischt hat und ich nicht weiß, wie ich mich erklären soll. Ist er jetzt sauer?

Ich schlage die Augen nieder, schließe sie und hole hörbar Luft. „Ich ... ähm ...“, stammele ich hilflos und nestele am Gürtel des Bademantels herum. Mir will keine gescheite Ausrede einfallen. Was auch immer zwischen uns geschehen ist, gibt mir noch lange nicht das Recht, den Voyeur zu spielen und Frederick heimlich zu begaffen. Er ist immerhin mein Boss. *Lachhaft. Schon seit dem Flug nach Vegas ist euer Arbeitsverhältnis doch kein Hindernis mehr. Außerdem hat er dir doch gestern gestanden, dich eingestellt zu haben, weil er dich unbedingt haben wollte. Was außer Sex soll er denn damit bitte gemeint haben? Dummes, naives Ding! Du bist genau da, wo er dich haben will.*

Mit Daumen und Zeigefinger umfasst er mein Kinn und hebt es an, um mir in die Augen zu schauen. Sein Blick ist dunkel und voller Lust. „Auf die Knie“, raunt er, legt eine Hand auf meine Schulter und drückt mich leicht nach unten.

„Was?“ Ich reiße die Augen auf. „Wa-Warum?“

„Du wolltest mir zusehen, also wirst du das jetzt auch tun. Aus nächster Nähe. Auf die Knie, mein Herz, und die Augen schön weit auf.“ Sein Grinsen rutscht auf eine Seite und ist so anzüglich, dass es für ein Flattern in meinem Schoß sorgt.

Ich kann ihm nicht widerstehen. Ich will es auch gar nicht, weil ich herausfinden möchte, was ein Mann wie er zu bieten hat. Vielleicht will ich auch einfach bloß meinen sehr begrenzten Horizont erweitern und er scheint mir genau der richtige Kandidat zu sein, um mir dabei zu helfen. Also schaue ich ihm fest in die Augen und sinke langsam vor ihm auf die Knie. Seine Iriden verdunkeln sich und Frederick leckt sich gemächlich über die Unterlippe. Er verschlingt mich buchstäblich mit seinen mehr als intensiven Blicken. Als ich den Boden berühre und Stück für Stück tiefer schaue, schlägt mein Puls immer schneller. Und dann ist da seine pralle Eichel, die wenige Zentimeter vor meinen Lippen schwebt.

Mir stockt der Atem und ich greife mir an den Hals. Unter meinen Fingerkuppen kann ich das rasante Pochen meiner Halsschlagader spüren. Wie ferngesteuert hebe ich die Hand, will sein prächtiges Glied anfassen und mich um ihn kümmern, wie er es gestern bei mir getan hat.

Doch er packt mein Handgelenk und hält mich auf. „Nicht anfassen oder ich fessele dich!“, knurrt er und lässt von mir ab.

Ich nicke zwar, aber ich verstehe diesen Mann nicht. Wen will er bestrafen, sich selbst oder mich? Als er die Faust schnell über seinen Schaft gleiten lässt, tritt jedoch auch diese Frage wie all die anderen, die ihr Unwesen in meinem Schädel treiben, in den Hintergrund. Frederick ist noch nass vom Duschen. Wassertropfen perlen an seinem athletischen Körper herab und ein glitschiges Schmatzen entsteht während seines Handjobs. Sein Anblick bannt mich, schickt kleine Stromstöße in meine Mitte und weckt das Verlangen nach mehr.

Seine Bewegungen werden schneller, ungestümer und seine Augen gehen auf halbmast. Alles an Fredericks Körper ist bis zur Perfektion getrimmt und fast zu vollkommen, um wahr zu sein. Da ist dieses V, das wie in seine Haut gemeißelt wirkt, und es zeigt wie ein Pfeil auf seine intimsten Stellen. Dann sind da noch dieses göttliche Sixpack und seine breite, definierte Brust. Seine Oberschenkel wirken zum Zerbersten angespannt und die Adern an seinem arbeitenden Arm treten merklich hervor. Alles an Frederick finde ich sexy, heiß und begehrenswert, obwohl er viele Jahre älter ist als ich.

Er brummt und zieht hastig Luft ein. Sein Stöhnen wird immer lauter und dann legt er den Kopf in den Nacken. „Zunge raus, mein Herz!“, verlangt er in rauem Ton und ich leiste unweigerlich Folge, strecke die Zunge heraus.

Bevor ich weiß, wie mir geschieht, geht Frederick etwas in die Knie, packt mich grob am Schopf und zieht meinen Kopf in den Nacken. Er schrubbt und rüttelt seinen Schwanz wie ein Wahnsinniger und schon im nächsten Moment spritzt er mehrfach auf meine Zunge. Auch meine Lippen, meine Nase und Wangen bekommen etwas von seinem Sperma ab. Dabei stöhnt er tief. Seine erotischen Laute gehen mir durch und durch und nichts lieber täte ich jetzt, als an seinem glorreichen Orgasmus anzuknüpfen und mich mit ihm wieder in Richtung Bett zu begeben. Aber Frederick zerschlägt meine Träumerei sogleich, indem er sich von mir abwendet. Wie eine Halbverhungerte glotze ich auf seinen trainierten Hintern, während er zurück ins Bad geht.

Er greift sich ein Handtuch, macht es nass und wischt sich damit über den Schritt. Dann wirft er es in den Wäschekorb, ehe er sich wieder zu mir umdreht und auf mich zukommt. Nach wie vor knie ich vor ihm auf dem Boden und er greift nach meinem mit seinem Samen besudelten Kinn. „Hast du gesehen, was du sehen wolltest, mein Herz?“, fragt er und hebt einen Mundwinkel.

Ich ziehe die Augenbrauen zusammen und forsche in seinem Gesicht. „Ich ... nein ... ja ... Ich meine ... Ich weiß es nicht“, stottere ich, denn ich traue mich nicht, zu fragen, was ich eigentlich fragen will. Nämlich: *Warum wolltest du nicht von mir berührt werden? Warum willst du nicht mit mir schlafen?*

Frederick geht nicht weiter auf mein Gestammel ein, sondern hilft mir wortlos auf die Füße. An meinen Schultern dreht er mich um die eigene Achse und schiebt mich vor sich her. „Geh duschen und zieh dich an. Wir haben Frühstück bestellt", flüstert er nah an meinem Ohr. „Auch wenn du gerade schon eine gute Portion Eiweiß hattest, hast du sicherlich noch Hunger. Nicht wahr?" Ich versteife mich und Frederick lacht.

Ohne Zweifel, mein Boss ist ein gottverdammt heißer und versauter Bastard.

Frisch geduscht und in einem lockeren weißen Sommerkleid verlasse ich fünfzehn Minuten später mein Zimmer. Mein Magen rumort, spielt geradezu verrückt und mir ist etwas übel. Aber nicht allein, weil ich Hunger habe, sondern vor allem, weil mich all die offenen Fragen wahnsinnig machen. Die drei Männer sitzen bereits am Tisch, als ich den Wohn-Essbereich betrete. Frederick liest Zeitung. Richard scrollt auf seinem Handydisplay herum. Cruz sieht mir direkt ins Gesicht. Sein Blick trifft mich so unvermittelt, dass ich kurz stehenbleibe und die Luft anhalte. Er grinst bis über beide Ohren. Wie ein Schelm und ich kann seinem belustigten Blick nicht länger standhalten.

Ich schlage die Augen nieder und nehme am Frühstückstisch Platz, ohne einen der Männer ansehen zu können. Meine Knie sind so weich, dass ich geradezu auf den Stuhl plumpse, anstatt mich ordentlich hinzusetzen. Mir ist kochend heiß und die Hitze steigt mir zu Kopf. Spürbare Röte breitet sich auf meinen Wangen aus und ich weiß nicht, wie ich dieses Frühstück überstehen soll. Wie soll ich in Anwesenheit dieser Kerle und bei allem, was sie mit mir angestellt haben, auch nur einen Bissen herunterbekommen? All dieses Testosteron, das mich umgibt, ist zu viel für mich. Ich schwitze unnatürlich und meine Finger zittern, weshalb ich sie auf meinem Schoß unter der Tischplatte verstecke. Richard oder Cruz, Richard oder Cruz, wer von beiden hat letzte Nacht all diese unzüchtigen Dinge mit mir angestellt? Und ist es schändlich, auf eine Wiederholung zu hoffen? Vermutlich.

Hat Frederick mich deshalb ausgewählt? Weil er mir angesehen hat, dass ich mich nach Unaussprechlichem sehne? Er will mich gesehen und auf Anhieb gewollt haben? Soll ich ihm eine derart an den Haaren herbeigezogene Story etwa glauben?

„Guten Morgen, Schönheit", zwitschert Cruz verdächtig fröhlich und steht auf. Er greift nach der Kaffeekanne und kommt um den Tisch herum. „Eine kleine Koffeinspritze gefällig?" Ich erschauere, als er sich von hinten über mich beugt. „Darf ich?", fragt er und hält mir die Kanne vors Gesicht.

Ich räuspere mich und streiche mir die Haare hinter die Ohren. „Ähm, also, ähm, ja, klar, gern. Ich danke dir", sage ich abgehakt und schüttele über mich selbst den Kopf, weil ich mich so unbeholfen verhalte.

Cruz schenkt mir ein und Richard löst den Blick von seinem Handy. Er steckt es in seine Jackentasche und mustert mich. „Guten Morgen", grüßt er und runzelt die Stirn. „Was ist mit dir? Wieso bist du so rot? Hast du ein schlechtes Gewissen? Ich hoffe es doch!"

„Wie bitte?", stoße ich aus und mein Herz klopft laut. Worauf spielt er an?

„Ob du ein schlechtes Gewissen hast, weil du mir etwas in den Drink gekippt hast, meine ich, du kleine Schlange", äußert er und wirkt ziemlich angepisst.

Oh, ups, ach so, diese Sache hatte ich schon wieder ganz vergessen. Ich beiße mir auf die Unterlippe und zwinge mich zu einer Entschuldigung, auch wenn ich die nicht zu einhundert Prozent ernst meine. „Es kommt nicht wieder vor. Tut mir leid, Richard“, sage ich und untermale meine Worte mit einem Hundeblick und klimpernden Wimpern, was jedoch nicht die erwünschte Wirkung hat. Richard macht ein Gesicht, als hätte er in eine Zitrone gebissen. Offensichtlich kauft er mir die Reue nicht ab. Na ja, da kann man nichts machen.

Frederick schlägt seine Zeitung zusammen und legt sie neben seinen Teller auf den Tisch. Er sieht von mir zu Richard. „Gut, dann wäre das geklärt. Kommen wir zum nächsten Thema. Heute Abend müssen wir weg. Rich, du bleibst bei Heart.“

Richard knallt die Kaffeetasse, aus der er gerade trinken wollte, zurück auf den Unterteller. Es scheppert laut. „Ich muss schon wieder hier bleiben und den Babysitter spielen?“, mault er und verdreht die Augen. „Cruz war gestern mit dir unterwegs. Kann er nicht heute auf die Teufelsgöre aufpassen? Nicht, dass sie noch mal auf dumme Ideen kommt und ich wieder Ärger wegen ihr kassiere.“

Ich greife nach meinem O-Saft und blicke zwischen den Männern hin und her.

Cruz grinst seinen Kumpel an und wackelt mit den Augenbrauen. „Mein Freund, ich finde ja, der Babysitter-Job steht dir ausgesprochen gut. Du solltest über einen Job-Wechsel nachdenken, Mann.“

Frederick lacht und Richard flucht: „Wichser, leck mich doch am Arsch!“

Das ist zu viel für mich. Ich zucke zusammen und verschlucke mich an meinem O-Saft, weil ich bei seinen Worten sofort an vergangene Nacht denken muss und daran, dass ich wahrhaftig am Arsch geleckt wurde. Während ich wie verrückt huste, klammere ich mich an der Tischkante fest und pruste den

Saft über die weiße Tischdecke. Bilder des gestrigen feuchtfröhlichen Abenteuers fluten meinen Verstand und ich bekomme den Hustenanfall gar nicht mehr unter Kontrolle. Frederick klopft mir auf den Rücken und ich brauche eine ganze Weile, bis ich mich beruhigt habe und mir nicht mehr die Seele aus dem Leib keuche.

Ich räuspere mich. „Bitte entschuldigt, ich ... ich habe mich verschluckt."

Richard fährt in die Höhe. „Na fein! Dann passe ich eben auf", speit er und düst ab in Richtung seines Zimmers.

Frederick nimmt meine Hand. „Heart ...", sagt er und ich schaue ihn an.

„Ich weiß, ich weiß", falle ich ihm ins Wort, „wenn ich wieder etwas anstelle, wird das Konsequenzen haben. Ist bei mir angekommen." Aber trotz allem sind mir die Konsequenzen egal. Wenn die Strafe wie die von gestern Nacht aussieht, nehme ich sie gern in Kauf, um mehr über meinen Boss und dessen Machenschaften herauszufinden.

Der Vormittag und der Nachmittag verstreichen langsam. Der Sekundenzeiger scheint sich kaum vorwärtszubewegen. Immer wenn ich auf die Uhr schaue, sind gerade mal ein paar Minuten vergangen. Richard hat sich kein einziges Mal blicken lassen, seitdem er heute früh die Biege gemacht hat. Offenbar ist er beleidigt, was ich natürlich verstehen kann. Ich wollte auch nicht zuhause bleiben müssen, während meine Freunde auf eine Gala, Party oder was auch immer gehen und sich womöglich vergnügen.

Die beiden anderen Männer verschwinden ein paar Mal gemeinsam in Fredericks Zimmer, weil sie angeblich geschäftliche Videokonferenzen haben. Natürlich kaufe ich ihnen das nicht ab und lausche wieder im Bad an der Tür. Dabei finde ich heraus, dass die heutige Veranstaltung, die Cruz und Frederick aufsuchen, in einem Stripclub hier im *Whiscott Hotel* stattfinden wird. Auch diesmal ist Fredericks Cousin Jackson der Gastgeber und wieder beschließe ich, meinem Boss zu folgen. Irgendwie werde ich Richard schon überlisten.

„Haben deine *Whiscott Girls* den Dealer in Kanada ausfindig machen können?“, will Frederick von seinem Cousin wissen.

Das Telefonat ist auf Lautsprecher gestellt, sodass ich Jacksons tiefe, raue Stimme deutlich hören kann. „Ja, haben wir und offenbar hat der Flurfunk gut funktioniert. K hat erfahren, was mit Bucks geschehen ist und dass dieser geplaudert hat. Ks Dealer in Kanada, Morty Jones, hat uns deshalb bereits erwartet und gebührend empfangen. Es gab eine Schießerei, aber nichts, was meine Mädels nicht hätten händeln können. Sie haben Morty in die Finger bekommen und befragt, aber der wusste nicht viel. Nur, dass es K um Rache geht und er auf der Suche nach Ciara ist, aber Letzteres wussten wir ja bereits. Auch wenn wir keinen Schimmer haben, warum er sie sucht. Tja, mehr konnten wir aus Morty nicht herausquetschen. Aber ich habe auch gute Neuigkeiten: Eines meiner verschollenen Whiscott Mädchen ist wieder aufgetaucht. Die Kleine ist vor fast sechs Monaten verschwunden und jetzt rate mal, wo wir sie aufgegabelt haben.“

„In Kanada“, meint Frederick trocken.

„Genau, bei Morty Jones in Kanada. Die Kleine hat sich Hals über Kopf in den Dealer verliebt und der hat sie die gesamte Zeit über versteckt gehalten.“

„Wo ist das Whiscott Girl jetzt?“

„Natürlich hier vor Ort, damit wir ihr ein paar Fragen stellen können. Vielleicht weiß die Kleine ja etwas über K, das uns weiterhilft.“ Kurz wird es still, ehe Jackson Whiscott sagt: „Also, Mann, ich muss los. Die ersten Gäste kommen. Wir sehen uns dann nachher im Club. Ciao.“

„Ciao.“

„Was hat Ciara bloß mit der Sache zu tun?“, äußert Cruz und in mir regen sich die Fragen, von wem die Rede ist und weshalb sich jemand an Frederick Fonds rächen möchte. Was kann er getan haben?

„Ich weiß es nicht“, erwidert Frederick und ein dumpfer Knall dringt zu mir vor, als hätte er irgendwo dagegen gehauen. „Aber wir werden es herausfinden. Ich kann mir nur vorstellen, dass man sie als Druckmittel gegen mich einsetzen will. Letzten Endes ist das Warum egal, er darf sie nicht finden. Also, wir sollten uns umziehen. Mein Cousin erwartet uns, mein Freund.“

Ich husche aus dem Bad in mein abgedunkeltes Zimmer, kuschele mich unter die Bettdecke und stelle mich schlafend. Kaum zehn Minuten später steckt Frederick den Kopf zur Tür herein. „Bis nachher, mein Herz“, flüstert er in die Dunkelheit hinein, aber ich antworte nicht, sondern mime weiterhin das Dornröschen.

„Wir sind weg, Rich“, ruft Cruz und auch Frederick verabschiedet sich von seinem Freund.

„Sie schläft, aber pass auf, dass sie keinen Unsinn treibt, falls sie aufwacht. Also dann“, sagt mein Boss, ehe das Zuschlagen der Tür zu hören ist.

„Fickt euch doch!“, flucht Richard und schon im nächsten Moment lugt auch er zu mir ins Zimmer herein. „Wie gut, dass du schläfst, du kleine Teufelsgöre! Dann stiftest du wenigstens keinen Ärger.“ Er zischt verächtlich, schließt meine Zimmertür und ich beschäftige mich damit, einen Plan auszuklügeln, wie ich Richard auch diesmal austricksen kann. Vermutlich sollte ich nicht so dumm sein, die Sicherheit dieser Räumlichkeiten ein weiteres Mal auf eigene Faust zu verlassen. Genau genommen ist es sogar eine äußerst dämliche Idee, wenn man bedenkt, dass es jemanden da draußen gibt, der sich wegen irgendetwas an meinem Boss rächen möchte. Aber ich kann nicht anders, weil ich tief in mir nach wie vor Detektivin bin und für das Aufklären von Fällen brenne. Ich will wissen, was Cruz und Frederick heute Abend in diesem Club namens *Vulva* treiben. Hoffentlich ist der Name nicht Programm. Denn es würde mir gar nicht gefallen, wenn Frederick sich mit einer anderen Vulva beschäftigt, wo ihm doch meine zur Verfügung steht.

Na ja, und selbst wenn mein Vorhaben sich gegen Fredericks Anweisungen richtet: Was soll mir hier, in einem riesigen Casino Hotel mitten in Vegas unter Hunderten von Zockern, Hotelgästen und Angestellten schon passieren? Und was soll Frederick schon tun, falls er mich im Club entdeckt? Kündigen wird er mich wohl kaum, bevor ich nicht seine Memoiren beendet habe. Zumal er anzunehmen scheint, dass auch ich irgendwie in die Sache mit diesem K verwickelt bin. Auch wenn ich das mehr als abwegig finde. Aber es ist ein weiterer Grund, aus dem er mich nicht einfach fortschicken wird, obwohl ich wieder einmal nicht auf ihn hören werde. Tja, und sollte meine Strafe sich gestalten wie die von letzter Nacht, nehme ich gern die doppelte und dreifache Portion davon. *Du dummes, unersättliches Ding*, kreischt meine innere Stimme, *du wirst wohl erst gelernt haben, wenn du ordentlich auf die Nase fällst.*

Ja. Vielleicht. Aber wie jedes Mal, seitdem ich damals als Detektivin angefangen habe, ignoriere ich meinen gesunden

Menschenverstand und folge allein der Neugier, die in meinem Herzen brennt.

Frederick und Cruz sind schon eine halbe Stunde weg, da hat mein Plan Gestalt angenommen. Ich schalte die Nachttischlampe an und klettere leise aus dem Bett. Genauso leise werfe ich mich in Schale. Ich streife mein hautenges schwarzes Minikleid mit Schößchen über, lege etwas Schminke auf und schlüpfe in schwarze High Heels. Nachdem ich einen knappen Blick in den Spiegel geworfen habe, husche ich ins Badezimmer. Ich schließe die Tür im Bad, durch die man in Fredericks Zimmer gelangt, von innen ab und ziehe den Schlüssel aus dem Schloss. Dann eile ich zur Dusche, schalte sie an und verlasse das Bad. Das Wasser habe ich extra heiß eingestellt, weshalb der Spiegel schon nach wenigen Sekunden beschlagen und der Raum von Wasserdampf erfüllt ist.

Ich öffne die Badezimmertür so weit wie möglich und verstecke mich dahinter, sodass Richard mich nicht sieht, wenn er das Zimmer betritt. Jetzt kann ich nur noch hoffen, dass mein Plan aufgeht. Ich nehme all meinen Mut zusammen, hole tief Luft und rufe laut: „Richard, Hilfe! Ich bin im Bad. Hilfe, ich bin gestürzt!“

Siehe da, keine zwei Sekunden später wird die Tür aufgerissen und donnert gegen die Wand. „Heart, Heart, ist alles okay?“, sagt Richard, als er das Bad betritt, und klingt ernsthaft besorgt. Diese eine Millisekunde nutze ich aus, um die Tür, hinter der ich ausgeharrt habe, zuzuschlagen und abzuschließen.

Richard begreift schnell, was hier vor sich geht. Er hämmert gegen das Türblatt. „Du verdammte Teufelsgöre, du bringst uns noch in Teufelsküche!“, grollt er bitterböse. „Scheiße, mach auf! Heart, mach, verdammt noch mal, auf! Das ist nicht lustig.“

Während er flucht wie ein Dreckspatz und brüllt wie ein Löwe, hake ich zusätzlich noch einen Stuhl unter den Türklinken in meinem und Fredericks Zimmer ein, um Richard den Ausbruch zu erschweren. Hoffentlich hat er sein Handy nicht dabei. Das ist das Nächste, was ich prüfen werde. Ich schnappe mir meine Clutch und die Schlüsselkarte, die ich Richard gestern entwendet und nicht wieder zurückgegeben habe, und eile in den Wohnraum. Tatsächlich ist das Glück auf meiner Seite, denn Richards Smartphone liegt auf dem Sofa. Ich nehme es zur Hand, stelle es auf lautlos ein und lege es hinter den Flachbildfernseher, damit Richard es nicht sofort findet, wenn er es denn schaffen sollte, das Badezimmer zu verlassen. Die Türen wirken sehr robust.

Als ich aus dem Penthouse in den Flur trete, folgen mir Richards aufgebrachte Rufe. Die Tür geht zu, ich renne los und lasse alle Bedenken, wenn ich denn überhaupt je welche hatte, hinter mir. Die Euphorie, die mich überkommt, weil ich Richard aufs Neue überlistet habe, ist wirklich unangebracht. Aber sie ist existent. Ja, ich habe Spaß daran, meine trotzige Seite zu erkunden und wieder etwas Detektivarbeit leisten zu dürfen. Immerhin habe ich meinen Job im Hotel geliebt. Und noch viel mehr Freude bereitet es mir, Frederick und seinen Freunden die Stirn zu bieten.

Du hast den Ernst der Lage nicht begriffen, warnt mich meine innere Stimme, doch auch diesmal schenke ich ihr keinerlei Gehör. Ich bin von Natur aus neugierig und habe Menschen in den letzten fünf Jahren von Berufs wegen auf den Zahn gefühlt. Somit könnte ich mein Verhalten auf meinen Werdegang schieben, aber die Wahrheit ist viel simpler: Ich will mit eigenen Augen sehen, ob Frederick sich heute Nacht eine andere Frau angeln wird. Immerhin geht er in einen Stripclub.

Die Erwachsene in mir rollt genervt mit den Augen, denn sie hat keine Lust auf Eifersuchtsdramen, und schon gar nicht wegen ihres Arbeitgebers. Aber der weitaus größere Teil von mir, der von Frederick Fonds in Brand gesetzt wurde, würde es nicht ertragen, wenn er eine andere berührt oder gar besteigt. Mir ist durchaus bewusst, dass ich den Mann kaum kenne. Dass er mir einen moralisch fragwürdigen Arbeitsvertrag vorgesetzt hat, aus dem ich so leicht nicht herauszukommen scheine. Allerdings will ich das ja auch gar nicht. Genauso bewusst ist mir, dass Frederick zwielichtige Gestalten kennt, denen ich bei Nacht nicht allein begegnen wollen würde. Mein Gott, er selbst ist solch eine Gestalt. All das weiß ich, aber es reicht nicht aus, um mich von meinem Vorhaben abzubringen.

Als ich unten in der Casino-Ebene ankomme, mische ich mich unters Volk. Gut gelaunte Menschen strömen mir aus allen Richtungen entgegen und ich gehe buchstäblich in der Menge unter, was mir zugutekommt. Nicht, dass Frederick sich am Ende noch hier irgendwo herumtreibt und mich entdeckt, bevor ich ihm nach schnüffeln konnte. An einem Wegweiser mache ich Halt und prüfe auf der Hotelkarte, wie ich zum Club *Vulva* gelange. Er ist zum Glück nicht weit entfernt und so kommt es, dass ich mich kaum fünf Minuten später in unmittelbarer Nähe befinde.

Vor einem einarmigen Banditen nehme ich Platz und luge zum Eingang des Clubs. Eine elendig lange Menschenschlange hat sich davor gebildet, eine Person ist besser gekleidet als die andere. Ich weiß gar nicht, wohin ich schauen soll bei all den Frauen in funkelnden Kleidern und Herren in schicken Anzügen. Mehrere Security-Männer bauen sich wie eine Mauer vor dem Rundbogentor auf, durch das man ins Innere des Schuppens gelangt. Sie halten Klemmbretter in den Händen und scheinen darauf die Namen der ankommenden Gäste durchzustreichen. Mist! Das bedeutet für mich, ich kann den Club nicht auf normalem Wege betreten, aber mit Sicherheit gibt es einen Hintereingang oder einen Zugang fürs Personal.

Mit Blick auf den Eingang recke ich den Kopf und bemerke, dass ich beobachtet werde. Ein dunkelhaariger Mann setzt sich auf den Stuhl neben mir und grinst mich an. „Guten Abend, schöne Frau, was gibt es dort vorn denn so Interessantes zu sehen?“ Er nimmt einen Schluck von seinem Longdrink und wirft einen kurzen Blick zum Club, bevor er in meinem Gesicht forscht.

Irgendwie kommt der Typ mir bekannt vor, aber das mag wohl daran liegen, dass ich aktuell in jedem Mann mit schwarzem Haar und sturmgrauen Augen Frederick wiedererkenne. Ich schenke ihm ein unverbindliches Lächeln und zücke eine Dollarnote aus meiner Clutch, um sie in den einarmigen Banditen zu schieben. „Guten Abend“, grüße ich zurück, „ach, ich habe mich nur gefragt, was für eine Veranstaltung im *Vulva* wohl stattfindet. Sieht aus, als wäre der Club für eine geschlossene Gesellschaft geöffnet.“ Ohne den leicht aufdringlichen Typen weiter zu beachten, ziehe ich am Arm des Banditen und der Automat gibt sein typisches Gedudel von sich. Ich achte gar nicht darauf, ob ich gewinne oder verliere, sondern habe nach wie vor das Tanzlokal im Visier.

Eine Hand landet auf meinem nackten Knie und mein Blick zuckt nach unten, ehe er sich auf den Mann im schwarzen Sakko richtet. „Ja?“, frage ich in spitzem Ton und schmälere die Augen.

Das Grinsen des unverschämten, aber auch unverschämt heißen Typen rutscht auf eine Seite. Anstatt mein Knie loszulassen, lässt er auch noch seinen Daumen auf meiner Haut kreisen. Was will er? Er neigt sich mir entgegen. „Eine schöne Frau wie Sie muss sich nicht fragen, was für eine Veranstaltung das ist. Sie können es gern herausfinden, wenn Sie mir Gesellschaft leisten“, bietet er mir an und greift in die Innentasche seines Sakkos. „Ich habe ganz zufällig zwei Karten für den heutigen Abend und noch keine Begleitung.“

Na, das nenne ich mal einen glücklichen Zufall. Oder eher Schicksal? Vielleicht sogar göttliche Fügung? Keine Ahnung, aber sicher ist, dass ich mir diese Chance nicht entgehen lassen werde, auch wenn ich Mister Aufdringlich dann für eine Weile an der Arschbacke kleben habe. So eine Möglichkeit bietet sich sicherlich nicht zweimal und deswegen darf ich sie nicht verstreichen lassen. Frederick würde mich wahrscheinlich killen, weil ich mit einem Fremden spreche. Einem Fremden, der mich anbaggert und sich bestimmt Gott weiß was für heute Nacht von mir erhofft.

Mit durchgedrücktem Rücken und klimpernden Wimpern wende ich mich dem Mann zu und strecke ihm meine Hand entgegen. „Mein Name ist H... Ciara und es wäre mir eine Ehre, Ihnen Gesellschaft zu leisten. Vielen Dank für die Einladung“, sage ich und konnte mich gerade noch so davon abhalten, mich mit meinem richtigen Namen vorzustellen. Den braucht der Fremde nicht zu wissen. Warum ich Ciara gewählt habe, weiß ich nicht. Es war der erste Name, der mir in den Sinn gekommen ist. Vermutlich weil ich ihn vorhin aus Fredericks Mund gehört habe und er noch so präsent in meinem Kopf war.

Mister Aufdringlich nimmt meine Hand und schüttelt sie. „Ciara“, sagt er und seine sturmgrauen Augen leuchten auf, „es ist mir eine Freude. Mein Name ist Kayden. Wollen wir?“ Wie ein wahrer Gentleman verneigt er sich leicht vor mir, erhebt sich schließlich und hält mir seinen Arm hin. Kayden ist groß und mindestens so attraktiv wie Frederick oder Cruz und auch er wirkt geheimnisvoll und etwas düster. Sein Haar trägt er zu einem Knoten nach hinten gebunden und an den Seiten kurzgeschoren. Sein Kinn ist markant, die Lippen voll und die Nase kerzengerade. Er ist ein schöner Mann mit einem Dreitagebart, der ihn älter wirken lässt, als er es vermutlich ist.

Ich hake mich bei ihm ein und sage: „Danke, gern.“

Gemeinsam schlendern wir auf die Schlange vor dem Club zu und stellen uns an. Wir warten gut fünfzehn Minuten, bis wir endlich vorne angelangt sind. Mein Begleiter überreicht einem der Türsteher die Eintrittskarten und nachdem Kayden abgetastet worden ist und man einen Blick in meine Clutch geworfen hat, dürfen wir die Rundbogentür passieren. Endlich. Mission gelungen. Ich kann es kaum glauben. Am liebsten würde ich auf und ab hüpfen. Wieder überkommt mich diese Euphorie, die ich noch gut von meinem Detektiv-Job kenne. Jedes Mal, wenn ich ein Problem gelöst oder einen Dieb im Hotel gefasst hatte, fühlte ich mich genau wie jetzt. Wie eine Siegerin und als hätte ich einen wertvollen Beitrag für das Hotel und die Gesellschaft geleistet. Risikobereitschaft gehört nicht nur zu meinen naturgegebenen Eigenschaften, sie gehörte auch zu meinem Job. Ich werde es schrecklich vermissen, die Spürnase des *Jennings Hotels* zu sein, deswegen kommt es mir gerade recht, meine Fähigkeiten jetzt einsetzen zu können.

Wir betreten einen länglichen verspiegelten Flur mit bunten Neonleuchten, deren Licht wild umher tanzt. Auf der rechten Seite befindet sich eine Nische, in der eine junge Frau Sakkos, Taschen und Jacken zur Verwahrung entgegennimmt. Wir gehen jedoch daran vorbei, denn keiner von uns beiden hat etwas abzugeben. Glücklicherweise ist es hier trotz der Neonlichter dunkel genug, sodass man mein Gesicht unter den unzähligen anderen nicht herausdeuten kann. Frederick wird mich also hoffentlich nicht entdecken und aktiv nach mir suchen wird er nicht, weil er mich ja schließlich nicht erwartet. Wenn das Glück auf meiner Seite ist, braucht Richard eine kleine Ewigkeit, um sich zu befreien. Voller Zufriedenheit grinse ich in mich hinein und fröne meiner Abenteuerlust. Ein bisschen freue ich mich ja auf den Ärger, den ich spätestens dann bekommen werde, wenn Richard mich an Frederick verpfeift. Eine Zurechtweisung wie gestern Nacht lasse ich von Herzen gern noch einmal über mich ergehen.

Mister Aufdringlich aka Kayden macht seinem Spitznamen alle Ehre und schlingt einen Arm um meine Hüften. Er zieht mich eng an seine Seite, legt seine Lippen an mein Ohr und flüstert mir irgendetwas zu, das ich aufgrund des Geräuschpegels nicht verstehe. Ich reagiere einfach nicht und gehe still neben ihm her, ohne ihn von mir zu schieben, was ich eigentlich gern täte. Rechts und links von uns an den verspiegelten Wänden gehen Türen ab. Goldene Ziffern prangen darauf. Ich lasse mich von Kayden durch eine dieser Türen führen und begreife zu spät, wo ich hier gelandet bin.

Mitten in dem runden Zimmer bleibe ich stehen, drehe mich im Kreis und betrachte die Gegenstände, die an Eisengestellen hängen, fassungslos. „Was soll das, Kayden? Warum sind wir hier ... allein?“, frage ich bissig und komme direkt zum Punkt. Die Bässe von draußen kann ich hier kaum noch hören und nur als dezente Vibrationen unter meinen Füßen spüren. Wenn ich diese Tatsache richtig deute, heißt das, die Wände dieses Raums sind schallisoliert. *Ja, wunderbar, Heart, ge-*

rade eine Minute im Vulva und schon sitzt du in der beschissenen Zwickmühle!, verspottet mich meine innere Stimme und lacht sich einen Ast.

Kayden lehnt lässig mit dem Rücken an der Tür, die Arme vor der breiten Brust verschränkt, die Beine überkreuzt. „Gefällt Ihnen die Aussicht etwa nicht, Ciara?“ Er zieht eine Schnute und schaut sich im Raum um, als könnte er meine Verwunderung kein bisschen nachvollziehen. Ich antworte nicht, sehe ihn bloß finster an, also fährt er fort. „Sie wollten doch wissen, was im *Vulva* vorgeht. Da haben Sie es.“ Er hebt beide Arme und deutet auf die zahllosen Folterinstrumente um uns herum. „Und Sie, meine Liebe, dürfen es sogar aus erster Hand erfahren, wie es ist Kunde hier zu sein. Wir zwei beiden Hübschen können gemeinsam unseren Spaß haben. Oder stehen Sie etwa nicht auf solche Spielchen?“

Ich schlucke schwer, trete näher an ein paar Peitschen, die von einem Ständer baumeln, und streiche mit den Fingerkuppen über das Leder. „Ich ...“, stammele ich und denke zurück an meine erste und einzige Beziehung, die endete, weil mein damaliger Freund, dieses Schwein, mich aus Wut krankenhausreif geprügelt hat. Mir ist klar, dass es Menschen gibt, die bei solchen Spielchen Lust empfinden. Aber ich fühle nichts als Zorn, Beklemmung und lähmenden Schmerz beim Anblick all dieser Spielzeuge. Ich kann Kayden nicht einmal mehr in die Augen blicken, denn ich möchte nicht, dass er den Schmerz in meinen erhascht.

„Hey.“ Kayden umfasst meine Schultern, woraufhin ich ihn augenblicklich von mir stoße. Er taumelt ein paar Schritte rückwärts.

„Nicht!“, zische ich und halte meine Handflächen wie ein Stoppzeichen vor sein Gesicht.

„Wow!" Er hebt die Hände ebenfalls, und zwar so, als würde er sich ergeben. „Ich wollte Ihnen keine Angst machen, Ciara. Hören Sie, es tut mir leid", beteuert er und stößt einen Schwall Luft aus. „Ich würde niemals etwas tun, was Sie nicht wollen. Soll ich uns etwas zu trinken besorgen?"

Ich seufze und lockere meine Schultern, während ich versuche, die schlimmen Erinnerungen zu verdrängen. „Ja", flüstere ich, „ja, gern."

„Was möchten Sie? Einen Cocktail oder doch lieber Wasser?"

Ich nicke. „Wasser ist gut."

„In Ordnung. Lassen Sie uns in den öffentlichen Bereich gehen", schlägt er vor und hält mir wieder seinen Arm hin, damit ich mich bei ihm einhaken kann.

Als wir das Spielzimmer verlassen, löst sich die Enge in meiner Brust und ich kann wieder befreiter atmen. Kayden führt mich bis zum Ende des langen Flurs und wir treten durch einen schwarzen Vorhang, woraufhin wir uns mitten auf einem Dancefloor befinden. Aufgrund all der tanzenden Menschen ist die Luft wie aufgeheizt. Es duftet nach einer Vielzahl verschiedener Parfüms, Alkohol und Schweiß. Am anderen Ende der Tanzfläche legt ein DJ an einem Pult auf und wirft die Arme energisch zum Beat in die Höhe. Es ist furchtbar laut hier und bunte Lichter zucken durch den Raum. Ich kann mir schwer vorstellen, dass Frederick sich hier befindet, er ist wohl eher in einem der privaten Räume. Vielleicht gehe ich das Risiko ein, einfach vorne bei den Security-Leuten nachzufragen. Irgendwie muss ich Kayden abhängen.

In der Nähe des WC-Schilds bleibe ich stehen und stelle mich auf die Zehenspitzen, um ihm etwas ins Ohr zu grölen.

„Gehen Sie schon mal an die Bar. Ich komme nach. Ich muss mich noch kurz erleichtern."

Kayden nickt und deutet dorthin, wo sich eine gläserne Bartheke befindet. Ich hebe den Daumen in die Höhe, um ihm zu signalisieren, dass ich ihn gleich dort treffen werde. Was ich natürlich nicht vorhabe. Er geht seiner Wege und mit einem letzten Blick auf seinen Rücken schlage ich die Richtung ein, aus der wir eben gekommen sind. In Windeseile schiebe ich mich durch die zuckende, tanzwütige Meute und erreiche den Vorhang. Ich trete hindurch und pralle mit jemandem zusammen, der gerade die Tanzfläche betreten will. Der Zusammenprall ist so heftig, dass es mich fast von den Füßen haut. Hände packen mich und verhindern meinen Sturz.

Ich schaue auf und wünschte noch im selben Moment, ich könnte mich in Luft auflösen. Mein Herz setzt gleich mehrere Schläge aus, denn es sind Cruz' dunkle Augen, in die ich blicke. Er starrt mich vollkommen entgeistert an und für ein paar Sekunden steht ihm sogar der Mund offen. Fuck, fuck, fuck! Dass sie mich so schnell entdecken würden, war nicht geplant. Ich scheine all meine detektivischen Fähigkeiten verloren oder in Deutschland zurückgelassen zu haben.

„Verdammte Scheiße!", flucht Cruz. Ich konnte ihn zwar nicht hören, weil die ohrenbetäubende Musik alles übertönt, aber ich habe die Schimpfwörter von seinen Lippen abgelesen.

An meinem Ellenbogen schleift er mich hinter sich her, von den Partygästen weg und durch den Vorhang, hinein in den verspiegelten Flur. Er fliegt dem Ausgang geradezu entgegen. Sein Schritt ist so schnell, dass ich mehrfach fast über meine eigenen Füße stolpere. „Was hast du lebensmüdes Mädchen dir nur dabei gedacht?", grollt er. „Wir müssen dich hier raus schaffen, bevor Frederick dich sieht. Ein einziges Mal werde ich dir den Arsch retten, ein Mal, Heart. Hörst du mich?" Auf einmal packt er mich und drückt mich gegen die Wand. „Du wirst jetzt zurück ins Penthouse gehen. Auf direktem Weg. Haben wir uns verstanden? Du warst niemals hier. Kapiert, Kleine? Ich rede mit Richard und dann ..."

„Und dann ... was?"

Cruz und ich schrecken zeitgleich auf. Mein Blick zuckt nach rechts und mir flattert der Magen, als ich in Fredericks wutverzerrtes Gesicht schaue.

Cruz stellt sich zwischen uns und legt seine Hände auf Fredericks Schultern. „Tu jetzt nichts, was du später bereuen könntest, Rick. Bitte."

Was soll er denn schon tun, außer dasselbe wie gestern Nacht? Dennoch kommt mir der Gedanke, dass ich wegrennen sollte, aber ich bin wie angewurzelt, bin nicht fähig, mich zu bewegen. Was dann folgt, passiert innerhalb weniger Sekunden. Frederick stößt Cruz beiseite, packt mich am Schopf und zieht mich an sich. Ich bin wie schockgefroren und kann deshalb nicht einmal schreien.

„Du warst ungehorsam und bist mir schon wieder gefolgt!", knurrt er, wobei seine Nase gegen meine stößt. „Böses, böses Mädchen!" Sein heißer Atem schlägt mir entgegen und er atmet wie ein Stier. „Weißt du, was wir hier mit bösen Mädchen machen, Heart?"

Dass seine Pupillen fast schwarz geworden sind, entgeht mir genauso wenig wie seine Hand, die sich eng um meine Kehle schlingt. Mir wird angst und bange und dann wird mir siedend heiß. So heiß, dass ich glaube, in seiner Gewalt zu einer Pfütze aus Adrenalin und Lust zu zerfließen. Was ist nur falsch mit mir? Nein, vielmehr müsste ich mich fragen: Was ist falsch mit diesem Mann, weil er sich wie selbstverständlich herausnimmt, mich auf diese Weise anzufassen?

Seine Lippen finden mein Ohrläppchen. „Antworte!“, verlangt er rau und wickelt mein langes Haar um seine Faust, woraufhin meine Kopfhaut wie Feuer brennt.

Cruz rafft sich auf, tritt an Fredericks Seite und legt ihm eine Hand auf die Schulter. „Lass es gut sein, Alter, das muss doch nicht sein. Ich bringe die Kleine wieder aufs Hotelzimmer und bleibe bei ihr, damit sie nicht mehr auf dumme Ideen kommt“, spricht er beschwichtigend auf ihn ein, doch Fredericks Blick verfinstert sich nur noch mehr.

„Nein!“, bellt er markdurchdringend und klingt dabei eher wie ein wildes Tier als ein Mensch.

Sein gesamtes Auftreten lässt meinen Körper erbeben. Nie zuvor habe ich so etwas empfunden. Etwas, das ich nicht einmal zu benennen weiß, denn in mir herrscht heilloses Chaos. Es ist, als wäre Frederick die Flamme und ich der Wald, der in Brand gesetzt wird. Das Feuer ist unerträglich heiß und droht, mich ganz und gar zu verschlingen. Und obwohl da auch Schmerz ist, unverkennbarer Schmerz, der mir aus seinen Augen entgegenschlägt, genießt er es offensichtlich, über mich und meinen Körper zu herrschen. Wer bist du Frederick J. Fonds? Bist du der eiskalte Geschäftsmann im schwarzen Anzug oder dieses wilde Tier, das sich darunter verbirgt? Und warum scheine ich von Anfang an so viel mehr als deine Angestellte für dich gewesen zu sein? Das kann ich mir nicht nur einbilden. Hast du Angst um mich? Kann das sein? Darum all diese seltsamen Regeln, der Stubenarrest und die Bodyguards? Aber warum?

„Wer nicht hören will, muss fühlen. So sind die Regeln. Gute Mädchen werden belohnt, böse Mädchen werden bestraft“, meint er und sieht aus dem Augenwinkel zu Cruz. „Mal schauen, ob sie danach noch mal gegen die heiligen Regeln verstoßen wird. Hm, Heart, willst du herausfinden, mit wem du es wirklich zu tun hast? Ist es das? Ich zeige es dir gern.“

Er lässt von meinem Haar ab, aber legt seine große Hand dafür auf meinen Nacken und dirigiert mich vor sich her. Mein Herz klopft panisch und meine Beine wollen mich kaum tragen, so sehr zittern sie. Wir gehen zu einer der vielen Türen hier im Flur.

Cruz erreicht sie zuerst und stellt sich davor. Er sieht seinen Freund mit schmalen Augen an. „Bist du dir sicher? Soll sie das wirklich sehen?“

„Geh aus dem Weg“, ist alles, was Frederick dazu sagt.

Cruz lässt den Kopf hängen und seufzt schwer. „Na gut!“, meint er, öffnet die Tür und tritt dann als Erster über die Schwelle.

Keiner der Anwesenden beachtet uns, als wir in den Raum dazustoßen. Erst begreife ich nicht, was hier vorgeht, doch schon im darauffolgenden Moment schüttle ich voller Entsetzen den Kopf. „Nein“, hauche ich. „Nein.“

„Ja, Heart, schau sie dir an! Sieh genau hin!“ Er hält mich im Nacken gepackt und meine Handgelenke hinter meinem Rücken fixiert. „Das machen Männer wie wir, wenn unsere Mädchen nicht auf uns hören!“

Obwohl mich der Anblick der Frau, die in Seilen von der Decke baumelt und mit einem Stock grün und blau geschlagen wird, bis auf die Seele schockiert, kann ich mir die Widerworte nicht verkneifen. „Ich bin nicht dein verdammtes Mädchen! Hörst du mich, Frederick Fonds? Ich bin nicht dein Eigentum und ich gehöre niemandem, außer mir selbst.“ Ich schluchze auf. Tränen schießen mir in die Augen, weil er noch fester zupackt. „Hör auf!“, schreie ich, woraufhin die Zuschauer im Raum sich in unsere Richtung drehen.

Das Schauspiel vor ihnen scheint für sie jedoch wesentlich interessanter zu sein als ich, weshalb die meisten die Blicke rasch wieder abwenden. Und ich kann und will einfach nicht glauben, was hier stattfindet und an was für Männer ich geraten bin. Hat Lola noch behauptet, Frederick wäre ein guter Arbeitgeber, so straft sie spätestens der heutige Abend Lügen.

Er drückt sich von hinten an mich. Sein mächtiger Körper nimmt mich ein und es ist, als würde man mich gegen eine Wand aus stahlharten Muskeln zwingen. Dann sagt er etwas, was mir den Boden unter den Füßen wegreißt.

„Du gehörst mir, Herzchen, und zukünftig wirst du tun, was ich dir sage, und dafür werde ich jetzt sorgen“, raunt er nah an meinem Ohr und beißt mir nicht gerade sanft in den Nacken.

Ich stoße einen kleinen Schrei aus, aber meine Alarmglocken schrillen nicht annähernd so laut, wie sie es sollten. Denn da ist diese leise Stimme in mir, die flüstert, dass ich genau das will: Ihm gehören, ganz und gar, und das tun, was er verlangt. Ich muss völlig den Verstand verloren haben. Immerhin kenne ich diesen Mann kaum. Zumal er offensichtlich keiner von den Guten ist, wie das Schreckensszenario vor meinen Augen beweist.

Tja, Heart, aber wolltest du jemals einen netten Kerl? Sei ehrlich zu dir selbst und gestehe dir ein, dass Männer wie dein Ex-Freund und Frederick Fonds dich über alle Maßen faszinieren. Du warst noch nie normal.

FONDS

Kapitel 17 – FONDS

Heart zittert in meinem viel zu festen Griff und ich hasse und liebe alles daran. Ich will sie nicht maßregeln und bestrafen müssen, aber ich kann auch nicht abstreiten, Gefallen daran zu finden. Allein der Gedanke, ihr eine bittersüße Strafe aufzuerlegen, lässt mir das Blut in den Schwanz schießen.

Ich lasse ihre Handgelenke los, schlinge meinen Arm um ihre Taille und ziehe ihren schmalen Körper noch näher an mich. „Jetzt hast du gesehen, was du sehen musstest“, flüstere ich ihr ins Ohr und sie erschauert spürbar. „Komm mit, mein Herz, unsere Tour geht weiter.“ Verdammt, wie sehr ich sie doch begehre und wie falsch es doch ist.

„Bleibt mir eine Wahl?“, presst sie hervor und drückt sich an mich.

Gefällt es ihr, wenn ich sie wie mein kleines Fickpüppchen behandele? Das kann sie gern haben.

„Nein!“, knurre ich.

Als ich die Gänsehaut auf ihren nackten Schultern sehe, lache ich leise und kann diesem furchtbaren Abend sogar etwas Positives abgewinnen. Ja, Heart hat sich meinen Anweisungen aufs Neue widersetzt. Sie hat sich in Gefahr gebracht, denn die Feiergesellschaft im Vulva besteht heute zu einhundert Prozent aus Gangstern, und es hätte übel für sie enden können. Aber jetzt ist sie hier, in meiner Gewalt, in meinen ungnädigen, aber schützenden Armen, und die Folgen ihres Ungehorsams werde ich voll und ganz genießen.

„Jackson", sage ich zu meinem Cousin und nicke ihm zu, „wir sind nebenan. Ruf mich morgen an, falls ihr etwas aus dem *Whiscott Girl* herausbekommen habt?"

Jackson nickt ebenfalls, ehe er Heart eindringlich von Kopf bis Fuß mustert. „Alles klar, Mann. Bis morgen. Genießt euren Abend." Seine Mundwinkel zucken kurz nach oben. Vermutlich, weil er mich kennt und ahnt, was Heart bevorsteht. Ich schaue zu Perez. Der macht ein Gesicht wie sieben Tage Regenwetter. Dass er Heart gern hat und sie beschützen möchte, selbst vor mir, seinem besten Freund und Boss, ist mir inzwischen klar, und ich rechne es ihm hoch an. Allerdings wird das nichts an Hearts Bestrafung ändern. Auch Clara wäre bestimmt alles andere als erfreut über das, was ich vorhabe, aber sie ist tot und kann mir keine Vorhaltungen machen. Ich schiebe Heart vor mir her, aus dem Zimmer hinaus und bin gespannt auf ihre Ausflüchte und Erklärungen. Was hat sie diesmal mit Richard angestellt? Und seit wann lässt der sich auf der Nase herumtanzen?

Perez stampft vor uns her und als er die Tür zum Nebenraum öffnet, stehen ihm die Missbilligung und Vorwürfe mir gegenüber deutlich ins Gesicht geschrieben. Bevor er in das Zimmer geht, muss er mir unbedingt noch einen dummen Spruch drücken. „Wundere dich danach nicht, wenn sie dir nie wieder vertraut", meint er und hockt sich mit geballten Fäusten auf einen der Stühle, die an der Wand stehen.

Ich schmälere die Augen und beiße die Zähne aufeinander. Zorn kocht in mir hoch, aber ich schlucke ihn herunter, denn ich werde mich nicht auf eine Debatte mit ihm einlassen. Stattdessen folge ich ihm mit Heart wortlos in den Raum und schubse mein Püppchen auf das Bett in der Zimmermitte.

Sie schreit auf, als sie nach hinten fällt. Rücklings landet sie auf den seidigen Laken und stützt sich auf den Ellenbogen ab. Ihre Augen sind schreckgeweitet, aber dennoch voller Lust, während sie zwischen mir und Perez hin und her schaut. An ihrer Kehle kann ich sehen, wie kräftig sie schluckt. „Was ... was hast du jetzt mit mir vor?“

Oh, oh, Kleines, so einiges. Eines muss man ihr lassen, sie scheut sich nicht davor, Risiken einzugehen und Mut zu beweisen. Mit verschränkten Armen trete ich auf sie zu und lasse meinen Blick ihren grazilen Körper hinabgleiten. Das schwarze Kleid schmeichelt ihren schlichtweg perfekten Kurven. „Was ich mit dir vorhabe?“ Ich schaue auf, sehe ihr tief in die Augen und lache rau. „Hör genau zu, Puppe, denn ich sage es dir gern: Ich werde dich wieder und wieder kurz vor einen Höhepunkt treiben, aber lasse dich nicht kommen. Du wirst mich anflehen, betteln und weinen, doch meine Ohren sind taub für die Wünsche böser, aufsässiger Mädchen. Hast du mich verstanden, Puppe?“, knurre ich und ergötze mich am Zittern ihrer Glieder.

Diese Frau ist zu schön, zu perfekt, zu scharf, um wahr zu sein. Ich bin ihrer nicht würdig, genau wie ich Claras nicht würdig war, aber damals war mir das egal. Und heute? Fuck, wie gern ich doch ihre Schenkel spreizen und mich in sie stoßen würde. So sehr, dass es beinahe schon lächerlich ist.

„Ja“, haucht sie und wieder stelle ich fest, dass sie dem Monster in mir nicht im Mindesten abgeneigt zu sein scheint. Nein, vielmehr verlangt sie geradezu danach. Sie ist perfekt, genau wie Clara es war. Ihre Pupillen sind geweitet, ihre Nippel aufgerichtet und mir entgeht auch nicht, wie nachdrücklich sie ihre Schenkel zusammenpresst.

Blitzschnell packe ich sie am Fußgelenk und ziehe sie daran bis zur Bettkante. „Zieh dich aus!“, befehle ich ihr. „Strippe für uns. Runter mit den Klamotten, Heart.“ Rückwärts gehend entferne ich mich von ihr und fixiere sie mit meinen Blick, ehe ich mich zu Perez geselle und mich auf den Stuhl neben ihm setze.

Heart richtet sich kerzengerade auf und funkelt mich herausfordernd an. „Nein!“, blafft sie, ohne den Blickkontakt zu mir abzubrechen, und beißt sich auf die Unterlippe. „Ich will erst die Antworten, die du mir versprochen hast.“

Ich bin beeindruckt und mein innerer Dämon jubelt aufgrund ihrer Antwort. „Tu es! Oder wir helfen nach!“, erwidere ich, stütze mich mit den Ellenbogen auf den Knien ab und reibe mir voll freudiger Erwartung die Hände.

Heart steht auf und verschränkt die Arme vor der Brust. „Dann komm doch!“, sagt sie trotzig und fordert uns ganz eindeutig heraus.

Perez wippt mit den Beinen und wird anscheinend nervös, denn er kennt mich nur zu gut. Aber Heart ist nicht irgendwer. Auch das weiß er und ich würde ihr niemals ernsthaften Schaden zufügen. Nur ein bisschen muss ich sie quälen und ihrem Verhalten nach zu urteilen, scheint sie genau das zu wollen.

Ich werfe Perez einen flüchtigen Blick zu und hebe die Hand in Hearts Richtung. „Bitte, mein Freund“, äußere ich gönnerhaft. „Ich überlasse dir die Ehre, unserer schönen Gefangenen die Kleider vom Leib zu reißen. Und wenn ich reißen sage, meine ich reißen. Ich will hören, wie der Stoff zerfetzt.“ Als mein bester Freund sich nicht sofort in Bewegung setzt, sehe ich ihn an und ziehe beide Augenbrauen hoch. „Worauf wartest du?“

Er wischt sich mit beiden Händen über das Gesicht und gibt einen Zischlaut von sich, doch dann steht er auf. „Du verdammter Voyeur!“, flucht er und lässt seinen Nacken kreisen, während er in großen Schritten auf unser Püppchen zu marschiert.

Ja, Perez weiß, worauf ich stehe. Ich schaue gern zu. Es macht mich an, meine Frau zu teilen. Schon immer. Auch Clara haben wir geteilt. Nicht nur sexuell. Das zwischen uns war so viel mehr als reine Lust. Perez hat sie genauso sehr geliebt wie ich und sie ihn ebenfalls. Es war eine Liebe, wie sie nicht vielen Menschen vergönnt ist. Ich schüttle den Kopf, um die flüchtige Melancholie bei den Gedanken an die Vergangenheit zu vertreiben. Mein Fokus muss ab sofort auf einer anderen Frau liegen, auch wenn ich alles dafür gäbe, Clara noch einmal in den Armen zu halten.

Perez berührt Hearts Wange mit den Fingerspitzen und zeichnet ihre Unterlippe nach. Unsere Puppe zittert merklich und ihre Brust bebt unter ihren heftigen Atemzügen. Mit großen Augen sieht sie Perez an und es kommt mir vor, als würde sie herbeisehnen, dass er sie packt und sich an ihr vergreift. Es ist unverkennbar, wie sehr Perez gefällt, was er sieht, denn den Ständer in seiner Hose erkenne ich sogar aus dieser Entfernung. Er lässt seine Hand tiefer wandern, streicht über Hearts zarte Kehle, ihre schmalen Schultern und über ihr freizügiges Dekolleté. Heart öffnet leicht den Mund und schließt die Augen. Sie legt den Kopf in den Nacken und das ist der Moment, als Perez energisch am Brustteil des Kleides zieht. Der Stoff zerreißt geräuschvoll, und zwar fast bis zum Saum. Heart entfährt ein spitzer Schrei und der Laut schießt mir direkt in die Eier.

Genau wie die Aussicht, die sich mir bietet. Hearts wunderschöner Körper in durchscheinender schwarzer Spitzenunterwäsche kommt zum Vorschein. Dieser Anblick ist sündhaft heiß und mir fallen sogleich eintausend bittersüße Strafen für unser rebellisches Püppchen ein.

Ich greife mir in den Schritt und rücke meinen halbharten Schwanz zurecht. „Weiter!", ordne ich an. „Fessele sie. Du weißt, wie ich es mag."

„Was?" Heart zuckt zusammen und nimmt zwei große Schritte Abstand von Perez. Ihre Augen sind weit aufgerissen und die Hände zu Fäusten geballt. „Nein", haucht sie. „Nein, das möchte ich nicht."

Perez geht mit erhobenen Händen auf sie zu. „Da hast du leider kein Mitspracherecht, Herzchen. Dafür ist es zu spät", meint er und umgreift ihre Hüften.

Heart zappelt und boxt ihm gegen die Brust, doch gegen Perez hat sie keine Chance. Das Schauspiel gefällt mir, es gefällt mir sogar ausgesprochen gut. Ich liebe es, kleine Biester wie Heart zu zähmen und ich hoffe inständig, dass sie nie wieder so dumm sein wird, hinter meinem Rücken zu agieren. Wahrscheinlich sollte ich sie einweihen, in einfach alles. Die Vergangenheit. Die Gegenwart. Die mögliche Zukunft, die ihr blüht, wenn sie nicht auf uns hört. Vielleicht wäre sie dann gehorsam. Aber ich bin noch nicht bereit, ihr die gesamte Wahrheit zu sagen. Es ist zu früh. Ich brauche Zeit, um ihr alles nach und nach zu erzählen, damit sie das Ausmaß meines Geständnisses versteht. Damit sie begreift, aus welchem Grund ich sie eingestellt, mit auf Reisen genommen und unter Hausarrest gesetzt habe.

Sie wimmert und windet sich in Perez' Griff. „Nicht fesseln, Cruz, bitte", fleht sie inständig.

„Sht!“, macht mein Freund und flüstert ihr etwas zu, das ich nicht hören kann. Aber es zeigt Wirkung, denn Heart beruhigt sich und die Anspannung weicht aus ihren Gliedern. Sie wird wachsweich in Perez‘ Armen und lässt den Kopf gegen seine Brust sinken. Er hebt sie hoch, nur, um sie auf dem Bett abzulegen. Von oben holt er die Ledermanschetten, die an Seilen befestigt sind und über dem Bett baumeln. Schweigend greift er nach Hearts Handgelenken. Unsere Puppe sieht ihm tief in die Augen, während er ihr die Manschetten anlegt. Was gäbe ich dafür zu wissen, was jetzt in ihrem hübschen Köpfchen vorgeht? Ob ihre süße Fotze schon nass und heiß auf uns ist?

Perez zieht am losen Ende des Stricks, sodass Hearts gefesselte Hände sich über ihrem Kopf befinden. Das Seil wickelt er um einen der Bettpfosten und verknotet es. Ich weiß, was nun folgt und er kann behaupten, was er will, aber ich kenne ihn. Er steht darauf, wenn Frauen zwischen Angst und Erregung schweben. Wenn sie sich nicht entscheiden können, ob sie fliehen oder mit ihrer Pussy auf seinen Schwanz springen wollen. Perez geht zu einer der beiden Kommoden und zückt ein Messer und einen Knebel.

Als Heart sieht, was er in den Händen hält, schüttelt sie panisch den Kopf und reißt erfolglos an dem Strick, an dem sie festgemacht ist. „Was wird das?“, stößt sie abgehakt aus und starrt das Messer an.

„Beweg dich nicht! Ich will dich nicht schneiden!“, sagt er nachdrücklich und legt den Knebel auf dem Bett ab.

Sie seufzt und lässt resignierend den Kopf hängen. Anscheinend ist ihr klar, dass sie sagen und tun kann, was sie will, niemand wird ihr aus dieser Situation helfen. Da muss sie durch und sind wir mal ehrlich, sie hat es sich selbst zuzuschreiben, halbnackt, gefesselt und uns ausgeliefert zu sein.

Heart zittert wie Espenlaub, aber rührt sich nicht von der Stelle, als er mit den Fingern unter den Zwickel ihres Höschens fährt. „Oh!“, stößt sie aus und legt den Kopf mit geschlossenen Augen in den Nacken.

Perez versteift sich und an seinem Kiefer zuckt ein Muskel. „Fuck!“, flucht mein Freund und ich kann mir denken aus welchem Grund. Unser kleines, widerspenstiges Herzblatt ist vermutlich triefend nass, weil sie die Situation mehr antörnt, als sie es vor uns zugeben würde. Vorsichtig schiebt er das Messer unter den Zwickel, zerschneidet den Stoff und rupft die Überreste des Höschens von Hearts Körper.

Ihre schöne, kahlrasierte Pussy kommt zum Vorschein. Sogar von hier erkenne ich den feuchten Glanz auf ihren rosafarbenen Schamlippen. Nichts lieber täte ich jetzt, als mich in den feuchtheißen Tiefen ihres Schoßes zu verlieren, zu vergessen, wer ich einst war und wer sie ist. Mein Kopfkino läuft auf Hochtouren und in meinen Gedanken habe ich sie sicherlich schon eine Million Mal gefickt. Aber in Wahrheit ist es nicht so einfach. Ich kann Clara nicht vergessen. Womöglich werde ich niemals an diesen Punkt gelangen.

Perez widmet sich Hearts trägerlosem BH und schnippt den Verschluss mit einer Hand auf. Das letzte Stück Stoff fällt von ihrem schlanken Körper zu Boden und der Blick auf ihre runden Brüste eröffnet sich mir. Ihre Nippel sind zu kleinen harten Spitzen aufgerichtet und meine Hose wird fucking eng. Wieder greife ich mir in den Schritt und diesmal öffne ich den Verschluss meines Gürtels und den Reißverschluss meiner Hose.

Perez nimmt etwas Abstand von Heart und betrachtet sein Werk mit schief gelegtem Kopf. Er streift sein Hemd ab und wirft es achtlos zu Boden, ehe er den Rest seiner Kleidung ablegt. Gänzlich nackt und mit einem massiven Ständer baut er sich vor unserem Herzblatt auf. Seine Muskeln zucken und Heart scheint nicht zu wissen, wohin sie zuerst schauen soll. Ihr Mund steht weit offen und ihr Blick irrt ziellos über Perez‘ nackte Haut, bis er an seinem Schwanz haften bleibt. Auch mein bester Freund ist ein wahres Tier und wirkt sicherlich einschüchternd auf Heart.

Langsam geht er auf unsere bildhübsche Gefangene zu und pflückt den Knebel vom Bett auf. Heart atmet immer schneller und ihre Wangen glühen fiebrig. Ob vor Angst oder Erregung ist mir egal. Am Ende dieser Nacht wird das Ergebnis das Gleiche sein. Sie wird in meinen Armen einschlafen und das wird sich so schnell auch nicht mehr ändern, damit ich sie zu jeder Zeit unter Beobachtung habe.

Perez packt Hearts Kinn und streicht mit dem Knebel über ihre Brüste und ihren Bauch. „Wirst du dich uns noch einmal widersetzen?“, fragt er und zieht ihren Kopf vor seine Lippen. „Antworte!“, knurrt er.

Heart holt tief Luft, ihre Bauchmuskeln zucken und ihre Oberschenkel zittern. Trotz ihrer Lage wagt sie es, zu fragen: „Werdet ihr mir denn sagen, was hier wirklich vorgeht?“

Perez lacht auf und umfasst Hearts Kehle locker, ehe er seine Lippen an ihr Ohr legt. „Falsche Antwort, Darling!“, raunt er ihr zu und schon im nächsten Augenblick legt er ihr den Knebel an. Während er den Stoff an ihrem Hinterkopf verknotet, gibt sie unverständliche Flüche von sich. Perez schlägt ihr mit der flachen Hand auf die rechte Titte. Das klatschende Geräusch ist wie Musik in meinen Ohren. Heart krümmt sich und verstummt sofort. Ein roter Fleck in der Form von Perez Hand entsteht auf ihrer hellen Haut.

„Immer mit der Ruhe, Puppe“, meint er zu ihr, bevor er mich ansieht. „Gib mir deine Krawatte.“

Ich lockere den Knoten, ziehe die Krawatte über meinen Kopf und drücke sie ihm in die Hand. In seinen Augen erhasche ich pure Geilheit. Er mag sich selbst belügen, aber mich nicht. Auch er sehnt sich danach, dieser Frau das Gehirn heraus zu vögeln. Es ist offensichtlich. Was gestern zwischen uns dreien geschehen ist, war noch lange nicht genug, um unseren Hunger zu stillen. Es war wie ein Tropfen auf den heißen Stein. Viel zu wenig, als dass es uns auch nur ansatzweise hätte befriedigen können. Die gestrige Nacht hat unseren Hunger nur geschürt. Wir brauchen mehr. Wir dürsten nach ihrer Pussy. Danach, sie mit unserem Samen zu markieren und sie zu unserem Besitz zu machen. Ja, manchmal denken wir wie Höhlenmenschen. Das war schon immer so. Auch bei Clara.

Mit der Krawatte in einer Hand pirscht er sich an Heart an. Ohne zu zögern, schwingt er sie wie eine Peitsche und schlägt mit dem Krawattenknoten auf ihre Scham. Heart wirft sich in den Seilen nach hinten, legt den Kopf in den Nacken und stöhnt erstickt gen Zimmerdecke. Es vergeht keine Sekunde, da lässt er die Krawatte wieder und wieder auf ihre nasse Pussy niedergehen. Ihr Lustsaft spritzt aus ihr heraus, perlt zwischen ihren Schenkeln herab und hat einen feuchten Fleck auf dem Krawattenstoff hinterlassen.

„Komm her!“ Perez umfasst ihre Oberschenkel und hievt sie auf seine Schultern.

Heart schreit auf, doch der Knebel dämpft ihre Laute ab. Ihre Fotze schwebt nun unmittelbar vor seinen Lippen, denn sein Kopf steckt zwischen ihren Beinen. Und dann leckt er sie. Ich sehe es nicht, aber das muss ich auch nicht, denn Heart stöhnt und wimmert. Ihre Fußzehen krümmen sich, ihre Beine zittern und ihre Brust bebt.

Und als sie die Augen verdreht, als würde sie jeden Moment kommen, erhebe ich mich und knurre: „Stopp!“

„Nein, bitte!“, nuschelt Heart kaum verständlich.

Perez hört sofort auf, setzt sie wieder auf dem Bett ab und entfernt sich ein paar Schritte von ihr. Seine Lippen sind von ihrer Nässe überzogen, während sich seine Brust unter seinen schweren Atemzügen aufbläht. Seine Pupillen sind geweitet und sein Schwanz zum Platzen hart. Ich weiß genau, wie gern er weitermachen würde, aber das hier soll nicht allein unserem Spaß dienen, sondern Heart über ihre Grenzen hinaus treiben.

Nun bin ich derjenige, der sie am Kinn packt und zu sich heranzieht. „Hast du es verdient, zu kommen?“, frage ich sie mit tiefer Stimme und streiche mit zwei Fingern über ihren nassen, angeschwollenen Kitzler.

Sofort verdreht sie Augen und schiebt mir ihr Becken entgegen. Sie reibt sich an meinen Fingern, woraufhin ihre Feuchte sich auf meiner Hand verteilt. Es ist fast lächerlich, wie sehr ich sie will, und unerträglich, dass ich sie mir verbiete. Aus Gründen, die wohl niemand aus mir selbst verstehen würde. Seit wann besitze ich eigentlich so etwas wie ein Gewissen oder Moral?

„Antworte mir!“, verlange ich und kneife sie fest in ihre zarte Knospe.

Heart stöhnt und versteift sich im gleichen Moment. „O bitte“, bringt sie nuschelnd hervor. „Bitte, Frederick.“ Beinahe flehend sieht sie mich mit ihren wunderschönen smaragdgrünen Augen an. An ihrem Schwanenhals ist das nervöse Pochen ihrer Halsschlagader zu erkennen.

Ich lasse von ihrer Möse ab und erlöse sie von dem Knebel. Mit meinen von ihrem Lustsaft nassen Fingern streiche ihre Halsseite entlang und hinauf bis zu ihrem Mund. „Lutsch sie ab!“, sage ich heiser und schiebe ihr meinen Zeige- und Mittelfinger zwischen die Lippen.

Ihre Augen lodern auf. Die feine Röte auf ihren Wangen hat sich in ein feuriges Rot verwandelt. Ich schaue ihr unverwandt ins Gesicht und unser Blickkontakt reißt in keinem Moment ab, während sie beide Finger ableckt, als würde sie meinen Schwanz lutschen. Mit jeder weiteren Sekunde, in der ich ihren nackten Körper vor mir habe, begehre und will ich sie mehr. Mein Ständer zuckt und möchte aus der Hose befreit werden.

„Lass ihre Arme ein Stück runter“, weise ich Perez an.

Er löst den Strick und gibt unserem Herzblatt etwas mehr Spielraum, ehe er ihn wieder am Bettpfosten festknotet. Hearts Oberkörper sackt ein Stück nach vorne und ihr Mund schwebt nun auf der perfekten Höhe für das, was mir vorschwebt. Ich kraule ihren Kopf und kralle mich dann an ihrem Haar fest. „Du musst dir deinen Orgasmus verdienen, mein Herz“, raune ich ihr zu und sie leckt sich über die Lippen, lässt ihren Blick zu meinem ausgebeulten Schritt schweifen. Ja, Puppe, du denkst richtig. Du sollst ihn lutschen.

Während ich gemächlich meinen Ständer aus seinem Gefängnis hervorhole, klettert Perez aufs Bett und kniet sich hinter Heart. Ich rücke näher an sie heran, platziere mich mit meinem harten Schwanz in der Hand unmittelbar vor ihr. Ihre Augen weiten sich, als sie meine mächtige Erektion abmisst. Demonstrativ lasse ich meinen Schaft durch meine Faust gleiten, so lange, bis Heart geradezu darum bettelt, mir einen Blowjob geben zu dürfen. Mit geöffnetem Mund reckt sie ihren Kopf meinem besten Stück entgegen.

Ich grinse zufrieden und packe sie neuerlich am Schopf. „Mach deinen Job gut, Puppe“, sage ich mit tiefer Stimme und zeichne mit meiner Eichel ihre vollen Lippen nach. Ich schaue zu Perez. Wir kennen einander wie unsere eigenen Westentaschen, weshalb wir keine Worte brauchen, um uns zu verständigen. Wir kommunizieren mit den Augen.

Perez nickt und umfasst noch im gleichen Augenblick Hearts Hintern, um ihn näher an sich heranzuziehen. „Komm her, Kleines“, sagt er und ich erkenne seine Erregung an seinem rauen Tonfall. „Du wirst ihm jetzt einen blasen. Er wird sich fest in deine Kehle stoßen. Tief und schnell und du wirst alles nehmen, was er dir zu geben hat. Sei ein braves Mädchen und mach den Mund schön weit auf. Wenn du spuckst, anstatt zu schlucken, versohle ich dir den Arsch. Hast du mich verstanden, Belleza?“

Unsere Puppe nickt und sieht mit glühendem Blick zu mir auf. Langsam lässt sie ihre Zunge hervorschnellen und leckt über meine Schwanzspitze.

Ich stöhne auf und ziehe an ihrem Haar. „Mund auf!“, knurre ich und ohne ihr einen Moment zu geben, um sich an meine Größe zu gewöhnen, stoße ich mich zwischen ihre Lippen. Ihre feuchtwarme Mundhöhle umfängt mich. Das Gefühl ist fast zu gut, um wahr zu sein. Nahezu berauschend. Perfekt. Meine Knie werden weich und wieder stöhne ich auf. Mit groben Stößen ramme ich mich bis tief in ihre Kehle. Sie reißt die Augen auf, röchelt und gibt sich mir dennoch hin, überlässt mir die volle Kontrolle. Eine andere Wahl hat sie auch nicht. Spucke läuft aus ihren Mundwinkel und über ihr Kinn. Ihre Nasenflügel sind gebläht. Mein kleines, schmutziges Spielzeug sieht göttlich aus. Wie gern würde ich Heart jetzt ficken.

Perez hat den Kopf von hinten zwischen ihren Schenkeln vergraben und leckt ihr vermutlich das Hirn hinfort. Heart verdreht die Augen. Ihr Körper bebt und ich sehe ihr an, dass sie kurz vor ihrem Orgasmus steht. „Stopp!“, rufe ich, ehe ich meinen Schaft aus Hearts Mund herausziehe, und Perez hebt seinen Kopf sofort.

Seine Lippen, die Nasenspitze und sein Kinn sind nass und er atmet schwer. Eines wird mir in diesem Augenblick klar: Einer von uns beiden wird Heart heute ficken und ich werde es nicht sein.

Heart zappelt wie wild, reißt an den Seilen. Sie funkelt mich zornig an und die Frustration ist ihr deutlich anzusehen. Ich lache auf und klatsche ihr mit meinem Schwanz auf die Wange. „Gefällt dir das, Puppe? Willst du mehr?“

Ganz brav nickt sie und für die nächste halbe Stunde machen wir sie verrückt. Wieder und wieder treiben wir sie bis kurz vor einen Orgasmus und lassen sie jedoch nicht kommen. Bestimmt fünf Mal.

Hearts Verzweiflung wächst immer weiter an. Ihre Augen sind feucht und Tränen laufen ihr über die geröteten Wangen. „Bitte, hört auf, mich zu quälen, ich kann nicht mehr. Bitte lasst mich kommen“, fleht sie. Genau so wollte ich sie sehen. Bettelnd auf den Knien. Mit tränenüberströmtem Gesicht. Ich liebe ihren Anblick und er stimmt mich versöhnlich. Das hier war Strafe genug.

Als ich nicht reagiere, schreit sie mich an. „Du verdammtes Arschloch, hast du mich gehört? Ich kann nicht mehr! Ich kann einfach nicht mehr!“

Herzergreifend schluchzt sie auf und das ist der Moment, in dem ich Perez ansehe und sage: „Jetzt!“

Eilig greift er in die Schublade der Kommode neben dem Bett und zückt ein Gummi. Mit den Zähnen reißt er es auf und spuckt die Verpackung beiseite, während ich mich erneut Hearts Mund widme. Ohne Vorwarnung schiebe ich mich tief in ihren Rachen und sie würgt, doch ich stoße noch einmal zu.

Immer wieder auf Neue, bis ihr Speichel selbst über meine Eier tropft. Meine Geilheit kennt heute keine Grenzen, denn Heart ist perfekt für uns. Unsere perfekte kleine Puppe.

Für einen Augenblick versinke ich in ihren grünen Augen, ehe ich zu Perez schaue. Er rollt sich gerade das Gummi über und ich halte in meinen Bewegungen inne, damit er seinen Schwanz in ihre hübsche Pussy schieben kann. Er krallt sich mit einer Hand an ihrem Arsch fest und mit der anderen umfasst er seinen Schaft. Ich sehe ihm direkt ins Gesicht, als er langsam, ja, beinahe vorsichtig in sie eindringt. Heart atmet schnell und ihr Mund spannt sich fest um mein bestes Stück. Sie wimmert. Perez Gesicht ist lustverzerrt, als er stöhnend gen Decke blickt. Er zittert und ich kann es ihm nicht verdenken, denn Hearts Pussy fühlt sich bestimmt unglaublich an.

„Fuck!“, presst er hervor und sieht mich an. Seine Pupillen haben sich verdunkelt und sein Blick strotzt vor Verlangen. Mit beiden Händen umfasst er Hearts Pobacken und schiebt sie auseinander, um noch tiefer in sie eindringen zu können. Er nickt mir zu und das ist der Augenblick, in dem wir beide anfangen, unsere Hüften zu bewegen und uns fest in sie zu stoßen. Wir ficken sie.

Ungehalten.

Hart und schnell.

Ohne Pause und bis zum Höhepunkt.

Das laute Klatschen von Haut auf Haut hallt durch den Raum. Außerdem das feuchte Schmatzen ihrer nassen Möse, jedes Mal, wenn Perez sich in sie rammt. Der Sabber läuft ihr aus dem Mund und die Tränen haltlos über die Wangen. Ihr verschmiertes Augen-Make-up hat schwarze Streifen auf ihrem erhitzten Gesicht hinterlassen und in meinen Augen hat sie nie zuvor schöner ausgesehen als jetzt. Perez‘ Bewegungen werden immer wilder und hemmungsloser. Mit der flachen Hand schlägt er rechts und links auf ihren Hintern. Der Anblick, wie Heart gnadenlos gebumst wird, ist verdammt heiß und ich rase geradewegs auf einen Höhepunkt zu.

Grob greife ich ihr ins Haar und halte ihren Kopf in Position. „Braves Mädchen. Mund noch weiter auf", befehle ich ihr und brülle schon im nächsten Moment: „Ich komme, fuck, ich komme!"

Während ich Heart in mehreren Schüben in den Rachen wichse, stöhnt auch Perez auf. Er versteift sich, verzieht das Gesicht und beugt sich nach vorne, um seine Stirn auf Hearts Rücken abzulegen. Nur mit Mühe kann ich dem Reflex widerstehen, die Augen zu schließen. Doch ich will keine Regung in ihrem Gesicht verpassen. Ich will miterleben, wie sie zwischen unseren Körpern explodiert. Sie schließt die Augen krampfhaft und ihre erstickten Laute geben mir den Rest. Ich will sie markieren. Diese Frau soll mir gehören. Uns. Auch wenn einfach alles dagegen spricht.

Eilig ziehe ich meinen Schwanz aus ihrem Mund und Heart würgt, bevor sie inbrünstig aufstöhnt. Ihr Körper bebt. Sie schwankt in den Seilen leicht vor und zurück und schreit dabei ihren Orgasmus heraus. Perez Finger befinden sich an ihrer Mitte und helfen nach.

Und ich schrubbe mir einen, weil ich immer noch geladen bin. Die letzte Ladung spritze ich Heart direkt in ihr süßes Puppengesicht und ergötze mich an dem Bild, wie mein Sperma über ihre Wangen, ihre Lippen und ihr Kinn sickert. „Fuck, ja, Puppe!", sage ich und gebe ein tiefes Brummen von mir. Zum ersten Mal seit langer Zeit fühle ich mich wie in Watte gepackt, zufrieden und vielleicht sogar ein wenig sorglos.

Perez hebt den Kopf, aber hält seinen Oberkörper nach wie vor an Hearts Rücken geschmiegt. Er sieht mich über ihre Schulter hinweg an. „Scheiße, das war ..."

Offensichtlich fehlen ihm die Worte, also beende ich seinen Satz. „... intensiv? Längst überfällig?"

Perez nickt. Es ist ewig her, dass wir uns eine Frau auf diese Weise geteilt haben. Die letzte war Clara, aber das hat nicht gut geendet. Diesmal müssen die Dinge anders laufen. Die Vergangenheit darf sich auf keinen Fall wiederholen.

Vorsichtig zieht Perez sich aus Heart zurück und verteilt eine Linie aus Küssen auf ihrer Wirbelsäule. Ich umfasse ihr Kinn und hebe es an. Mit glänzenden, aber müden Augen sieht sie zu mir auf und ich schlucke schwer, weil mich meine Emotionen nun doch übermannen. Alles, was ich in ihr sehe, habe ich auch in einer anderen Frau gesehen. Diese Frau ist schon viele Jahre tot. Bis heute kann ich mir nicht verzeihen, dass ich sie nicht beschützen konnte. Vielleicht bin ich ja doch noch nicht so kalt und abgestumpft, wie ich dachte. Womöglich hat es nur Heart Beatley gebraucht, um mein totes Herz wieder zum Leben zu erwecken. Ob das eine gute Sache ist? Wahrscheinlich nicht, denn was in mir schlummert, ist unheilbringender als jede Waffe, schmerzvoller als jede Wunde und so sehr von Rache getränkt, dass meine Widersacher meinen Hass nicht überleben werden, wenn ich sie in die Finger bekomme.

Eine letzte einsame Träne bahnt sich ihren Weg über Hearts Wange und ich wische sie mit dem Daumen fort. Dabei verteile ich unbeabsichtigt mein Sperma auf ihrem Gesicht. Doch es scheint sie keineswegs zu stören. Ein sanftes Lächeln zupft an ihren Mundwinkeln und ein Funkeln liegt in ihren smaragdgrünen Augen. Sie wirkt glücklich und mindestens so zufrieden wie Perez und ich. Diese bittersüße Strafe scheint ihr gefallen zu haben, was nur beweist, dass sie die Richtige für uns ist.

Sie lehnt den Kopf an ihren Oberarm und seufzt gedehnt. „Könnt ihr mich losmachen?“, fragt sie mit schwacher Stimme. „Ich kann nicht mehr. Meine Arme sind eingeschlafen.“

„Natürlich.“ Mit ein paar schnellen Handgriffen befreie ich sie von den Manschetten und wische ihr mein Sperma vom Gesicht. Perez hält Heart fest an sich gedrückt, damit sie nicht das Gleichgewicht verliert. Sie versinkt buchstäblich in seinen Armen und schließt die Augen. Perez‘ Blick, als er ihr regloses Gesicht betrachtet, ist so andächtig, dass ich einen Stich im Herzen spüre. Wir waren zu zweit. Damals wie heute. Zwei Männer und keiner von uns konnte Clara beschützen. An dem Tag, an dem sie starb, haben wir beide unser Herz verloren, aber vielleicht haben wir es heute wieder gefunden. In Heart.

Bevor dieser Augenblick zu intensiv wird und ich ihm zu viel Wichtigkeit beimessen kann, beende ich ihn lieber. „Pack unsere Sachen, mein Freund“, trage ich Perez auf. „Wir fahren zu meinen Brüdern. Denn wie es aussieht, reicht ein paar Augen nicht aus, um unser Herzblatt zu bewachen. Jordan und Jeremiah werden uns helfen. Wir quartieren uns übergangsweise bei ihnen ein. Ich wollte die zwei ohnehin mal wieder besuchen.“

„Geht klar“, meint er und legt Heart behutsam auf der Matratze ab, ehe er sich aus dem Bett erhebt. Ohne den Blick von der scheinbar schlafenden Schönheit zu nehmen, streift er sich das Kondom ab, verknotet es und entsorgt es im Müll. In Windeseile zieht er seine Kleidung über, während ich mein bestes Stück in der Hose verstaue. Wir sehen uns tief in die Augen. Worte sind unnötig, denn die Wahrheit steht ihm ins Gesicht geschrieben. Wieder einmal begehren wir dieselbe Frau und dies wird nicht die letzte Nacht gewesen sein, die wir zu dritt verbringen. Schweigsam geht er zur Tür und da fällt mir Richard ein.

„Warte“, sage ich und Perez dreht sich zu mir um. „Finde heraus, was zur Hölle dieses kleine Biest diesmal mit Richard angestellt hat. Hoffentlich ist er nicht wieder knocked out, denn wir verlassen das Hotel heute Nacht. Ich bleibe noch eine Weile mit Heart hier.“

Kapitel 18 – Heart

Der Duft von Leder und Aftershave kitzelt mir in der Nase und weckt mich aus einem traumlosen Schlaf. Es kommt mir vor, als hätte ich ewig geschlafen. Meine Lider sind schwer und fühlen sich wie zugeklebt an. Ich muss mehrfach blinzeln, bis ich es endlich schaffe, meine Augen aufzuschlagen. Das Zimmer ist abgedunkelt. Nur ein einsamer Lichtstrahl scheint unter der Tür in das Zimmer herein. Ich bin mit seidigen Laken zugedeckt. Befinde ich mich noch im *Vulva*? Sofort überkommt mich die Erinnerung an die vergangenen Stunden.

Was habe ich bloß getan? In was für eine Lage habe ich mich nur gebracht? An was für Männer bin ich geraten? Ich weiß nicht, ob ich schreien, weinen oder lachen möchte. Wenn ich so darüber nachdenke, kann ich kaum fassen, was ich im *Vulva* alles gesehen und über mich habe ergehen lassen. Ich schwanke zwischen maßloser Bestürzung und krankhafter Neugier, die zu mir gehört wie die Sommersprossen in meinem Gesicht. Einer meiner schlechtesten Wesenszüge, der mich in eine brenzlige, aber dafür umso prickelndere Lage gebracht hat. Was ist nur falsch mit mir? Wieso renne ich der Gefahr immer wieder mit offenen Armen entgegen? Wieso kann ich Cruz und meinen Boss für diesen verschissenen Sex nicht verteufeln, sondern sehne mich jetzt umso mehr nach Fredericks starken Armen?

Mit einem Fluch auf den Lippen rolle ich mich auf die Seite und schüttle den Kopf, während ich mir die Hände vors Gesicht schlage. *Um Himmels willen, Heart, du hattest einen Dreier.* Mein müder Verstand wacht nur langsam auf. Vielleicht ist es sogar besser, wenn ich einfach weiterschlafe, um mich den Konsequenzen meines Handelns nicht stellen zu müssen.

„Gut geschlafen, mein Herz?“

Fredericks dunkle Stimme lässt mich heftig zusammenfahren. „Fuck, du hast mich erschreckt!“ Ich setze mich aufrecht hin, schaue mich mit schmalen Augen nach ihm um und kann seine Gestalt als Schemen in einer Zimmerecke ausmachen. Er sitzt auf einem Sessel und obwohl sein Gesicht mit der Dunkelheit verschmilzt, spüre ich seine durchdringenden Blicke auf mir. „Es ist gruselig, dass du da sitzt und mich beim Schlafen beobachtest. Wieder einmal. Wie bei unserer ersten Begegnung“, werfe ich ihm vor, weil ich nicht weiß, was ich sonst sagen soll. Nach den letzten Stunden habe ich keine Ahnung, wie ich mich ihm gegenüber verhalten soll. Sollte ich mich vor ihm fürchten? Sollte ich ihm vertrauen, wie er es sich von mir gewünscht hat? Sollte ich ihm offenbaren, dass ich von den Drohbriefen weiß und ihn zur Rede stellen? Es wäre doch nur fair, wenn er mich einweiht, damit ich verstehe, was ich mit allem zu tun habe.

„Wie du ja inzwischen weißt, schaue ich gern zu“, meint er und lacht leise, bevor er aufsteht.

Ja, spätestens seit der Sache im *Vulva* bin ich mir dessen bewusst. Der Gedanke daran jagt einen prickelnden Schauer über meine Haut und ich ziehe meine Knie an die Brust, damit mein Körper mich nicht verpetzen kann. Obwohl es hier nicht hell genug ist, dass Frederick mich überhaupt gut sehen könnte, kommt es mir vor, als würde er jede meiner Bewegungen verfolgen.

Das Quietschen von Leder ist zu hören, gefolgt von Fredericks Schritten, ehe die Deckenleuchten aufleuchten. Grelles Licht flutet den Raum und blendet mich. Ich schirme mein Gesicht mit den Händen ab, weil ich die Helligkeit noch nicht ertrage.

„Aufwachen, mein Herz, Zeit, um unsere sieben Sachen zu packen. So gern ich dich auch weiterschlafen lassen würde, aber demnächst sollten wir los."

„Nein, ich will nicht", erwidere ich und verkrieche mich unter dem Bettlaken. „Bitte lass mich einen Moment allein. Ich will gerade nicht mit dir reden." Eigentlich ist das eine dicke, fette Lüge. Natürlich will ich mit ihm sprechen, muss es sogar, aber im Moment wüsste ich nicht einmal, wo ich anfangen soll. *Vielleicht bei der Tatsache, dass er, dein Boss, seinen Schwanz in deiner Kehle versenkt hat, bis du würgen musstest? Bei den Drohbriefen? Oder dem ominösen Sideletter, den du immer noch nicht vorgelegt bekommen hast? Nicht zu vergessen, Heart: Du bist Zeuge davon geworden, wie Fredericks Cousin eine Frau gefoltert hat. Da hält man dir zwei Schwänze vors Gesicht und schon ist alles andere vergessen, ernsthaft? Du bist wahrlich gut darin, die schlimmen Dinge vollkommen auszublenden. Außerdem wird dich deine übersteigerte Neugier noch dein Leben kosten.*

Gedämpfte Schritte sind zu hören und ich glaube schon, Frederick verlässt das Zimmer. Doch dann sinkt die Matratze ein und mir wird das Laken weggerissen.

„Hey! Lass das! Mir ist kalt“, motze ich Frederick an und werfe ihm böse Blicke zu. Ich beschwere mich lautstark und reiße ebenfalls an dem Stoff, aber kippe dabei fast vom Bett. Gerade noch so kann ich mich mit einer Hand abfangen und verhindere einen Sturz.

Er grinst schief und in seinen sturmgrauen Augen blitzt es auf. „Oh, so zickig am frühen Morgen. Braucht da jemand noch ein Spanking mit der Krawatte? Diesmal kann ich das gern selbst übernehmen, anstatt Perez die Ehre zu erweisen.“

Hitze schießt mir ins Gesicht und ich spüre geradezu, wie die Röte sich auf meinen Wangen ausbreitet. „Ich bin nicht zickig“, gebe ich zurück und schlage die Augen nieder. „Ich bin nur müde und nicht für Späße aufgelegt. Und Moment mal ...“ Erst jetzt fällt mir auf, dass ich ein Tanktop und Yogahosen trage. „Wer hat mich angezogen?“

Frederick seufzt. „Nachdem du tief und fest eingeschlafen bist, habe ich Perez ein paar deiner Kleidungsstücke bringen lassen. Vielleicht erinnerst du dich. Dein Kleid liegt in Fetzen zerissen am Boden und nackt kannst du den Club schließlich nicht verlassen. Auch wenn ich die Vorstellung äußerst erfrischend finde.“

„Ich habe nichts mitbekommen“, stelle ich erstaunt fest und schaue an mir herab.

Frederick legt das Laken wieder über meine Beine und rutscht neben mich. „Was ist los, mein Herz? Rede mit mir. Haben wir dich heute Nacht verschreckt?“

Ich hole tief Luft und halte den Blick auf meine Finger gerichtet, die am Bettlaken herum friemeln. „Diese Frau Frederick, die Frau in den Seilen, der ihr wehgetan habt. Wer ist sie? Was kann sie getan haben, um so etwas Schreckliches zu verdienen?“

Frederick seufzt schwer und reibt sich mit beiden Händen über das Gesicht, als wäre die Antwort eine zu schwere Last, um sie auf mir abzuladen. „Sie ist eine Angestellte meines Cousins oder vielmehr ... sie war es. Jackson hat getan, was er tun musste, um an wichtige Informationen zu gelangen. Zumal die Kleine ihn leider hintergangen hat. Und Jackson Whiscott Junior betrügt man nicht. Er kennt keine Gnade." Er streckt seine Hand nach meiner Wange aus, will mich berühren, aber ich weiche ihm aus. „Sie hat nicht lange leiden müssen. Es tut mir leid, Heart, ich wollte nicht, dass du das siehst. Ich hatte mich nicht mehr unter Kontrolle und habe meinen Zorn gewinnen lassen. Verzeih mir, bitte. Lass es mich erklären. Lass es mich wieder gut machen."

„Du bist wie er! Wie Jackson Whiscott!", werfe ich ihm vor und auf einmal überkommt mich tiefe Traurigkeit, weil sich die Wahrheit nicht länger leugnen lässt. Mein Boss ist keiner von den Guten. Womöglich sogar ein Krimineller und dennoch fühle ich mich unsagbar zu ihm hingezogen. Irgendetwas ist da zwischen uns. Etwas, das ich nicht in Worte fassen kann. Unsichtbare Schlingen, die er mir schon an Tag eins umgelegt hat. Ein unsichtbares Band zwischen uns.

Frederick lässt den Kopf hängen. Für einen Augenblick wirkt er wie ein geschlagener Mann, als er sein Gesicht in den Händen verbirgt. „Ja", gibt er zu und schaut mir wieder in die Augen, „Jackson und ich sind uns sehr ähnlich, aber ich genieße es nicht, so zu sein. Ich sehe niemanden gern leiden, doch manchmal ist es eine Notwendigkeit, weil Menschen nur lernen, wenn es wehtut. Und in den Kreisen, in denen ich verkehre, ist es wichtig, dass man Respekt vor mir hat. Dass die Menschen mich fürchten und wissen, was ihnen blüht, wenn sie mir in den Rücken fallen. Es gibt Leute, die mich tot sehen wollen, die mir mit dem Tod drohen und deswegen kann ich niemals Gnade vor Recht walten lassen. Ich darf keine Schwachstellen haben. Und du, Heart, du bist meine größte Schwachstelle. Du machst mich schwach und du treibst mich in den Wahnsinn. Vor allem dann, wenn du so ungehorsam bist wie heute Nacht."

Ich schüttle den Kopf, denn ich kann nicht glauben, was ich da höre. In was für eine Situation habe ich mich da nur hineinkatapultiert? Mein Herz will mir weismachen, Frederick läge etwas an mir und dass er mir niemals etwas antun würde. Aber mein Kopf spricht eine ganz andere Sprache. Spätestens in der heutigen Nacht sollte mir klar geworden sein, dass ich Fredericks Memoiren nicht beenden und meine Koffer packen sollte. Doch der Klang meines Herzens ist laut. Lauter, als ich mir eingestehen kann. Das stetige Pochen in meiner Brust erinnert mich an alles, was ich heute Nacht empfunden habe. All die Sehnsucht. All die heiße, brennende Leidenschaft. Das Gefühl, wie noch niemals zuvor in meinem gesamten Leben begehrt, geschätzt und geliebt zu werden.

„Was soll das bedeuten? Was willst du mir damit sagen, Frederick?", frage ich mit zittriger Stimme und ziehe das Bettlaken höher.

„Nach allem, was letzte Nacht geschehen ist ... Nach allem, was ich dir seit unserer ersten Begegnung abverlangt habe ... Hast du es immer noch nicht begriffen? Ich begehre dich, Heart Beatley. Mit allem, was mich ausmacht. Ich will dich, seitdem ich dich das erste Mal gesehen habe. Dein Herz. Deine Seele. Deine Existenz. Du sollst mir gehören. Uns. Mir und Perez. Du bist mein Vögelchen, das ich mit durchtriebenen Mitteln in den goldenen Käfig gelockt habe und nicht mehr freilassen kann. Denn ich brauche dich. Ich brauche dich, um mich an den Mann zu erinnern, der ich einmal war. Ich brauche dich, um mich an meine Menschlichkeit zu erinnern. Aber Frauen, die mein Herz in den Händen halten, leben gefährlich. Vielleicht wäre es besser für dich gewesen, ich hätte dich niemals gefunden. An meiner Seite trägst du eine Zielscheibe auf dem Rücken. Immer. Und ich weiß nicht, ob ich dich beschützen kann."

Mit offenstehendem Mund starre ich ihn an und habe das Gefühl, schlecht Luft zu bekommen, denn seine Offenbarungen treffen mich mitten ins Herz. Ich weiß gar nicht, welche Information ich zuerst verarbeiten soll. Es ist alles zu viel. Mit bebender Stimme sage ich: „Du sprichst von deinem Herzen? Wie kannst du nur? Wir kennen uns doch kaum. Außerdem habe ich mit Cruz geschlafen, weil du es wolltest. Vor deinen Augen. Während du ... während du ... Fuck! Wie kannst du behaupten, mich zu wollen, wenn du mich doch von deinem Freund hast ficken lassen?" Es klingt wie ein Vorwurf an ihn, aber eigentlich richtet er sich gegen mich. Wem will ich etwas vormachen, ihm oder mir selbst? Ich wollte alles. Alles. Einfach alles, all die versauten Dinge, die Cruz und Fonds in dieser Nacht mit mir gemacht haben. Und ich glaube, ich habe mich in meinen Boss verliebt. Von der ersten Sekunde an. Das ist das Schlimmste an der Sache. Ich will ihn nicht verlassen. Ich will sein Vögelchen im goldenen Käfig sein.

Frederick streckt erneut seine Hand nach mir aus. „Gott weiß, ich habe versucht, dir zu widerstehen. Ich habe versucht, einfach nur dein Boss zu sein, aber ich habe von Grund auf versagt. Aber, Heart, ich werde mich nicht für das entschuldigen, was ich bin. Ja, du hast mit Perez geschlafen und ich habe den Anblick genossen. Jede verdammte Sekunde, die er sich in deine kleine Pussy gestoßen und dich zum Stöhnen gebracht hat. Und ich würde dich wieder und wieder von ihm ficken lassen."

Ich schlucke hörbar und habe seine Hand immer noch nicht ergriffen. „Das meinst du doch nicht ernst."

„O Heart, warum verleugnest du dich selbst? Warum gibst du nicht zu, was du heute Nacht empfunden hast? Ich konnte es in deinen Augen erkennen. Du bist wie für mich gemacht. Für mich und Perez. Wie Clara ..." Mitten im Satz bricht er ab und reißt kurz die Augen auf, als wäre ihm etwas rausgerutscht, das er lieber für sich behalten hätte. Seine Gesichtszüge entgleisen für einen Moment, doch er fängt sich schnell.

„Clara? Etwa das Mädchen aus dem Bunker?", will ich wissen. Ist sie seine Ex? Die letzte Frau, die er sich mit Cruz geteilt hat?

„Ich verspreche dir, du bekommst Antworten. Aber nicht jetzt. Gib mir die Zeit, die ich brauche. Okay?", sagt er sanft und rutscht näher zu mir.

„Und wenn ich nicht warten möchte und einen Aufstand mache, bringst du dann wieder den geheimnisvollen Sideletter ins Spiel?"

Frederick zieht einen Mundwinkel hoch. „Möglicherweise gibt es diesen Sideletter gar nicht. Ich habe ihn nur erfunden, um dich ein wenig zu ärgern."

„Du Mistkerl!" Energisch ramme ich ihm meinen Ellenbogen in die Flanke.

Er stöhnt auf und reibt sich die Seite mit der flachen Hand. „Oh, das habe ich verdient. Aber ich mache es wieder gut, mein Herz."

Obwohl es die wohl dümmste Idee ist, meinen Sehnsüchten nachzugeben, tue ich es dennoch. Himmel, ich bin verloren. Langsam richte ich mich auf die Knie auf. Das Laken fällt von mir ab und mein Tanktop kommt zum Vorschein. Mit einem lasziven Augenaufschlag nehme ich mit gespreizten Beinen auf seinem Schoß Platz.

In seinen Augen lauert die Lust. Er schiebt mich nicht von sich, aber er zieht mich auch nicht an sich, wie er es in der Nacht noch getan hat. Mit gerunzelter Stirn betrachtet er mich und so etwas wie Bedauern zeichnet sein Gesicht. „Es ist wahr, ich begehre dich. Ich will dich, aber ich bin nicht gut für dich. Ich bin alles, wonach du dich nicht sehnen solltest. Aber ich kann dich auch nicht gehen lassen."

„Warum hast du dann nicht mit mir geschlafen? Wieso Cruz?"

„Weil ich nicht möchte, dass du dich in mich verliebst. Denn mich zu lieben, ist gefährlich. Die letzte Frau, die mich geliebt hat, ist wegen mir gestorben. Wenn es hart auf hart kommt, sollte ich dir egal sein, damit du an dein eigenes Überleben denkst und nicht an meines."

„Was soll das bedeuten? Hör auf, immerzu in Rätseln mit mir zu sprechen. Bitte. Wer ist wegen dir gestorben? Ist es diese Clara?"

Er nickt.

„Wer war sie für dich?", frage ich neuerlich und hoffe, dass er sich diesmal nicht wieder vor einer Antwort drückt.

Eine ganze Weile ist es still zwischen uns, bis er geräuschvoll ein- und ausatmet. „Sie war alles, was ich mir je hätte wünschen können. Die wichtigste Person in meinem Leben und mein allergrößter Verlust." Dann legt er beide Arme um mich und zieht mich fest an sich. Wir verbringen eine weitere Stunde im Playroom des *Vulva*, eng beieinander, mein Kopf auf seiner Brust, unsere Finger miteinander verwoben, während er mir aus seinem Leben erzählt. Und von der einen Frau, die seine große Liebe war: Clara.

FREDERICK

Kapitel 19 – Frederick

Vor siebzehn Jahren

„Komm her, mein Junge, leiste deinem alten Herrn Gesellschaft und genieße diesen köstlichen Anblick mit mir.“ Gönnerhaft breitete er die Arme aus und klopfte anschließend auf die Sitzfläche neben sich.

Ich hatte keine andere Wahl, als seinem Wunsch nachzukommen, denn eigentlich war es ein Befehl getarnt als nette, unverbindliche Einladung. Jaxxon Fonds war kein Mann, dessen Einladungen man ausschlug oder dem man sich widersetzte. Das hatte ich bereits getan und es hatte nicht gut geendet. Noch einmal wollte ich die Peitsche auf meiner Haut nicht spüren. Noch jetzt wachte ich nachts manchmal schweißgebadet aus einem Alptraum auf, obwohl dieser schreckliche Tag schon mehr als sieben Jahre in der Vergangenheit lag. Nur noch die Narben erinnerten mich an den Schmerz, die Pein und das Gefühl der Unterlegenheit.

Ein Nerv in meiner Wange zuckte und ich ballte die Hände zu Fäusten, ehe ich antwortete: „Gern, Vater.“

Jaxxon bestand darauf, dass ich ihn Vater nannte, aber in meinem Herzen war er nicht mein Dad und würde es niemals sein. Ja, sein Blut floss vielleicht durch meine Adern, aber das machte ihn noch lange nicht zu meinem Vater. Mein richtiger Dad, Jaxxons Bruder Jarvis, war an Krebs verstorben und schon Jahre tot. Irgendwann würde ich Jaxxon Fonds alles zurückzahlen, was er meiner Familie und mir angetan hatte. Ich hasste meinen Erzeuger bis aufs Blut, aber noch viel mehr hasste ich, wie sehr ich nach ihm kam. Leider war ich ihm wie aus dem Gesicht geschnitten und in mir gab es diese dunkle Seite, dieses Monster, das viele der unmoralischen Dinge, die Jaxxon trieb, genoss. So zum Beispiel auch der Anblick, der sich mir gerade bot.

Mit Blick auf die nackten, sich räkelnden Frauen gerichtet ließ ich mich neben Jaxxon nieder. Ich nahm das Whiskeyglas entgegen, das mir eine der Frauen reichte, und kippte einen großen Schluck der Flüssigkeit herunter. Der Alkohol brannte mir in der Kehle und sorgte schon im nächsten Moment für ein warmes Gefühl in meinem Magen. Auch Doc und andere wichtige Männer meines Erzeugers waren anwesend. Sie tranken und plauderten. Einige gönnten sich ein paar Lines. Feinstes Kokain, wie Jaxxon stets prahlte, das von den Mädchen auf Silbertabletts serviert wurde.

In einem Stuhlkreis umringten wir die Mädchen, die auf einer Kissenlandschaft am Boden lagen und sich küssten, befummelten und einander zum Höhepunkt trieben. Von überall her hörte ich es unanständig schmatzen und wo auch immer ich hinsah, eröffnete sich mir der Blick auf feuchte Fotzen. Finger, die darin steckten oder Zungen, die über angeschwollene Kitzler oder harte Nippel leckten. Es war der reinste Live-Porno. So etwas geschah hier oft. Orgien standen im Hause Fonds auf der Tagesordnung. Denn Jaxxon hatte keine Manieren, kannte keine Grenzen und trieb es oft wild und hemmungslos.

In dieser Hinsicht kam ich nach ihm. Ich liebte Clara, aber durfte sie nicht berühren. In acht Jahren, die ich nun in diesem Bunker tief unter der Erde lebte, hatte ich sie nur aus der Ferne oder in meinen Träumen und Fantasien geliebt. Es machte mich verrückt und trieb mich in die Verzweiflung. Mein Herz tat weh. Meinem Schwanz jedoch war das egal. Irgendwo musste ich all diese angestaute Lust herauslassen. Zumal Jaxxon mich regelrecht dazu nötigte, meinen Spaß mit seinen Huren zu haben. Clara wusste es, aber wir sprachen nie darüber und machten einen großen Bogen um das Thema Sex.

Irgendwann würden wir zusammen sein.

Irgendwann würden wir von hier fliehen.

Irgendwann gäbe es nur noch sie und mich.

Wir mussten nur noch einen Weg aus dieser Hölle finden und wir waren auch schon mitten in der Planung. Nicht alle Menschen hier waren schlecht. Perez und Richard, zwei der Fighter und mittlerweile meine besten Freunde, würden uns bei der Flucht helfen und diesen schrecklichen Ort gemeinsam mit uns verlassen. Auch ein paar von Jaxxons Männern standen auf meiner Seite. Sie wollten mich anstatt meines Erzeugers auf dem Thron sehen. Jaxxon besaß schon lange nicht mehr das Ansehen wie zu der Zeit, als ich neu hier war. In den vergangenen acht Jahren hatte er viele Fehlentscheidungen getroffen und sich einen Haufen Feinde gemacht. Einer davon war Jackson Whiscott Senior, ein Menschenhändler, der seine Schandtaten unter dem Deckmantel seiner Casinos und Hotels verbarg.

Was Jaxxon als Lösung betrachtet hatte, war in meinen Augen ein schwerer Fehler gewesen. Sein Weg des Niedergangs. In einer volltrunkenen Nacht vor sieben Jahren hatte er beschlossen, mit Jackson Whiscott Senior Frieden zu schließen, indem er um die Hand von dessen Schwester anhielt. Whiscott ließ sich darauf ein und für ein paar Monate nach der Hochzeit verlief alles friedlich. Felicia und Jaxxon wirkten sogar glücklich. Doch das hielt nicht an, denn mein Erzeuger war ein Monstrum der schlimmsten Art. Er konnte sich nicht beherrschen und schlug nicht nur meine sogenannte Stiefmutter regelmäßig, sondern auch deren Zwillingssöhne Jeremiah und Jordan, die sie mit in diese gewaltsame Ehe gebracht hatte. Ich liebte die beiden kleinen Kerle wie Brüder, genau, wie ich meine Schwester Leona liebte. Sie alle schauten zu mir auf. Für sie war ich der große Bruder, die schützende Hand, aber oftmals konnte ich ihnen nicht helfen. Irgendwann würde ich fliehen, mir ein Imperium aufbauen und zurückkehren, um meine Geschwister aus Jaxxons Gewalt zu befreien. Im Augenblick war ich noch machtlos gegen ihn und deswegen hasste ich ihn und sein unbeherrschtes Gemüt umso mehr.

Aber ich war mir sicher, er hatte sich sein eigenes Grab geschaufelt, denn ein Mann wie Jackson Whiscott würde nicht auf ewig dabei zusehen, wie mein Erzeuger seine Schwester blau und grün prügelte. Whiscott wartete sicher nur auf die richtige Gelegenheit und wenn nicht er es war, der meinem Vater eine Kugel in den Kopf jagte, dann ein anderer. Die Liste von Jaxxons Feinden war lang. Und das war nur einer der unzähligen Gründe, aus denen einige seiner Männer wollten, dass ich die Familiengeschäfte übernahm. Ich war ein Fonds. Durch und durch. In vielerlei Hinsicht jedenfalls.

Ich war hart im Nehmen.

Noch härter im Austeilen.

Und gnadenlos, wenn es darum ging, meine Ziele zu erreichen.

Perez, Richard und ich waren von Fightclub zu Fightclub geschickt worden, um im Käfig gegen die besten Kämpfer anzutreten. Jaxxon besaß Clubs auf allen sieben Kontinenten. Sie nannten sich *The Cage* und waren ein Sammelbecken für die brutalsten Kriminellen dieser Welt. In meiner Zeit im Bunker war ich außerdem zur Killermaschine ausgebildet worden. Obwohl ich eigentlich meinen Erzeuger zunichtemachen wollte, hatte ich die letzten Jahre zahllose Morde in seinem Namen begangen. Ich wartete nur auf die richtige Gelegenheit, um Jaxxon Fonds auszulöschen, wie er es mit meiner Familie getan hatte. Vorzugsweise eine Gelegenheit, bei der ich nicht ebenfalls draufging. Bisher hatte sich diese aber noch nicht ergeben. Deswegen und auch wegen Clara hatten sich meine Pläne geändert. Nun lauteten sie vorerst: Flucht.

Auf meinen Reisen hätte ich viele Möglichkeiten zur Flucht gehabt, aber es hatte mich jedes einzelne Mal zurück in den Bunker getrieben, weil ich Clara nicht zurücklassen konnte. Mein Herz ließ es nicht zu. Also feilten meine Freunde und ich an Fluchtplänen, die Clara miteinschlossen. Niemals würde ich ohne sie gehen. Richard und Perez wussten das. Zumal auch sie mein Mädchen liebten. Leona musste ich schweren Herzens vorerst hier lassen. Meine Schwester war noch zu klein und eine Flucht zu gefährlich für sie. Aber Felicia behandelte sie den Umständen entsprechend gut. Sie würde auf sie achten, bis ich wieder für sie da sein konnte.

„Junge!“ Die Stimme meines Erzeugers rüttelte mich aus meinen Gedanken und ich wandte ihm den Blick zu. „Warum starrst du in dein Whiskeyglas, als würdest du darin nach Antworten suchen? Du weißt doch, der Alkohol antwortet nie, er bringt uns nur auf dumme Ideen.“

Das solltest du dir selbst hinter die Ohren schreiben, Scheißkerl!, dachte ich. Meine Mundwinkel zuckten und ich schnaubte auf. „Ich war nur in Gedanken wegen der Festivitäten zu deinem Geburtstag“, log ich ihn eiskalt an. Ich empfand so viel Verachtung für diesen Menschen, dass es in meinem Inneren bald keinen Platz mehr für andere Emotionen gäbe. Jaxxon Fonds tötete mich und alles, was mich ausmachte, langsam und qualvoll. Ich konnte nicht länger hierbleiben.

Er lehnte sich in seinen königlichen Sessel zurück und verschränkte die Hände vor dem Bauch. „Wir machen dasselbe wie jedes Jahr, Junge. Die Männer erwarten Huren, Drogen und Sex, und das sollen sie auch bekommen. Oder woran hast du gedacht?“

Ich winkte ab, kippte einen Schluck des Whiskeys herunter und meinte lässig: „Ach, nichts.“

Damit weckte ich seine Neugier. Ich konnte geradezu mitverfolgen, wie es hinter seiner Stirn ratterte. Mit schmalen Augen neigte er sich in meine Richtung und verlangte: „Rück schon raus mit der Sprache, Sohn. Wie lautet deine Idee?“

Ich hatte ihn am Haken. Das war gut. Nun musste ich ihm meinen Plan nur noch gut verkaufen. In verschwörerischer Manier beugte ich mich zu ihm und sagte im Flüsterton: „Wir haben im Bunker immer dieselben Pussys, Dad. Die Männer brauchen Frischfleisch. Sie langweilen sich doch, wenn sie nicht ab und an in frischen Gewässern fischen können. Wie wäre es, wenn wir bei Whiscott Senior ein paar Mädchen kaufen, um ihn versöhnlich zu stimmen? Meine Jungs und ich, wir können uns um alles kümmern und natürlich müsste Doc mitkommen, um ...“

„Das geht nicht. Doc ist alt und krank. Der kann nicht mehr reisen“, warf mein Erzeuger ein und runzelte die Stirn, während er Doc voller Sorge musterte.

Ich fand es lächerlich, wie sehr Jaxxon an dem alten Mann hing. Aber vor allem kaufte ich ihm sein Gehabe nicht ab, denn ein Mann wie er war zu solchen Empfindungen ganz sicher nicht fähig. Ohne dass mein Vater es mitbekam, verdrehte ich die Augen und wartete ab, bis er seinen Fokus von Doc wieder auf mich lenkte.

Ich nickte und setzte eine verständnisvolle Miene auf. „Ich weiß, Dad, es ist schlimm, dass es Doc von Tag zu Tag schlechter geht.“ Meine Worte waren voller Anteilnahme, in meinem Inneren triefte es jedoch vor Abscheu. „Wie wäre es denn, wenn Clara an Docs Stelle mitginge? Die Kleine beherrscht Docs Handwerk und deswegen wird sie die Mädchen ebenso gut auf körperliche Gesundheit prüfen können wie Doc. Er hat seine Enkeltochter immerhin all die Jahre unterrichtet. Was meinst du?“, fragte ich und ließ meine Worte so beiläufig klingen wie Small Talk. Dabei waren sie ein wichtiger Bestandteil unseres Fluchtplans. An dem Tag, an dem wir vier den Bunker verlassen würden, um die Whiscott-Nutten zu begutachten, würden wir fliehen und nie wieder zurückkehren.

Mein Erzeuger kratzte sich über seine von dunklen Bartstoppeln übersäte Wange und warf Doc einen kritischen Seitenblick zu. „Hm“, machte er. „Das ist eigentlich keine schlechte Idee, dann kann Clara schon mal ihren Bräutigam, Whiscott Senior, kennenlernen.“

Vor Schreck entglitt mir das Whiskeyglas, krachte zu Boden und zersplitterte. „Was sagst du da?“ Seine Worte hatten mein Herz wie Pfeile durchbohrt. Es blutete und meine Kehle wurde eng.

„Was ist mit dir, Junge?“, fragte Jaxxon und legte seine Hand auf meine Schulter. Er zückte sein Funkgerät, um eine Servicekraft herbeizurufen, die mein Missgeschick beseitigen sollte. Manchmal war es von Vorteil, dass Jaxxon so ein egozentrischer Wichser war, denn es interessierte ihn nicht wirklich, wie es mir ging, und deshalb wartete er meine Antwort auf seine Frage auch nicht ab. Er überging sie einfach, widmete sich wieder dem Anblick der nackten, fickenden Nutten und lehnte sich zurück. Solange ich nach seinen Bedingungen funktionierte, war für ihn alles bestens.

Für mich jedoch war gar nichts bestens. Nur über meine Leiche würde Clara einen alten Sack wie Whiscott Senior heiraten. Das würde ich meinem Vater natürlich nicht sagen. Clara und ich würden verschwinden, bevor es überhaupt so weit kommen konnte. Die Putzkraft war gerade fertig damit, die Scherben aufzukehren, als ein Funkspruch auf dem Gerät meines Vaters einging.

„Soll ich sie reinschicken?“, lautete dieser.

Jaxxon nahm das Funkgerät wieder zur Hand. „In zwei Minuten“, antwortete er und steckte das Teil wieder weg, ehe sein amüsierter Blick mich traf. Das Grinsen auf seinem Gesicht war so schmutzig, dass ich es ihm gern aus dem Gesicht geschlagen hätte, aber ich zwang mir ebenfalls ein Grinsen auf die Lippen. „Whiscott Senior will keine Jungfrau. Das heißt, wir müssen dieses kleine, aber wesentliche Problem lösen. Erst dachte ich dabei an Kain, weil die zwei sich seit ihrer Kindheit kennen und weil ich weiß, dass er sie mag. Aber du, mein Sohn, bist die bessere Wahl“, verkündete er feierlich und mein Brustkorb wurde noch enger als ohnehin schon. Ich hatte das Gefühl, nicht genug Luft zu bekommen. „Keiner der anderen Wichser ist gut genug für Docs Kleine. Deswegen habe ich dich rufen lassen. Du wirst gut zu ihr sein und es möglichst schmerzlos für sie gestalten, nicht wahr, mein Sohn?“

„Ich soll ...“, stammelte ich und räusperte mich, weil ich wegen dieser neuen Informationen um Fassung rang. Er wollte Clara an einen alten Mann verhökern? Jackson Whiscott Senior hatte Söhne, die in meinem Alter waren, und hatte sogar ein paar Jahre mehr als mein Erzeuger auf dem Buckel. Das war eklig und schändlich und ich würde es um jeden Preis verhindern. Ich schüttelte den Kopf, um wieder zu mir zu finden, und setzte mich etwas aufrechter hin. „Ich soll sie entjungfern?“, fragte ich ungläubig. Clara in meine Arme zu nehmen, zu küssen und mich tief in sie zu treiben, war alles, was ich schon so lange Zeit wollte. Aber nicht so. Nicht, weil ich sie für einen anderen Mann einreiten sollte, und dann auch noch für den Bruder meiner Stiefmutter, meinen so bezeichneten Stiefonkel.

„Ja, genau, Sohn. Bereite ihr ein schönes erstes Mal. Rosen, Kerzen, wie auch immer Mädchenträume in dem Alter aussehen. Unter uns gesprochen, Whiscott Senior ist bestimmt nicht gerade einfühlsam und ...“ Die Tür öffnete sich lautstark und das Geräusch unterbrach unser Gespräch. Mein Erzeuger erhob sich und winkte jemanden euphorisch herbei.

Ich reckte den Kopf, um zu sehen, wer da gekommen war, und mir wurde heiß, als ich Clara in einem hübschen weißen Kleid erkannte. Mein Vater hatte also vor, mir die Pistole auf die Brust zu setzen. Er würde dafür sorgen, dass ich Clara noch heute ihrer Jungfräulichkeit beraubte. Das wurde mir in diesem Moment klar. Ob Clara Bescheid wusste, was nun geschehen würde? Ob sie es genauso sehr wollte, wie ich schon so verdammt lange?

Jaxxon klatschte in die Hände. „Genug für heute. Männer, schnappt euch die Mädchen, verzieht euch und habt euren Spaß anderswo“, wies er seine Lakaien an und ging auf Doc zu. Ich hätte loslachen können, als er dem alten Mann beim Aufstehen half. Jaxxon Fonds war ein Heuchler und Wichser der besonderen Art. Er umsorgte Doc wie ein Familienmitglied, während er sonst Leid, Unheil und Schrecken verbreitete. Die beiden gingen auf Clara zu und er stützte Doc, weil jener sich nur noch gekrümmt und humpelnd fortbewegen konnte. Ich hatte keine Ahnung, wie alt Doc war, aber er würde sicherlich nicht mehr lange leben. Wollte er sie deswegen versorgt wissen? Warum gab er sie dann nicht in meine Hände? Oder ging es hier lediglich darum, die Beziehungen zum Whiscott-Clan zu verbessern? Glaubte mein Vater, Whiscott Senior würde darüber hinwegsehen, dass Felicia regelmäßig verprügelt wurde, wenn man ihm Clara zum Geschenk machte?

Mir wurde speiübel, denn die Vorstellung drehte mir den Magen um. Nur nebenbei bekam ich mit, wie sich einer der Männer eine der Nutten über die Schulter warf. Ein anderer trug eines der Mädchen auf den Armen hinaus, während ein weiterer eine Blonde an einem Halsband hinter sich her zog. Der Raum leerte sich schnell, bis nur noch Doc, mein Vater, Clara und ich zurückblieben. Ich hatte mich die gesamte Zeit über nicht geregt und Clara lediglich mit großen Augen angestarrt. Mein Herz klopfte wie wild und obwohl sich all das falsch anfühlte, zuckte mein Schwanz vor Begehren für diese Frau. All die Nutten, die ich gefickt hatte, waren ein erbärmlicher Ersatz für die Liebe meines Lebens gewesen. Ich wollte Clara beweisen, wie groß meine Liebe für sie war. Ich wollte es ihr mit meinem Körper zeigen.

Aus der Entfernung beobachtete ich, wie die drei miteinander tuschelten. Doc schloss seine Enkeltochter in die Arme, Jaxxon streichelte ihr über den Rücken, als würde es ihn wahrlich kümmern, was mit ihr geschah, und Clara weinte. Ich sah es deutlich, denn ihre Schultern zuckten, aber ich hörte auch ihr Schluchzen. Es war eines der schrecklichsten Geräusche, die ich je vernommen hatte. Ihre Tränen verursachten mir geradezu körperlichen Schmerz und ich hielt ihn kaum aus. Wenn es Clara nicht gut ging, dann fühlte auch ich mich schlecht. Deswegen schwor ich mir, alles in meiner Macht Stehende zu tun, um ihr wieder ein Lächeln auf die Lippen zu zaubern. Und wenn ich Berge versetzen, eine Spur aus Leichen hinterlassen oder mein Leben geben musste, ich würde es tun.

Mein Vater und Doc klemmten Clara zwischen sich ein und kamen auf mich zu. Meine Kleine zitterte, ja, schlotterte gar am ganzen Leib und mir war klar weshalb. Doc musste ihr verkündet haben, dass sie heiraten sollte. Sie war jung und bildschön und hatte es nicht verdient, von ihrer eigenen Familie als Mittel zum Zweck benutzt zu werden. Clara konnte mir kaum in die Augen blicken, sie starrte gen Boden. Immer wieder zog sie die Nase hoch und wischte sich mit dem Handrücken unter der Nase entlang. Ihre Tränen wollten kein Ende nehmen, aber ich würde sie trocknen, sobald ich mein Mädchen in den Armen hielt.

Vor mir kamen die drei zum Stehen und ich ließ meinen Blick von Doc zu Clara und zu meinem Erzeuger schweifen. Dieser grinste mich dreckig an, während er mit den Augenbrauen wackelte und meine Hand nahm, um sie mit Claras zusammenzuführen. „Du weißt, was zu tun ist, mein Junge. Ich habe vorgesorgt und euch eines der schönsten Zimmer herrichten lassen. Perez wird euch dorthin begleiten."

Ich nickte meinem Erzeuger und Doc zu und rang mir ein Okay ab, woraufhin ein Ruck durch Claras schmalen Körper ging. Ich sah sie an, suchte ihren Blick, doch sie vermied es nach wie vor, mich anzuschauen. Ihre Finger waren kalt und zitterten. Ich umschloss ihre Hand mit meiner und strich mit dem Daumen über ihre Knöchel, um mein Mädchen zu beruhigen und ihm zu vermitteln, dass alles gut werden würde.

Jaxxon klopfte mir auf den Rücken. „Viel Spaß", sagte er vergnügt und zwinkerte mir zu, ehe er sich Doc zuwandte, um den alten Mann hinaus zu geleiten.

Finster starrte ich meinem Erzeuger nach und hätte alles dafür gegeben, jetzt eine Knarre in den Händen zu halten. Keine Sekunde hätte ich gezögert. Ich hätte abgedrückt. Blitzschnell hätte ich ihm in den Rücken geschossen. Waffen waren jedoch etwas, das hier im Bunker bloß die Wachen und mein Erzeuger selbst besaßen. Ich bekam meine Knarre nur dann, wenn ein paar Köpfe rollen mussten, und wir beide wussten aus welchem Grund.

Perez betrat den Raum genau in dem Moment, als mein Erzeuger und Doc ihn verließen. Mit grimmigem Gesichtsausdruck eilte er auf uns zu. „Was für eine Scheiße, Mann. Was machen wir jetzt?", fragte er und wischte sich über das müde Gesicht, auf dem ein paar blutige Schrammen von seinem letzten Fight prangten. Er wusste also auch schon über die geplante Eheschließung mit meinem Stiefonkel Bescheid.

Ich zog Clara an mich und drückte ihr einen Kuss auf das Haar. „Für den Moment halten wir die Füße still und machen, was Jaxxon von uns verlangt. Der Plan mit den Whiscott-Huren steht. Clara kann mit uns kommen. Das ist die einzige Chance, die wir haben, und die müssen wir nutzen. Also bring auch Richard auf den neuesten Stand und jetzt zeig uns das Zimmer." Mein letzter Satz ließ Clara in meinen Armen erbeben und auch mein Herz schlug mir bis zum Hals. Das hier würde wirklich geschehen. Nach so langer Zeit. Nach acht Jahren, die ich mich nach dieser Frau verzehrt hatte.

Hand in Hand marschierten wir hinter Perez her und wollten den Raum gerade verlassen, da flog die Tür auf. Die Türklinke donnerte gegen die Wand und es war Kain, der sich wie ein Wahnsinniger vor uns aufbaute. Mit schmalen Augen starrte er uns an. Seine Hände waren zu Fäusten geballt. Sein Kopf war hochrot. „Ist ja süß, sie halten Händchen!“, presste er durch zusammengebissene Zähne hervor und machte einen Schritt auf Clara zu.

Mein Mädchen drängte sich an mich, versteckte sich hinter mir, denn Kain durchbohrte sie buchstäblich mit seinen Blicken.

Demonstrativ stellte ich mich ihm in den Weg und straffte die Schultern. „Was willst du? Was ist dein Problem, Mann?“ Aus der Nähe erkannte ich den feuchten Glanz seiner Augen. Heulte der Mistkerl etwa?

Ohne mich anzusehen, keifte er: „Wieso nur hat er dich ausgewählt? Nur weil du sein Sohn bist, bist du ihrer noch lange nicht würdig. Ich kenne sie schon seit ihrer Geburt und dann kommst du daher und ... Ach fuck! Ich schwöre dir, Fonds, wenn du ihr wehtust, prügle ich die Scheiße aus dir heraus.“ Dann drehte er sich um und rauschte davon. So schnell, wie er gekommen war, war er auch wieder fort.

Und ich realisierte eines: Offenbar war ich nicht der Einzige, der Clara liebte. Auch Kain schien Gefühle für sie zu haben.

Clara saß auf dem riesigen Bett, die Knie an ihren Körper gezogen, und umschlang ihre Beine mit den Armen. Rosenblätter lagen überall verstreut auf den seidenen Laken. Eine Schar aus Kerzen warf warmes, weiches Licht auf uns und erhellte den Raum dezent. Wir hatten noch kein Wort miteinander gewechselt, seitdem Perez uns in der Suite abgesetzt hatte. „Ihr habt zwei Stunden, dann holt man Clara ab“, hatte er uns verkündet und mir ein paar Gummis in die Hand gedrückt.

Ich rückte mir einen Stuhl heran und nahm unmittelbar vor Clara Platz. Zögerlich griff ich nach ihren Händen und nahm sie in meine. „Wie geht es dir?“, fragte ich sie, um die schwere Stille zwischen uns zu zerschlagen. Ich kam mir fürchterlich unbeholfen vor.

Claras Blick zuckte zu mir. Ihre Augen waren verquollen und blutunterlaufen. Sie biss sich auf die Unterlippe und schluchzte auf. „Wie soll es mir schon gehen? Ich werde zur Ehe mit einem dreißig Jahre älteren Mann gezwungen.“

„Das werde ich nicht zulassen!“, erwiderte ich wie aus der Pistole geschossen und setzte mich neben sie, ehe ich beide Arme um sie legte. „Ich liebe dich, Clara.“

Energisch wand sie sich aus meiner Umarmung und krallte sich an meinem Hemd fest. Ihre Lippen bebten, als sie voller Verzweiflung brüllte: „Wie willst du verhindern, dass es so weit kommt? Du bist niemand, Frederick. Du magst Jaxxons Sohn sein, aber hier im Bunker bist du nur ein weiterer seiner Männer, der zu gehorchen hat. Schau uns doch an! Er hat dich auf dieses Zimmer befohlen, um Sex mit mir zu haben, und du wirst es tun. Oder etwa nicht? Du wirst es tun, weil er es will. Weil er dir gesagt hat, du sollst es tun.“ Clara kniff die Augen zusammen, ehe sie vom Bett hüpfte und durch die Suite tigerte, während ich an der Frage verzagte, ob sie meine Liebe anzweifelte.

Ich räusperte mich und erhob mich ebenfalls. „Du glaubst nicht, dass ich dich liebe, ist es das?“

Clara blieb wie angewurzelt stehen und umklammerte ihren Oberkörper, als würde sie in ihren eigenen Armen Schutz suchen. „Ich weiß nicht, was ich glauben soll, Frederick. Du bist alles, was ich je wirklich wollte, und ich sehne mich schon seit dem Tag, an dem ich dir zum ersten Mal Essen in deine Zelle gebracht habe, nach dir. Und du hast stets beteuert, es ginge dir auch so. Aber sind Worte denn genug?“ Sie holte tief Luft und stieß sie geräuschvoll wieder aus. „Wie viele Frauen hattest du schon? Kannst du sie überhaupt noch zählen?“

Fuck! Mussten wir diese Unterhaltung unbedingt jetzt führen, an dem Tag, an dem ich sie entjungfern würde? Um dieses Thema hatten wir stets einen großen Bogen gemacht. Warum konnten wir das nicht auch heute tun? Ich war ein Mann, voller Testosteron, hatte ständig die Nutten meines Vaters um mich. Irgendwann hatte meine Hand einfach nicht mehr genügt. Aber wie konnte ich Clara das erklären, ohne sie zu verletzen? Fahrig wischte ich mir über das Gesicht und seufzte schwer, ehe ich vor meinem Mädchen auf die Knie fiel und meine Hände nach ihm ausstreckte. „Komm her, Kleines“, forderte ich sie auf und sie trat zögerlich näher, legte ihre Hände in meine. Ihre Augen füllten sich neuerlich mit Tränen, doch ich würde unser erstes Mal nicht mit einer Lüge einläuten. Ganz gleich, wie viele Tränen der Wahrheit folgten.

Ich blickte sie fest an. „Ich hatte viele Frauen, Clara, aber ich habe keine geliebt. Mein Herz gehört dir allein. Nur dir. Mit all den anderen war es ... es war bloß Sex. Ich weiß, es klingt dumm und als wollte ich mich herausreden, aber das will ich gar nicht. Ich möchte ehrlich zu dir sein. All die Versuchungen, denen ich täglich ausgesetzt bin, Clara. Es war nicht leicht und irgendwann bin ich schwach geworden. Aber ich liebe dich und wenn wir den Bunker verlassen haben, möchte ich den Rest meines Lebens nur mit dir verbringen. Weit weg von der ganzen kriminellen Scheiße meines Vaters. Nur du und ich. Als ... als Mann und Frau."

Claras Augen weiteten sich, ihr Mund klappte auf und sie entzog mir ihre Hände, um sie gegen ihre Brust zu drücken. „Was ... was bedeutet das, Frederick? Was willst du mir damit sagen?", stammelte sie unsicher.

Dafür war ich mir so sicher wie noch nie. Lange hatte ich auf diesen Moment gewartet, vor ihr zu knien, und jetzt würde mich niemand mehr davon abhalten. Der Schweiß brach mir aus, weil die Nervosität kaum auszuhalten war. Ich räusperte mich und dann rückte ich endlich mit der Sprache heraus: „Clara Clearwater, ich liebe dich mehr als alles andere auf der Welt und ich wünsche mir nichts sehnlicher, als mit dir glücklich und alt zu werden. Willst du meine Frau werden?"

Clara bedeckte ihr Gesicht mit den Händen, ehe sie auf die Knie fiel und mich stürmisch umarmte. „Ja, ja, ja, auch wenn so vieles gegen uns spricht, aber natürlich will ich dich heiraten. Im Grunde ist es mir egal, dass es andere Frauen vor mir gab. Ich will einfach nur mit dir zusammen sein."

Mir fiel ein monumentaler Stein vom Herzen und vor Erleichterung stieß ich einen Schwall Luft aus. Ich zog Clara noch näher an mich, bis kein Blatt Papier mehr zwischen uns gepasst hätte. Sie hob den Kopf und wir sahen einander tief in die Augen. Ihre waren nach wie vor gerötet, aber ihre Pupillen flossen auseinander wie zwei grüne Seen. Ihr Körper fühlte sich heiß an und pulsierte geradezu unter meiner Berührung. So nah waren wir einander noch nie gewesen und ihre Haut auf meiner zu spüren, war die pure Reizüberflutung. Ich ließ meine Finger hauchzart über ihre weichen Formen gleiten und sog ihre Reaktion in mich auf. Wie ihre Lippen sich leicht öffneten, sich Gänsehaut auf ihrem Dekolleté bildete und ihre Nippel sich auf dem weißen Stoff ihres Kleides abzeichneten, war ein Bild für Götter. Mein Schwanz wurde hart und schwer.

Clara zog hastig Luft ein. Sie drückte mich etwas von sich und blickte mit offenem Mund zwischen unsere Körper. Dorthin, wo meine Erektion für eine massive Beule in meiner Hose sorgte. „Zeig ihn mir. Zieh dich aus“, verlangte sie mit kehliger Stimme und leckte sich langsam über die Lippen, während sie mir auf den Schritt starrte.

Ohne zu zögern, kam ich ihrer Bitte nach und erhob mich zu meiner vollen Größe. Wie sie vor mir kniete und mit ihren unschuldigen, großen Augen zu mir aufschaute, erregte mich tierisch. Clara war so schön. Das bezauberndste Wesen, das ich je gesehen hatte. Meine Hose wurde immer enger. Mein Schwanz drückte gegen den Reißverschluss und meine Atmung geriet außer Kontrolle. Mit feuchtkalten Fingern öffnete ich meine Hose und schob sie samt Boxershorts bis zu meinen Knien herunter, bevor ich mich wieder aufrichtete. Als sie meine lange Härte erblickte, die unmittelbar vor ihrem Gesicht schwebte, öffnete Clara den Mund noch weiter. Sie errötete und für einen Moment schien sie nicht einmal zu atmen. Fassungslosigkeit, Neugier und maßlose Erregung schlugen mir aus ihrem hochroten Gesicht entgegen. Was ihre lusterfüllten Blicke mit mir anstellten, konnte ich kaum beschreiben.

„Fass ihn an“, forderte ich sie auf und sah sie mit halboffenen Augen an. Meine Stimme war rau wie ein Reibeisen. Meine Kehle trocken wie die Wüste. Und in meinem Inneren herrschte Frühling.

Clara schaute von meinem Gesicht zurück zu meinem Schritt. Sie hob die Hand und näherte sich damit zögerlich meinem Schwanz. Mit jedem weiteren Zentimeter beschleunigte sich ihre Atmung mehr und mehr, bis ihr Brustkorb buchstäblich zu beben schien. Der Augenblick, als ihre Finger meine Eichel umschlossen, kam einer Explosion gleich.

Mit einem inbrünstigen Stöhnen legte ich den Kopf in den Nacken und verlangte: „Pack ihn fester an, Kleines." Ich umfasste ihren Kopf und dirigierte ihn näher zu meinem besten Stück. Natürlich durfte ich sie nicht überfordern oder gar bei ihrem ersten Mal verschrecken, aber mein Gehirn war im Augenblick zur Größe einer Traube geschrumpft. All mein Blut war gen Süden geschossen und meine große, fast schmerzhafte Erektion reckte sich meinem Mädchen entgegen.

Doch Clara war offenbar nicht ganz so unwissend, wie ich gedacht hatte, und verstand meine Geste überraschenderweise sofort. „Das hier will ich schon so lange. Sieh zu, wenn ich ihn in den Mund nehme", sagte sie zu mir und schon im nächsten Augenblick leckte sie voller Genuss über meine pralle Eichel.

Mein Blick schoss nach unten und das Bild, das sich mir bot, brachte mich fast um den Verstand. Der Anblick ihrer kleinen Faust, die meinen Schaft umschloss, und ihrer Zungenspitze, die mich liebkoste, war zu viel für mich. Ich knurrte: „O Baby, genau so!"

Der Lusttropfen glänzte auf meiner Spitze und auch diesen leckte sie auf. „Salzig", äußerte sie anzüglich grinsend und bewegte ihre Faust an meinem Schwanz auf und ab.

Meine Knie zitterten und ich fürchtete, jeden Moment abzuspritzen. Normalerweise hielt ich lange durch und sorgte dafür, dass auch die Frauen ihren Spaß hatten. Aber gerade kam ich mir vor wie bei meinem ersten Mal. Alles an mir kribbelte und ich versteifte mich, als Clara sich meinen Schwanz bis zum Anschlag zwischen die Lippen schob. „Gottverdammte Scheiße, ja, Halleluja!", presste ich hervor, griff unter Claras Achseln und hob sie auf die Füße, sodass mein Ständer aus ihrem Mund ploppte. Ich wollte keine Sekunde mehr verlieren. Es konnte mir gar nicht schnell genug gehen und auch Clara erging es offensichtlich so.

Unter hektischen Atemzügen stieg ich aus meinen Schuhen und der Hose, während sie an meinem Shirt riss und mir half, es über den Kopf zu ziehen. Ich warf meine Kleidung achtlos beiseite und machte mich daran, Clara aus ihrem unschuldigen, weißen Kleid zu pellen. Mit einem Ruck drehte ich sie um die eigene Achse und drückte sie bäuchlings aufs Bett, ehe ich ihr Kleid hochraffte und meinen Steifen auf ihr Steißbein ploppen ließ. Clara holte geräuschvoll Luft und kam mir entgegen, um ihren wunderschönen, runden Hintern an meinem Schwanz und meinen Eiern zu reiben. Gottverdammt, ich war wie von Sinnen! Ich wollte nur noch in ihr sein.

Eilig machte ich mich daran, den Reißverschluss am Rücken ihres Kleides aufzuziehen, und zog ihr den Stoff mit ihrer Hilfe in einem Rutsch vom Körper. Erst da wurde mir klar, dass sie kein Höschen trug. Sie drehte sich zu mir herum und rutschte auf der Matratze etwas nach hinten. Als sie dann die Beine spreizte und mir den Blick auf ihre klitschnasse, jungfräuliche Pussy gewährte, stand meine Welt für einen Moment still. Ich genehmigte mir ein paar Augenblicke, in denen ich jede Stelle ihres grazilen, schlanken Körpers sehnsuchtsvoll betrachtete. Nie zuvor hatte ich so viel Lust auf einmal empfunden.

„Du bist wunderschön, Clara Clearwater“, hauchte ich in andächtigem Ton, griff nach einem der Kondome und kniete mich vor ihr aufs Bett.

Sie biss sich auf die Unterlippe und ihre rosafarbenen Nippel richteten sich noch weiter auf. Sie schrien geradezu danach, von meinen Lippen liebkost zu werden. Bei Claras Anblick lief mir das Wasser im Mund zusammen.

Sie streckte ihre Hand nach mir aus. „Mach mit mir, was du möchtest. Ich vertraue dir und ich liebe dich auch, Frederick J. Fonds.“

Das ließ ich mir nicht zweimal sagen. Nachdem ich ihre Haut mit Küssen übersät hatte, riss ich die Kondomverpackung hektisch mit den Zähnen auf und spuckte das Plastik beiseite. Mit beiden Händen rollte ich das Gummi über meinen Schaft, bevor ich mich Clara auf allen vieren näherte und vorsichtig auf sie legte. Am liebsten hätte ich sie angefallen wie ein hungriges Tier, doch ich wollte, dass sie ihr erstes Mal genießen konnte. Deswegen nahm ich mich zurück. Ihre seidenweiche Haut schmiegte sich an meine und der Blick aus Claras moosgrünen Augen ging tief, traf mich mitten in der Seele.

Sie legte ihre Arme um meinen Rücken, strich mit den Fingerkuppen über die zahlreichen Narben auf meiner Haut. „Ich will dich fühlen, Frederick. Ganz und gar. Ich will wissen, wie es ist, dein zu sein. Mach mich zu deinem Mädchen. Ich gehöre dir“, wisperte sie und ich verliebte mich auf ein Neues in diese Frau, denn sie war perfekt.

Voller Hunger drückte ich meinen Mund auf den ihren und schob meine Zunge zwischen ihre Lippen. Wir küssten uns sanft und zögerlich. Unsere Zungenspitzen umspielten einander, doch der Kuss wurde schnell leidenschaftlicher. Clara kreiste ihr Becken und rieb sich an mir. Ich griff zwischen unsere bebenden Körper und berührte sie an ihrer intimsten Stelle. Das Gefühl ihrer Feuchtigkeit auf meiner Haut war berauschend. Mit zwei Fingern drehte ich hauchzarte Kreise um Claras Kitzler, während mein Mädchen in meinen Mund stöhnte und immer wilder wurde.

Ihr Becken zuckte meiner Hand entgegen und ihre Finger verloren sich in meinem Haar. „Jetzt, Frederick, nimm mich jetzt, bitte!“, flehte sie mich an.

Und ich hatte nicht vor, sie einen Moment länger warten zu lassen. Ich umfasste meinen Schaft und führte meine Eichel an ihre feuchtheiße Öffnung. „Sieh mir in die Augen, Baby“, sagte ich mit rauer Stimme und fing ihren Blick ein. Behutsam stieß ich mich in sie, bis sie sich versteifte und sich auf die Unterlippe biss. Für einen Augenblick hielt ich inne. Sie war warm und eng und wie für mich gemacht. Das leichte Zucken ihrer inneren Wände trieb meine Erregung ins Unermessliche. Ich schwitzte bereits, so viel Anstrengung kostete es mich, mich zu beherrschen.

„Mach weiter“, hauchte sie und entspannte sich etwas.

Als ich dann in voller Gänze in ihr steckte, lief mir ein heißer Schauer über den Rücken. Das hier fühlte sich verboten gut an. Ich stützte mich rechts und links von ihrem Kopf mit den Unterarmen ab und Clara umklammerte mein Gesäß mit ihren Beinen. Diese Stellung war intim. Ich hatte noch nicht oft auf diese Weise gefickt, aber mit Clara liebte ich alles daran. Sie nahm mein Gesicht zwischen ihre Hände und küsste mich innig und das war der Moment, als ich mein Becken zurückzog und mich wieder in sie stieß. Langsam. Vorsichtig. Vor und zurück.

Ich reckte mein Gesicht gen Decke, kreiste mein Becken und ließ eine Hand zwischen uns zu ihrem Schoß wandern. „O Clara“, presste ich durch zusammengebissene Zähne hervor und rieb über ihre feuchte, angeschwollene Klit.

Clara seufzte, hechelte und kam mir mit ihrem Becken entgegen. Ein unanständiges Schmatzen erfüllte den Raum, jedes Mal, wenn ich mich in sie presste. Es machte mich nur noch heißer und ich ließ das letzte Bisschen Beherrschung fallen. Ich stieß zu, fest und rückhaltlos, bis Clara schrie und ich mich mit einem tiefen Blick in ihre Augen versichern musste, dass es Schreie der Lust waren und nicht vor Schmerz.

Sie versetzte mir einen Klaps auf den Arsch. Normalerweise war ich derjenige, der Ärsche spankte, doch bei Clara machte es mich unsagbar an. Wieder ging ihre Hand auf mein Sitzfleisch nieder, als wollte sie mich antreiben wie ein Pferd, und weil ich jenseits von gut und böse war, rammte ich mich noch schneller in sie. So hemmungslos, dass der Lustsaft aus ihr heraus spritzte, wenn ich zustieß. Nie zuvor hatte ich mich so wild und frei gefühlt. Nie zuvor hatte ich mich derart verbunden und wie eins mit einer Frau gefühlt.

In dem Moment, als sie „Verdammt, ich liebe dich“ rief, kontrahierte ihre Pussy. Ihre Wände zogen sich eng um mich zusammen und quetschten meinen Schwanz buchstäblich aus. All meine Glieder versteiften sich, während mein Herz raste und meine Eier sich zusammenzogen. Mit einem tiefen Stöhnen ergoss ich mich in Claras süßer Möse, bis kein Tropfen mehr in mir war. Meine Ohren rauschten, meine Zehen kribbelten und vor meinen Augen tanzten weiße Punkte. Ich sackte auf Clara zusammen, vergrub mein Gesicht in ihrem Haar und lauschte ihren schweren Atemzügen.

Ihr Herz trommelte gegen meine Brust. Sie schlang ihre Arme um meinen Nacken und flüsterte: „Das war ... Wow. Das war unglaublich. Können wir das wiederholen?“

Obwohl ich vor plötzlicher Schläfrigkeit kaum noch die Augen offenhalten konnte, murmelte ich: „So oft, du möchtest, Baby. Von mir aus die gesamten zwei Stunden, die wir haben.“

Kapitel 20 – Heart

Mein Herz tut weh, als ich begreife, wie tief Fredericks Schmerz sitzen muss. Clara war seine Verlobte. Seine große Liebe. Eine Frau, die er unter tragischen Umständen kennengelernt und womöglich auch unter tragischen Umständen verloren hat. Meine Hand liegt auf seinem Bauch, mein Kopf auf seiner Brust und ich lausche seinem kräftigen Herzschlag. Seit einer kleinen Ewigkeit schweigen wir und ich wage es nicht, die Stille zu durchbrechen, obwohl ich eine Armada an Fragen habe. *Wie ist Clara wohl ums Leben gekommen?*, ist nur eine davon, aber es ist auch die Frage, die ich aus Taktgefühl heraus nicht stellen werde. Frederick wird mir von ihrem Tod erzählen, wenn er so weit ist. Die Zeit für meinen Fragenkatalog wird kommen. Ganz bestimmt. Solange muss ich mich eben in Geduld üben und meine Neugier zügeln.

Fredericks Finger sind eiskalt, als er meine Hand mit seiner bedeckt. „Gibst du mir einen Moment?“, fragt er und kann mich nicht einmal ansehen. Vermutlich will er nicht, dass ich die Trauer in seinen Augen erhasche und natürlich verstehe ich ihn. Es ist nicht leicht, sich anderen Menschen zu öffnen und seinen Schmerz zu teilen, denn es bedeutet, diesen auf ein Neues zu durchleben. Das weiß ich aus eigener Erfahrung, denn auch mein Leben war nicht leicht und allein schon an die Vergangenheit zu denken, ist an manchen Tagen zu viel für mich.

„Natürlich", beteuere ich und rücke etwas von ihm ab. Damit räume ich ihm den Platz ein, den er zu brauchen scheint, um sich zu beruhigen.

„Ich gehe nur kurz ins Nebenzimmer zu meinem Cousin und bin in fünfzehn Minuten spätestens wieder da. Warte hier, mein Herz, okay. Falls du etwas brauchen solltest, ein Sicherheitsmann befindet sich im Flur", sagt er, rafft sich auf und geht zu Tür. „Soll ich das Licht wieder ausknipsen, damit du noch eine Runde die Augen schließen kannst?"

„Ähm, ja, gern."

Im nächsten Augenblick sitze ich im Dunkeln und Frederick öffnet die Tür. Menschen strömen durch den Flur. Ihr Lachen und die Bässe der Musik fluten den Raum. Ich schaue auf Fredericks breiten Rücken, während er reglos verharrt, als würde er auf etwas warten. Will er aufgehalten werden? Soll ich ihn bitten zu bleiben? Wünscht er sich Trost in meinen Armen? Ich habe das Gefühl, noch irgendetwas sagen zu müssen, bevor er geht. Irgendetwas, damit er begreift, wie viel mir diese Nacht und seine Offenbarungen über Clara bedeuten. Aber mir fehlen die Worte, also sage ich schlicht und ergreifend: „Danke, Frederick, danke für dein Vertrauen."

„Immer, Herzblatt", gibt er zurück, dreht den Kopf zur Seite und präsentiert mir sein ebenmäßiges Profil. Dann strafft er die Schultern, tritt in den Flur hinaus und schließt die Tür.

Ich verbleibe allein im Dunklen und lasse mich zurück auf das Bett fallen, in dem heute Nacht ein gottverdammtes Feuerwerk hochgegangen ist. Mein Gott, ich muss mich kneifen, um sicherzugehen, dass ich nicht träume. Als wäre es nicht schon genug, einen Verehrer zu haben, habe ich offensichtlich zwei. Und dann auch noch meinen Boss und dessen rechte Hand Perez. Das Teenie-Girl in mir, das ich früher nie wirklich sein konnte, sieht nichts als Herzchen vor Augen und vollführt einen Freudentanz. Wenigstens für einen Moment will ich es mir gönnen, das zu sein, was ich bin: eine junge, verliebte Frau. Kichernd fläze ich im Bett und rolle mich zur Seite in die Fötusstellung. Dabei spiele ich mit einer Haarsträhne, die ich um meinen Zeigefinger wickele, und verliere mich in meinen Fantastereien über Frederick und Cruz. Zwei Kerle, so dunkel wie die Nacht und so heiß wie Feuer.

Ich habe keine Ahnung, wie viel Zeit vergangen ist, aber ich muss eingenickt sein, denn ein lautes Knarzen lässt mich aus dem Schlaf hochschrecken. „Frederick?“, frage ich müde, doch bekomme keine Antwort. Das Licht ist nach wie vor aus und ich kann nicht auf Anhieb erkennen, ob jemand mit mir im Zimmer ist. Doch ich bin mir sicher, etwas gehört zu haben. Allerdings kann das Geräusch auch von draußen gekommen sein, denn hier im Raum scheint sich niemand außer mir zu befinden. Das hoffe ich zumindest. Nicht, dass sich am Ende noch ein Gast des *Vulva* hierher verirrt hat. Wieder scanne ich meine Umgebung und frage leise: „Hallo, ist da wer?“

Auch diesmal reagiert niemand. Also robbe ich ans Ende der Matratze und klettere vorsichtig aus dem Bett. Ich strecke die Arme von mir und wate Schritt für Schritt durch das dunkle Zimmer, in der Hoffnung, über nichts zu stolpern. Als ich die Tür erreiche, ohne mir die Haxen zu brechen, und mit den Fingern die kalte Klinke umschließe, atme ich auf. Zwar habe ich versprochen, hier auf Frederick zu warten, aber ich muss dringend aufs stille Örtchen. Meine Blase ist randvoll und will geleert werden. Ich drücke die Klinke herunter, aber zu meinem Entsetzen lässt sich die Tür nicht öffnen. Eilig taste ist nach einem Schlüssel oder einem Drehverschluss, aber das Schlüsselloch ist leer.

„Fuck!“, fluche ich und hämmere mit der Faust gegen das Türblatt. „Frederick muss mich eingesperrt haben“, spekuliere ich und lehne meine Stirn gegen die kalte Tür.

Was dann folgt, geschieht so schnell, dass ich mich nicht wehren kann. Lauthals schreie ich auf, als mich jemand von hinten anspringt und mit aller Gewalt an die Tür pinnt. Ich winde mich, versuche, um mich zu schlagen und auszutreten, doch ich bin machtlos erlegen. Eine harte Brust presst sich gegen meinen Rücken und der Übergriff ist so gewaltsam, dass ich mir sicher bin, es kann sich nicht um Frederick oder Cruz handeln. Meine Gedanken rasen. Mein Herz galoppiert wie wild. Voller Panik rufe ich um Hilfe, doch mein Angreifer erstickt meine Schreie, indem er mir ein Tuch auf Mund und Nase drückt. Ein süßlicher, sehr chemischer Geruch geht davon aus und mir wird augenblicklich schwindelig. Nein, nein, nein! Ein Arm schlingt sich von hinten um meine Taille, Finger graben sich in meine Haut und das Letzte, was ich höre, bevor alles schwarz wird, ist die rauchige Stimme eines Mannes. „Jetzt gehörst du mir!“

Kapitel 21 – Heart

Das stetige Hämmern in meinem Schädel begleitet von der Dürre in meiner Kehle holt mich langsam aus dem Schlaf. Mein Körper wird durchgerüttelt, holpert auf und ab, als würde ich auf einem Pferd sitzen, das durch unebene Landschaft galoppiert. Träume ich etwa doch? Ich höre das Sausen von Wind, klassische Musik, wofür ich nichts übrighabe, und dann ist da wieder diese Stimme. Diese Stimme! Woher kenne ich sie?

„Ja, sie ist bei mir“, sagt der Mann und lacht leise. „Gerade schläft sie noch. In zwei Stunden sind wir da. Bereite schon mal alles für unsere Ankunft vor.“

Mit aller Macht zwinge ich mich aus dem Schlaf und blinzle gegen die Trägheit meiner Augenlider an. „Frederick“, nuschele ich. Meine Worte klingen wie das Krächzen eines Raben und das Sprechen fällt mir schwer. Meine Zunge scheint Zentner zu wiegen und auch meine Glieder kommen mir steif und unbeweglich vor. Alles tut mir weh und je wacher ich werde, umso mehr realisiere ich, dass hier irgendetwas nicht stimmt.

„Ich muss auflegen“, sagt der Mann, bevor ich es endlich schaffe, die Augen trotz des strahlenden Sonnenlichts einen

Spaltbreit offenzulassen. „Da ist sie ja, unsere schlafende Schönheit. Ein paar nette Träume von deinen beiden Stechern gehabt?“ Er lacht laut, und zwar so gehässig, dass ich einmal mehr begreife, mir Ärger eingehandelt zu haben.

„Fuck!“, stoße ich aus, blicke nach links auf die Fahrerseite und wünsche mir noch im selben Moment, dies wäre nur ein böser Traum. Aber weit gefehlt. Der stechende Schmerz in meinem Schädel beweist eindeutig, wie real diese Situation ist. Neben mir sitzt ein Mann, vollkommen schwarz gekleidet und mit einer Sturmhaube auf dem Kopf, die nur seine Augen ausspart. Mein Herz setzt gleich mehrere Schläge aus, mein Magen rebelliert und zieht sich schmerzhaft zusammen. In meinen Ohren piept es laut und bis auf den Piepton vernehme ich nur meine eigene panische Atmung. „Wer ... sind ... Sie?“, bringe ich abgehakt hervor und will mir die Hände vor den Mund schlagen. Mit Entsetzen muss ich jedoch feststellen, dass er meine Handgelenke mit Tape an meinen Oberschenkeln festgemacht hat. „Was ... wollen ... Sie ... von mir?“ Tränen steigen mir in die Augen, während ich versuche, die Hände unter dem Klebeband hervorzuziehen. Leider vergeblich. Es klappt nicht, wie sehr ich es auch probiere. Also schreie ich: „Jetzt reden Sie schon mit mir? Wer sind Sie und was soll das alles?“

Der Fremde schnaubt auf und sieht stur geradeaus auf die Fahrbahn, während er den Wagen lenkt. „Immer mit der Ruhe, meine Schöne, das wirst du gleich erfahren. Beruhige dich erst einmal und schau dich ein wenig um. Die Landschaft ist mehr als nur einen Blick wert. Es wird dir bei mir gefallen. Das garantiere ich dir.“

„Scheißkerl“, keife ich durch zusammengebissene Zähne und wünschte, ich könnte meine Tränen vor ihm verbergen. Doch sie laufen mir haltlos über die Wangen, also wage ich tatsächlich einen Blick aus dem Beifahrerfenster, um dem seinen zu entgehen. Das Bild, das sich vor mir auftut, verschlägt mir die Sprache. Voller Unglaube betrachte ich die dichte Baumlandschaft und dahinter die Berge mit den weißen Gipfeln. Wir sind mitten im Nirgendwo, in der Einöde, und ich muss kein Genie sein, um meine aussichtslose Lage zu erkennen.

Scheiße, scheiße, scheiße! Am liebsten würde ich einen Urschrei ausstoßen, doch ich zwinge mich zur Ruhe. Was bringt es mir, jetzt völlig den Verstand zu verlieren? Rein gar nichts. Wahrscheinlich erfreue ich meinen Entführer so nur mit einem netten Unterhaltungsprogramm. Deswegen konzentriere ich mich auf die Fahrtwege und unsere Umgebung, um sie mir einzuprägen, und darauf, die maßlose Panik in meinem Inneren im Keim zu ersticken. Was bleibt mir auch anderes übrig? Ich könnte ja nicht mal meine Hände benutzen, um einen verzweifelten Versuch zu starten, mich frei zu kämpfen.

Das leise Wählgeräusch eines Handys erweckt meine Aufmerksamkeit. Ich lausche auf und spitze die Ohren, um mitzubekommen, mit wem der Mistkerl mit der Sturmhaube spricht.

„So, so, so, mein Lieber, ich glaube, ich habe etwas, das du vermisst, nicht wahr?“, meint er mit gehässigem Ton und pfeift. „So aufbrausend, Frederick, gefällt mir, gefällt mir.“

O mein Gott, er hat Frederick am Apparat? Kampfgeist durchzuckt mich wie ein Blitz. „Frederick, Frederick“, brülle ich und schluchze auf, „wir sind in einem Wald. Da sind Fichten ... und Berge und Schnee und ...“

„Maul halten!“, zischt der Maskierte und verpasst mir eine Ohrfeige, die mich gegen das Beifahrerfenster schleudert.

Ich schlage mir den Kopf an und sehe für einen kurzen Augenblick Sterne. Wimmernd kneife ich die Augen zusammen, weil meine Wange pocht und brennt wie Feuer. Obwohl ich Angst habe, er könnte wieder handgreiflich werden, kann ich es mir nicht verkneifen, ihn als Scheißkerl zu beschimpfen.

Damit ringe ich dem Maskierten aber nur ein schallendes Lachen ab. „Oh, oh, oh, Frederick, dein kleines Betthäschen ist ganz schön unartig. Das gefällt mir. Ich werde sicherlich meinen Spaß mit ihr haben." Kurz schweigt er und als er weiterspricht, klingt er auf einmal verärgert. „Was soll das heißen?" Mein Entführer stellt das Handy auf Lautsprecher und dann höre ich Frederick. Seine Stimme fährt mir in all meine Glieder und hinterlässt eisige Kälte und einen schweren Stein in meinem Magen.

„Nimm sie mit, du Wichser, aber damit kommst du nicht weit", grollt er auf der anderen Seite der Leitung und mein Herz wird schwer. „Sie bedeutet mir nichts, also kannst du mich nicht mit ihr erpressen. Was auch immer du willst, du wirst es nicht von mir bekommen. Heart Beatley ist nicht die, für die du sie zu halten scheinst. Sie ist nicht Claras Schwester. Sie war nur eine Ablenkung, um dich auf die falsche Fährte zu führen, du Wichser. Die wahre Ciara Clearwater wirst du niemals finden. Sie ist gut versteckt. Und was Heart angeht: Kollateralschäden gibt es in jedem Krieg. So ist das Leben nunmal."

Das kann er doch nicht ernst meinen. Mir gefriert das Blut in den Adern und gleichzeitig zerbricht etwas tief in mir. Es ist mein Herz, dieser schmerzende Klumpen in meiner Brust. Irreparabel. In tausend Teile. Es ist unerträglich. Und das ist der Moment, in dem ich realisiere, wie tief meine Gefühle für Frederick J. Fonds bereits sind. Ja, ich habe Gefühle für ihn. Für den Mann, der mich soeben als Kollateralschaden bezeichnet hat. Ich kann und will es nicht begreifen. Fassungslos schüttle ich den Kopf und meine Augen werden wieder feucht. Ich presse die Lippen fest aufeinander, um mein Schluchzen zu unterdrücken, denn Frederick soll nicht hören, wie ich zusammenbreche. Diese Genugtuung will ich weder Frederick noch meinem Entführer geben.

„Ach, ist das so?", speit der Fremde mit der Sturmhaube und mir dreht sich der Magen um. Ich beuge mich nach vorne und übergebe mich in den Fußraum des Autos. Ich kann nicht mehr.

„Ja!", knurrt Frederick. „Lass sie gehen und tritt mir gegenüber. Wir regeln das Mann gegen Mann."

Mein Entführer lacht voller Schadenfreude. „Auch ein Fonds kann nicht immer alles bekommen, was er will. Also, nein! Die Kleine bleibt vorerst bei mir, aber mal sehen, wie es dir gefällt, wenn ich sie dir in Einzelteilen zurückschicke. Von Clara war ja leider nichts mehr übrig, was ich dir hätte zurückschicken können, nachdem ich sie bei lebendigem Leib verbrannt habe. Du hast mir alles genommen, was ich je geliebt habe. Jetzt nehme ich dir alles. Mach's gut, Arschloch!" Dann legt er auf, stopft das Handy in seine Hosentasche und reißt sich die Sturmhaube vom Kopf.

Sein Gesicht kommt zum Vorschein und ich erstarre, während mein Herz schneller rast als ein Rennwagen. Denn ich will nicht glauben, wen ich vor mir habe. Mit Schrecken stelle ich fest, dass ich den Mann kenne. Ich starre ihn mit weit aufgerissenen Augen an und sage fassungslos: „Kayden!" *Der Typ aus dem Club.*

„O ja, Kleines, ich bin es. Aber wenn ich mich vorstellen darf: Mein richtiger Name lautet Kain. Hallo, schöne Frau", äußert er mit einem bösen Grinsen, setzt den Wagen in Bewegung und auf einmal wird mir alles klar.

Dieser Mann ist der Kain aus Fredericks Memoiren. Er ist K, der Absender der Drohbriefe und außerdem Claras Mörder. Frederick hat seine Verlobte durch ihn verloren. Was, wenn er seine Worte wahrmacht? Was, wenn ich die Nächste bin? Frederick kann nicht so eiskalt sein, dass es ihm egal wäre, wenn ich sterbe. Doch dann erinnere ich mich an seine Worte: *Ich habe dir diesen Teil meiner Vergangenheit nicht erzählt, weil ich deine Tränen wollte, mein Herz. Es sollte dir eine Warnung sein. Auch ich bin kein guter Mann, aber ich kenne Männer, die noch schlimmer sind als ich. Abgrundtief schlecht. Das pure Böse, dem du lieber niemals in die Augen blicken solltest.*

Zu jener Zeit wusste ich noch nicht, dass er in einer Hand ein Messer hielt, das er mir in den Rücken rammen würde. Meine Angst ist wahrgeworden. Frederick hat mein Vertrauen missbraucht. Mein Zorn auf ihn ist groß, aber der Schmerz wegen seines Verrats ist größer. Denn ich habe Gefühle für ihn, die ich nicht leugnen kann.

Mein Herz ist gefangen.

In Fredericks Hand.

Die Welt des Playroom 10

Über die Autorin

Emely Delphy ist das Pseudonym einer jungen deutschen Autorin, die im Genre Romance beheimatet ist. Emely schreibt seit 2016, veröffentlicht ihre Werke allerdings erst seit 2018. Sowohl im Selfpublishing als auch über den Heartcraft Verlag. Ihr Erstlingswerk Playroom 10, eine Trilogie, schaffte den Einzug in die Top 100 der Kindle-Charts. Emely liebt Cliffhanger, Dramatik und komplexe zwischenmenschliche Beziehungen. Eines haben alle Ihre Storys gemeinsam: ein Happy End für ihre Protagonisten.